La víspera de casi todo

Novela

Víctor del Árbol

La víspera de casi todo

Premio Nadal 2016

DESTINO

El papel utilizado para la impresión de este libro es cien por cien libre de cloro y está calificado como **papel ecológico**.

Ediciones Destino, un sello editorial de Editorial Planeta, S. A.
Avda. Diagonal, 662-664, 08034 Barcelona (España)
www.edestino.es
www.planetadelibros.com

Adaptación de la cubierta: Booket / Área Editorial Grupo Planeta
Imagen de la cubierta: © David & Myrtille / Arcangel
Fotografía del autor: © Elena Blanco
Primera edición en Colección Booket: febrero de 2017

Depósito legal: B .1.090-2017
ISBN: 978-84-233-5187-9
Impresión y encuadernación: CPI (Barcelona)
Printed in Spain - Impreso en España

Biografía

Víctor del Árbol (Barcelona, 1968) fue mosso d'esquadra desde 1992 hasta 2012, cursó estudios de Historia en la Universitat de Barcelona y colaboró como locutor en Catalunya Sense Barreres (Radio Estel, Once). Es autor de las novelas *El peso de los muertos* (Editorial Castalia, Premio Tiflos de Novela 2006), *El abismo de los sueños* (inédita, finalista del XIII Premio Fernando Lara 2008) y *La tristeza del samurái* (Editorial Alrevés, Prix du Polar Européen 2012), traducida a una decena de idiomas y bestseller en Francia. Sus últimas obras son *Respirar por la herida* (Editorial Alrevés, finalista en el Festival Internacional de Cine Negro de Beaune 2014 a la mejor novela extranjera) y *Un millón de gotas* (Ediciones Destino, ganadora en 2015 del Grand Prix de Littérature Policière y premiada como la mejor novela policial extranjera por el Magazine Lire). En 2016 le fue otorgado el Premio Nadal por su última novela, *La víspera de casi todo*.

Facebook.com/VictorDelArbol.Escritor
@Victordelarbol
www.victordelarbol.com

Para mi compañera de vida, Lola.
Porque solo ella me mira para verme.
Y eso también es amar.

El infierno son los otros.

A puerta cerrada,
JEAN-PAUL SARTRE

Loco es el hombre que ha perdido todo menos la razón.

Ortodoxia,
GILBERT K. CHESTERTON

Prefacio

Málaga, verano de 2007

Germinal lanzó un profundo suspiro. Nunca lograría acostumbrarse al calor del sur. Era insoportable. Debía de serlo incluso para los que estaban acostumbrados a deambular por aquel pedazo de nada. Las gotas de sudor resbalaban por su rostro como hormigas incómodas, pero ya no se molestaba en secarlas con el dorso de la mano. Permitía que le nublaran los ojos, de color azul pálido, mientras barría la llanura con la mirada. Lo único que entorpecía el horizonte, hasta donde su vista alcanzaba, era un pequeño agrupamiento de chopos que se le antojaba un espejismo en aquel desierto. A pocos metros, discurría un surco de riego con un hilo de agua parduzca sobre la que flotaba una nube de insectos. La brisa dejaba escapar un murmullo de vida estéril que se mezclaba con el zumbido de los abejorros.

Escupió en el suelo, se volvió hacia el coche y abrió la puerta del acompañante.

—Baja —ordenó al hombrecillo; no había otro modo de pensar en aquella figura insignificante que acurrucada en el asiento lo observaba con pavor, llevándose las manos engrilletadas al pómulo hinchado. Tenía la nariz rota y el labio partido.

—Cometí un error —balbuceó el hombrecillo.

Germinal negó lentamente, asqueado. No había ningún error, y el tiempo de las excusas ya se había terminado.

—¡He dicho que salgas del coche!

La orden percutió en el oído del hombrecillo, pero este se negó a moverse, de modo que Germinal tuvo que agarrarlo por la pechera y arrastrarlo fuera. Le dio un empujón, no demasiado fuerte pero suficiente para que el hombrecillo se tambaleara, cayera de bruces y levantara un polvo amarillento. Germinal no lo ayudó a levantarse. Esperó a que se pusiera en pie. El hombrecillo temblaba como una hoja a punto de desprenderse de la rama, pero no le inspiraba compasión alguna.

—¿Por dónde?

El hombrecillo parpadeó y entrecerró los ojos. Los grilletes le mordían las muñecas con fuerza y ya no sentía la circulación en los dedos. El sol lo deslumbraba y ladeó la cabeza como si quisiera esquivarlo. Señaló blandamente en la dirección de los chopos.

—Hay una choza de pastores abandonada.

—Camina.

Se adentraron en el páramo. Unos metros más allá de los árboles y de la cabaña en ruinas, aparecía de nuevo la desolación del llano seco y el cielo sin una sola nube. Los restos de la choza de pastores estaban plantados en medio de la nada como una ruina prehistórica o un puesto de frontera abandonado. Solo quedaba en pie una de las cuatro paredes y un pequeño pozo sin agua con el riel oxidado. Dos codornices alzaron el vuelo al verse sorprendidas por los extraños.

Germinal recorrió el paraje con una mirada precavida, como si temiera una emboscada. La costumbre. Avanzó despacio cogiendo al hombrecillo del codo y contempló lo que quedaba de la choza. Mierdas secas, las vigas podridas de la techumbre, restos de una hoguera. Los vidrios rotos de una botella reverberaban como esmeraldas falsas.

Ahí estaba el cuerpo. Abandonado como una inmundicia más. Boca abajo, semienterrado con cañas y piedras, de modo apresurado. Sobresalían los dedos de una mano y un pie calzado con una sandalia rota. Aún no desprendía olor.

Una multitud de pequeños detalles dibujaba el guion de lo que había ocurrido. No eran muy visibles, bastaba con apartar la mirada para no verlos; pero estaban allí: los arañazos en la tierra, pañuelos de papel arrugados para secar el semen, unas manchitas salpicando las piedras que podrían haber sido lluvia seca si no fuera porque allí no había vuelto a llover desde el Diluvio. Germinal reparó en algo que nunca debería haber estado allí: una cadenita de oro rota por la mitad junto a una prenda diminuta, oscurecida por la suciedad de excremento y orín, en la que se intuía una vida malograda. Globitos de colores en una braga infantil. Inspiró con fuerza, tratando de contener el espasmo del estómago, las ganas de gritar hasta reventarse la garganta.

Alzó la cabeza. Una estela de vapor trazaba una curva ascendente en el cielo. Un avión, lejano y diminuto, brillaba como algo inalcanzable. Si un pasajero mirara en aquel instante por la ventanilla creería que aquí abajo no había nada ni nadie. Ninguna carretera cerca, ninguna urbanización. Y si un cazador de conejos hubiese andado cerca no habría descubierto el cuerpo a menos que trajera consigo uno de sus galgos. El sol y los insectos harían el resto. El viento erosionaría los huesos como hace con las montañas. Los reduciría a cenizas. Sería como si nunca hubiera existido.

El hombrecillo lloriqueaba. Siempre lo hacen cuando se saben descubiertos. Negaba con la cabeza y sus lágrimas parecían sinceras. Se movía en círculos sobre sí mismo, espantado.

—¡Fue un accidente, tiene que creerme!

«Locos», pensó Germinal; el mundo está lleno de degenerados para quienes los demás son solo parte del paisaje en el que discurre su vida. No los ven, no son conscientes de que existen, solo pasan por encima de ellos o los atraviesan, los utilizan, los aplastan y luego los arrojan como despojos.

Se incorporó de un salto e hincó los dedos en la clavícula del hombrecillo que lanzó un aullido ahogado. Siguió presionando en el músculo hasta obligarlo a arrodillarse ante el cuerpo medio oculto.

—¡Mírala!

El hombrecillo miraba alrededor esquivando la visión del cuerpo. Germinal tuvo que sujetarlo por el mentón para forzarlo a mirar.

—Mírala bien, hijo de puta, y dime... ¿Por qué?

—Usted no lo entiende —musitó el hombrecillo—. No puede entenderlo. Yo la quería.

El zumbido de las moscas era una canción macabra. Germinal no quiso escuchar más.

—¿Qué va a hacer? —preguntó el hombrecillo con los ojos desorbitados. Su voz sonó como el chillido de una rata.

Germinal iba a hacer lo que alguien debería haber hecho mucho antes.

Sacó la Beretta y golpeó con la culata al hombrecillo en la cabeza. Una, dos, tres, cinco veces consecutivas... pero la rabia no aflojaba. Así que siguió golpeándolo una y otra vez, con saña, como si se tratara de una venganza. No pensaba ya en esa niña asesinada. Pensaba en otro niño, en otro lugar y en otro tiempo. Un tiempo lejano pero que lo atormentaba cada día de su vida.

Aquel niño le suplicaba que dejase de golpear al hombrecillo, pero Germinal había aprendido a no escucharlo.

Tenía la camisa empapada en sudor y le temblaban las manos ensangrentadas. En la guantera del coche guardaba un botellín de ginebra. Estaba caliente, pero bebió hasta que se atragantó y escupió un gargajo de polvo y saliva. Volvió la cabeza hacia el asiento del acompañante. En la alfombrilla vio tirado el cuaderno que había recogido en el apartamento del hombrecillo. Hojeó de nuevo las páginas manuscritas que ya había leído hasta la náusea. Eran esas palabras escritas en papel de textura gruesa las que lo habían llevado hasta aquel páramo. Aquella autoinculpación del hombrecillo en letra diminuta, apenas legible incluso en los párrafos en que la tinta no se había emborronado. Toda una miscelánea caótica que abarcaba referencias literarias, pensamientos íntimos y poemas. Algunas partes aparecían tachadas con una meticulosidad definitiva y el tachón era tan enérgico que había rasgado el papel.

Pero aquellas palabras contenían algo más que una confesión. Le hablaban a él, a Germinal; el hombrecillo lo interpelaba directamente:

> Sigo esperando. ¿Será hoy cuando me atrapes? Empiezo a cansarme.
>
> Todo forma parte de un *atrezzo* deprimente, ¿no es cierto?: la luz, los rostros, los disfraces con los que nos cruzamos cada día, entre los que nos camuflamos fingiendo ser como ellos. Gente *normal*, así se autodenominan, y se sienten orgullosos de ello. Pero tú y yo, Germinal (espero que no te moleste que te llame por el nombre), sabemos que todo se mancha con la luz gris que cae sobre el cartón piedra de un decorado imperfecto. Para alguien como nosotros, como tú y como yo, que vivimos en los detalles, este lugar, este mundo, es una muerte anunciada. Nuestros verdugos serán el hastío, la repugnancia y el abatimiento ante tanta fealdad.
>
> El nivel de embrutecimiento del hombre no conoce límites. Nadie se interesa ya por ver a Anna Sten ni a Mae Clarke en *Nana*, que fue declarada indecente por la Legión de la Decencia en los años treinta. ¿Cómo puede alguien decir que el papel de Joel McCrea o el de Humphrey Bogart en *Callejón*

sin salida eran reaccionarios? No, señor, ahora solo quieren ver carne, escuchar ordinarieces como si eso fuera el paradigma de la libertad. No se percatan de la sutileza que había en los diálogos de antes, en el erotismo verdadero de la mirada de Miriam Hopkins, en el modo de rozarse el pelo, de fumar. Aquella sí era una rebelión en toda regla, mucho más subversiva que todo lo que ahora quiere hacerse pasar por moderno y que solo es vulgaridad.

Cuesta encontrar la poesía, la estética, en este mundo asqueroso. ¿Cómo sobrevives tú? A veces, yo la encuentro en una farola con la tulipa rota que hay en el extremo de la calle donde vivo. Esa misma calle que espías desde tu coche desde hace semanas, creyendo que no te veo. Por las noches, una polilla revolotea alrededor y se golpea contra la superficie como si quisiera entrar en el núcleo de esa luz que terminará abrasándola, hasta que por fin encuentra un resquicio por el que colarse y su danza alocada y suicida culmina en un chisporroteo. La polilla cae, pero inmediatamente otra toma el relevo. Las polillas muertas se amontonan al pie de la farola en una pira de inútiles sacrificios. Si alguien más tuviera capacidad para las metáforas poéticas podría sacar alguna conclusión de esto. Pero la gente normal carece de esa clase de habilidad. Solo ve insectos estúpidos que se sacrifican por nada.

En la naturaleza de las cosas no hay nada gratuito. Sé que tú me entiendes. Puede que te resulte repugnante, pero, en el fondo, me comprendes. Estamos solos, Germinal. Solos en un mundo que es deprimente, triste y poco generoso.

Estoy convencido de que hay días en los que tú también te miras al espejo y tienes la sensación de estar construido de nada, de vapores, humos, aire. Tú, como yo, eres una araña atrapada en el ámbar.

Germinal dejó el cuaderno sobre el salpicadero del coche. El sol empezaba a declinar, pero lo hacía tan despacio que aniquilaba cualquier esperanza de frescor. Se sentó en el coche y durante mucho tiempo estuvo allí, mirando aquella bola esférica inclemente sin pensar en nada. Encendió un cigarrillo y lo fumó sin ganas.

Cerró los ojos. Aquel maldito calor enloquecía a los hombres.

I

La Coruña, viernes, 20 de agosto de 2010
00.15 h

A través de la cortina de listones de su despacho, Ibarra observa la calle desierta con sus pasos de peatones, que brillan reflejando los cambios de color de los semáforos sin nadie que los cruce. Hay algo fantasmagórico en esta quietud lunar y fría, en esta soledad. Cada franja horaria tiene su carácter y sus habitantes; es como si las horas avanzaran hacia un horizonte que nadie puede ver, ajenas a la voluntad de quienes las habitan. Antes le gustaba la noche porque no hay sombras en ella. Todo estaba claro en la oscuridad. Él y los otros, el resto del mundo, separados por una membrana invisible pero impenetrable. Ahora no. Ahora le asusta pensar tanto, tener que cubrir el silencio del ambiente con los ruidos de su cabeza.

Esta noche habrá lluvia de estrellas fugaces, y en el noticiero de la radio aconsejan a quien quiera verlas que busque un lugar con poca contaminación lumínica y que tenga a mano un deseo que pedir. La gente está convencida de que existe algo mágico en esa luz que apenas dura un parpadeo. Para Ibarra, sin embargo, las estrellas fugaces son cosas muertas que se extinguen sin dejar nada, pedazos de roca que se consumen al entrar en la atmósfera; el fuego que las hace brillar no les pertenece, no les sale de dentro sino de la fricción externa. No hay nada mágico en eso.

Carmela, su mujer, dice que se ha vuelto un descreído. Tal vez debería hacerle caso y acompañarla a las clases de yoga. Ella piensa que esas clases lo ayudarían a «conectar» con su interior, a limpiar de telarañas su interior. Con el fanatismo de una neoconversa, su esposa asegura que, desde que va a esas clases, no es la misma; dice saber qué le pasa y por qué le pasa. Pero cuando Ibarra le pregunta cuáles son esos problemas que ahora puede afrontar, Carmela se contempla las manos, las cierra lentamente y elude mirarlo a los ojos:

—Ya sabes a lo que me refiero.

Sí, claro que lo sabe; Ibarra no necesita un yogui barbudo con diafragma de gelatina para saber lo que encierra el silencio de su esposa. Carmela puede raparse la cabeza al cero si quiere, vestirse con una túnica morada y llenar la casa de incienso y mirra, de campanillas y de alfombras de coco, pero eso no cambiará las cosas. Ibarra no puede dejar de ser quien es.

Tiende el brazo por encima de la mesa, desliza hacia él un cenicero pesado, enciende un pitillo y casi inmediatamente tantea el borde para sacudir la ceniza. Se le escapa un leve ronquido al final de cada espiración, como si fuera un minero con silicosis. Su padre respiraba igual. Es curioso que, ahora mismo, sea el recuerdo más nítido que tiene de las visitas que solía hacerle al viejo: los dedos de las manos con la cara interior manchada de nicotina, el olor espeso, los dientes amarillos y ese silbido al respirar. Su padre, que murió atrapado en su propia guerra, sin saber huir de su pasado —la vida en las montañas, la cárcel—, parece hablarle desde el fondo de sus pulmones alquitranados, pero Ibarra se niega a escuchar. A fin de cuentas, hay lecciones que nunca se aprenden.

Se deja caer en el sillón giratorio frente a la mesa y observa el despacho. Cada noche se pregunta lo mismo, y sigue sin encontrar una respuesta: ¿qué sentido tiene su trabajo? Tantos años acumulando papeles, expedientes, fichas. Personas que han pasado por sus manos constreñidas en unas pocas fechas, relatos sintéticos y fríos que se acumulan en su escritorio y que pronto olvida; caras convertidas en fotocopias en blanco y negro. Caras de personas que esperan algo de él, algo que no puede darles.

En la pared cuelga la felicitación al mérito policial y la instantánea de su momento de gloria: el recorte de periódico con su hazaña, la leyenda de héroe que le acompañará para siempre allá a donde vaya, relatando una y otra vez la misma historia que, a fuerza de repetición, ha ido perfeccionando hasta convertir en un discurso mecánico y sin fisuras. Un policía ejemplar con uniforme de gala que, tres años atrás, logró resolver el caso de Amanda, la niña desaparecida de Málaga.

Sin embargo, hay algo irreal en la rigidez de su expresión en esa fotografía, una expresión bajo la que asoma la perplejidad de un instante de fama que no ha buscado. Aparece junto al comisario jefe y al delegado del Gobierno, con los ojos entornados, y se le ve atosigado por el impacto luminoso de las cámaras disparándose. Se nota que se siente un impostor, que este momento lo ha atrapado pero no le pertenece. A los cincuenta y tres años ya no esperaba algo así. El ascenso, las televisiones, las frases hechas para responder a las entrevistas, los apretones de manos (cientos de ellas pasando veloces entre sus dedos; manos de todos los tipos: melifluas, decididas, tímidas, agradecidas, desconfiadas), la gente haciendo sonar el claxon al reconocerlo por la calle. Lo querían, decían sentirse más seguros con alguien como él protegiendo su sueño, el de sus hijos y sus familias.

Todo eso es cosa del pasado. La gente olvida el miedo en cuanto se siente libre de aquello que lo causa y, entonces, empiezan las preguntas, las confesiones de testigos —falsos o reales—, las confidencias a la prensa, las sospechas, las dudas. Dicen que van a reabrir el caso de Amanda, que hubo irregularidades, pruebas que deben ser examinadas de nuevo. Se habla, incluso, de que pueden acusarlo de torturas y asesinato. Hay gente que le tiene ganas desde hace años, y otros nuevos se han sumado al linchamiento. Saben dónde golpearle. Para Ibarra, todo esto es una pesadilla que le obliga a regresar a aquel asfixiante verano de 2007.

Pero los peores no son los que lo incordian con llamadas anónimas o escondiéndose tras un avatar en las redes sociales para insultarlo. Ni siquiera los que se atreven a ir un poco más lejos y le dejan notas amenazadoras en el buzón de casa o en el parabrisas del coche. No, los peores son los que lanzan sus torpedos sabiendo dónde está su línea de flotación: en Samuel. Nada le duele más a Ibarra que abrir al azar cualquier página en internet y encontrarse con las voces anónimas de quienes se esconden tras una falsa identidad para lanzar todo tipo de burlas e insultos contra su hijo. O encontrar en el buzón una fotografía de Samuel con comentarios infamantes a cuento de la enfermedad que padece. «Gnomo», «adefesio», «monstruo»: son algunas de las mofas encarnizadas que provoca su aspecto.

Samuel es frágil, quebradizo como una cosa construida contra los elementos y la razón. Padece el síndrome de Williams, una mutación genética causada por la falta del cromosoma 7 que le hace tener un rostro peculiar. Aunque eso, su aspecto, es lo de menos; lo peor es que la pérdida de material genético es la causa de su enfermedad psíquica, de sus problemas visuales, dentales y estomacales. Pero esa enfermedad terrible es también la causa de su maravilloso oído para la música, aunque a nadie parezca importarle ese don. A través de la música, Samuel es capaz de expresar su estado de ánimo, de comunicarse con el mundo. Un mundo que la mayor parte del tiempo es hermético y ajeno. Si Samuel viviera lo suficiente, podría ser un músico extraordinario... Si viviera lo suficiente. Suena extraño pensar en un concepto como ese. La primera vez que lo operaron, Samuel tenía cuatro años. Acaba de cumplir los veinte y las cicatrices se suceden. No cumplirá los treinta: se apagará muy despacio, o tal vez en un espasmo horrible. Serán el corazón, o los riñones, o el hígado los que provoquen el colapso. Y él, su padre, el héroe, no puede ahorrarle ni un átomo de padecimiento.

Nadie sospecha lo que Ibarra piensa cuando Samuel se retuerce y sufre, cuando grita y luego se calla para mirarlo fijamente como un animal agotado. A veces, Ibarra imagina que saca a su hijo de la cama para llevarlo al bosque y poner fin al sufrimiento de ambos. Sería rápido. La niebla envolvería el sotobosque, los troncos humedecidos, las piedras alisadas y los pequeños arroyos. Un paseante cualquiera descubriría, días después, sus cuerpos semienterrados entre la hojarasca. Los dos en paz, por fin.

Ese pensamiento, matar a su propio hijo, le aterra, pero no logra sacudírselo de encima.

Examina la pistola sobre la mesa, con el cañón vuelto hacia él susurrando promesas de paz y de olvido. La sopesa en la mano derecha, monta la corredera y la deja ir con un chasquido. Una bala es un objeto perfecto, estético. Una píldora contra el dolor, un remedio definitivo. Y ahí está, dispuesta, esperando a que se decida. Como cada noche desde hace tres años. Abre la boca y abraza el estremecimiento que provoca el metal al entrar en contacto con la lengua. Muerde el cañón para que no tiemble e inclina la mano que sujeta el arma. Un disparo, un fulgor y el fundido al negro. Sencillo, a condición de no vacilar. Cuando ya no se puede volver atrás, ese instante de duda resulta fatal. Lo ha visto en otros.

Es mejor sujetar la muñeca con la otra mano, apretar fuerte y cerrar los ojos para no verlos estallar.

Contiene la respiración, aprieta los párpados, busca con el índice el gatillo. Presiona —nunca lo suficiente— y retrocede, en una macabra danza que le destroza los nervios. «¡Hazlo de una puta vez!», grita dentro de su cabeza. Y, sin embargo, también esta noche lo vence la imposibilidad. Deja caer la pistola entre las piernas con un grito mudo. Una desesperación sin final. «Cobarde, eres un maldito cobarde.»

Durante muchos minutos permanece postrado, ausente. Luego abre la cajita de madera de sándalo tallada a mano con una representación de la diosa Párvati en la tapa. Un regalo de su esposa, para que guarde sus malas vibraciones. Ibarra sonríe con una mueca desmayada. Las «malas vibraciones». Lo único que guarda en ella son las pastillas de perfenazina y clozapina que toma en secreto. Si sus superiores lo supieran le darían la baja de inmediato.

Se las traga sin agua e intenta no pensar. Pero los pensamientos se clavan en su cabeza. Por eso necesita oír otra voz, salir de este atronador silencio que lo está atrapando como un cepo.

Un agente uniformado lo aborda cuando está a punto de alcanzar la puerta que da a la calle.

—Inspector, ha llegado este fax de Barcelona.

Ibarra apenas echa un vistazo al papel que el agente le tiende. Es un retrato a carboncillo de un tipo sin nada especial junto a una descripción física tan ambigua que podría referirse casi a cualquiera. En las observaciones pone que es el principal sospechoso del asesinato de un anciano en la Ciudad Condal. Durante todo el día, no se ha hablado de otra cosa en la televisión. La información se ha pasado a todas las comisarías del país. Es un caso prioritario. Pero no lo es para Ibarra.

—Distribúyelo a las patrullas y cuélgalo en el panel.

Sin volverse, sale a la calle y se detiene en el borde de la acera. Contempla la luna mientras enciende un cigarrillo. Al menos, la noche no le hace preguntas.

Siempre hay un bar o un club oportunista cerca de una comisaría, como siempre hay una funeraria cerca de un cementerio o un quiosco de golosinas cerca de un colegio. El letrero con luces de neón parpadea a pie de carretera tiñendo con texturas irreales dos palmeras de plástico. Junto a la puerta del club hay una pequeña alberca donde flotan un par de colillas. El portero saluda a Ibarra con una risita socarrona.

—Buenas noches, inspector. ¿Visita de trabajo?

Ibarra no contesta. Empuja los pasos hacia el interior y se hunde entre las sombras fugaces que se mueven en la pista de baile. A la derecha hay un largo mostrador de cristales opacos con taburetes; a la izquierda, junto a un entarimado con barra de baile, está el reservado con sillones bajos y mesitas alumbradas con velas eléctricas y flores de plástico. Ibarra se deja caer en un sofá que huele a demasiados cuerpos y que tiene demasiadas quemaduras de cigarrillo. Pero la noche se lo come todo y, para cuando lo vomite, a la luz del amanecer, ya no quedarán testigos.

Las mujeres de aquel antro parecen lo que son: fantasmas de carnes magras pintarrajeados de un modo ridículo y triste. Reconoce a algunas. Otras son nuevas, aunque todas las caras se funden en una misma sensación de tristeza que lucha contra la evidencia de su decrepitud. Se le acerca una de ellas. El corpiño ceñido levanta el busto salpicado de brillantina. Se sienta sobre las rodillas del inspector con la familiaridad desvergonzada de quien tiene prisa por saltarse prolegómenos innecesarios. La llaman Ave del Paraíso, sin cursiva.

—Me llaman así porque soy capaz de hacer volar a cualquiera —proclama con una lascivia gastada, que más que excitar inspira algo de tristeza. Desprende un ligero aroma a cigarrillos mentolados. Su mirada es baja y huidiza, muestra con demasiada evidencia las fisuras de su risa. Los brazos tienen la textura de una manzana, pálidos, con un codo huesudo, surcados por unas venas que resultan voluminosas y excesivamente masculinas.

—¿Has venido a mirar o a follar?

—He venido a beber.

Ave del Paraíso sonríe y sus dientes muestran un camino largo, que empezó hace mucho y que ha ido dejando la huella de muchas pérdidas. Ni siquiera en un acto de buena voluntad se puede evitar ver sus cicatrices.

Y, sin embargo, un rato después, el inspector está en una habitación del club y la observa sentado en una sillita incómoda mientras ella se masturba, desnuda, en la cama.

—Solo para ti, cariño.

Ibarra tiene que apartar la mirada de las pantorrillas, las nalgas desnudas y las piernas escuchimizadas de la prostituta. Los dedos de los pies son diminutos y contraídos, casi de niña pequeña. Ella se contorsiona sin pudor, pero sus ojos miran al techo de cristales buscando un cielo abierto. Por fin, Ave del Paraíso finge correrse en un acto final digno de una opereta.

—¿Te ha gustado? —pregunta, mientras recoge la ropa camino del lavabo.

Ibarra tiene la visión exacta de cómo será sin el maquillaje, cuando por la mañana despierte y prepare el café para un novio que quizá no sabe a qué se dedica. Imagina cómo hará el amor con quien realmente desea. Una sabiduría vieja en las manos y en los labios.

—Tienes razón. Eres fascinante.

Ave del Paraíso sonríe con un punto de niña arrobada y se encierra en el baño. Mientras tanto, el inspector enciende el televisor y cambia el canal porno por uno de noticias.

En la pantalla aparecen imágenes del asesinato en Barcelona. Llevan repitiéndolas machaconamente desde la mañana; al fin y al cabo, esto no es Estados Unidos, y no aparece cada día un cadáver tendido en plena calle. Las piernas sobresalen entre las ruedas de los vehículos estacionados adoptando una forma extraña, con los zapatos hacia fuera, patizambos. La pernera derecha del pantalón está arrugada y deja a la vista un gemelo muy pálido y la marca de la goma del calcetín negro. La cabeza descansa con la frente en el bordillo de la acera sobre un charco de sangre que parece una mancha de cualquier otra cosa. Le han disparado en la nuca, y el cabello de color claro es un amasijo revuelto con una oscuridad profunda en el centro. Tiene los párpados abiertos, pero las pupilas se han solidificado igual que las de un juguete; no son ojos reales, parecen pintados. Las manos rígidas, pegadas al cuerpo, muestran las palmas hacia arriba.

Ibarra sube el volumen. La voz de un narrador invisible relata lo sucedido de modo vehemente. Al parecer, el muerto llevaba en el bolsillo de la chaqueta un libro de Juan Gelman, detalle novelesco que remacha el locutor con un exceso de carga dramática.

—Como si los muertos no tuviesen derecho a leer poesía —murmura Ibarra.

—No deberían mover el cuerpo de esa manera. Sin delicadeza —musita Ave del Paraíso, que ha aparecido vestida y secándose el cabello con una toalla. Los ojos, de nuevo preparados para la guerra, resbalan sobre las imágenes con emoción escrutadora.

—Le han disparado un calibre de nueve milímetros a bocajarro en la nuca. ¿Qué más da cómo lo muevan? Estaba muerto antes de caer al suelo.

Ave del Paraíso observa el rostro del inspector, el pelo tachonado de canas, la sombra de barba alrededor de la boca, los pómulos prominentes. Tiene unos bonitos ojos azules. Lástima que sean tan duros al mirar.

—¿No te interesa quién era ese hombre, su historia?

Ibarra se rasca el mentón con la uña del pulgar, observando las imágenes del televisor como algo ajeno a él.

—Todos tenemos nuestra historia, pero esencialmente me ciño a lo más razonable para resolver el caso. Luego procuro olvidarme.

Ella sonríe como lo hacen ciertos animales nocturnos, con cautela.

—«Razonable»; una palabra que no implica demasiado compromiso.

—Pero implica experiencia —dice Ibarra.

Ella parapeta sus ojos tristes en la pantalla del televisor. Insiste.

—¿Por qué lo habrán matado?

El inspector se impacienta.

—Le han disparado y está muerto. Eso es lo que cuenta —afirma con la lógica incompleta de la causa y el efecto. Aunque no es su intención, resulta desagradablemente cínico. Ave del Paraíso lo escruta con un punto de suspicacia.

—No te cae muy bien la especie humana, ¿verdad?

Ibarra se encoge de hombros. Piensa en Carmela y en sus clases de yoga.

—Oye, seguro que hay alguien esperando a que vayas a cogerle la mano y le des consuelo.

Ibarra ha encendido un cigarrillo en el aparcamiento del club. Fuma despacio, sentado en el capó del coche. Busca entre las constelaciones de estrellas cuyos nombres y formas memorizó cuando era un chiquillo. Ni rastro de las lágrimas de San Lorenzo. Piensa en los sueños minados de espinas de su hijo, en las pesadillas que no lo dejan dormir y que le hacen saltar de la cama empapado de sudor. Está convencido de que Carmela estará ahora mismo con Samuel en la cama, tratando de calmarlo, mirando por la ventana y diciéndole que cierre muy fuerte los ojos y pida un deseo esperando su estrella fugaz.

—Pide un deseo, Samuel.

—¿Lo que quiera?

—Lo que quieras.

—Quiero dirigir mi propia orquesta.

Ibarra apura el cigarrillo hasta la colilla y se da cuenta de que no tiene a dónde escapar. Solo puede tragar saliva.

El sonido del teléfono móvil lo sobresalta. La llamada es de comisaría. Deja que suene, preguntándose mientras contempla la pantalla qué pasará si no contesta. Nada. Él no es necesario para que el mundo continúe girando.

Unos minutos después, vuelve a sonar. Esta vez descuelga.

El operador de emergencias ha recibido un aviso del hospital provincial. Una mujer con signos de violencia ha ingresado en urgencias. Su estado es grave. Ibarra no muestra ningún interés. Pide que envíen una patrulla uniformada. Pero el operador insiste:

—La mujer dice que solo hablará con usted, inspector. Afirma que lo conoce personalmente.

Ibarra mastica una maldición entre dientes pero arrastra el cuerpo hasta el coche y conduce sin prisa hacia el hospital. Enciende la radio y escucha uno de esos programas de seres nocturnos que llaman solo para saber si hay alguien al otro lado de su silencio. Apaga la radio. La gente está sola y debería acostumbrarse a aceptarlo.

La doctora de urgencias se esfuerza en mantener la compostura, pero no logra disimular el agotamiento. Cada cual tiene su vida, y todas parecen estar al límite esta noche. Ibarra es consciente del olor a tabaco que desprende su ropa y del aliento gomoso que tienen los bebedores que tratan de disimularlo mascando chicle. Se aparta un poco de la doctora —que huele a higiene inmaculada— y se concentra en la mujer postrada en la camilla. Es un cuerpo que apenas evoca humanidad.

—Hemos tenido que administrarle un sedante muy fuerte para paliar el dolor. Es un milagro que esté viva.

«Otra que cree en los milagros», piensa Ibarra. La doctora le da la larga lista de lesiones. El cuerpo humano tiene aproximadamente unos doscientos huesos. Pocos traumatólogos podrían recitarlos de memoria, y mucha gente ni siquiera sabe para qué están ahí, debajo de las capas de piel, grasa y músculos. Cargamos con ellos toda la vida sin prestarles atención hasta que empiezan a desgastarse, a romperse, a anquilosarse. Entonces cobran mucha importancia el metacarpiano, el maléolo externo, el cóndilo, la cresta ilíaca o la escápula. Todo lo que nos sustenta se astilla con una facilidad pasmosa y el edificio del cuerpo se desploma.

Ibarra no está escuchando. Se ha concentrado en los moratones, en los cortes, en los desgarros. Su mente ha empezado a dibujar hipótesis.

—¿La han violado?

La doctora lo descarta.

—No hay restos de semen y tampoco hemos encontrado erosiones vaginales ni anales en la exploración ginecológica. Pero vamos a hacerle más pruebas.

—¿Dice que ha preguntado por mí?

La doctora asiente.

—Pensaba que usted podría decirnos quién es. No hay nada que pueda identificarla. Ni un documento, ni un teléfono.

Ibarra bucea en la galería de imágenes y rostros de su mente, un poco abotargada por la medicación y la mezcla con alcohol. No cree que haya visto a esta mujer en su vida. Aun así, querría ayudarla y decirle que, sea lo que sea lo que le haya sucedido, ya ha pasado. Pero no lo sabe, no sabe si lo peor ya le ha ocurrido a esta desconocida o está por empezar.

—¿Quién la ha traído?

—No lo sabemos. Alguien la dejó en la rampa de urgencias. Estaba inconsciente.

—¿Hay cámaras de seguridad?

—Esto no es una cárcel. Aquí la gente entra y sale sin demasiadas complicaciones. Pero puedo preguntarlo.

Ibarra asiente.

—Me gustaría examinar sus pertenencias.

La doctora señala la ropa que se amontona en una silla.

—Ahí está todo.

Han tenido que cortar con una tijera la pernera del pantalón tejano para poder quitárselo, lo mismo que la camiseta de cuello alto. Las botas de montaña tienen restos de barro y briznas de hierba en la suela. Ibarra registra minuciosamente el sujetador, las bragas y los calcetines. Luego se concentra en las plantillas de las botas y en los bolsillos del pantalón. No hay más que unas pocas monedas de euro, un llavero con dos llaves y una goma del pelo. Al voltear el forro de los bolsillos caen entre los dedos restos de algo vegetal. Lo huele: es marihuana.

Examina detenidamente a la mujer. Parece dormida, pero quizá no lo esté. El inspector sabe que hay momentos en los que es necesario mantenerse en la frontera de dos realidades, suspenderse en un lodo caldoso para soportar el dolor.

—¿Quién eres? —le susurra.

No obtiene respuesta.

2

Tres meses antes
Costa da Morte, primeros días de junio de 2010

Los faros del descapotable iluminaban un cartel oxidado a pie de carretera y el intermitente parpadeaba sobre las letras desdibujadas. La carretera terminaba unos metros más adelante. Después solo quedaba el horizonte líquido, el fin del mundo.

Paola se acarició la mejilla. Los dedos se mancharon de maquillaje. Había conseguido disimular el moratón del pómulo pero la marca seguía allí. No era el dolor físico, sino la humillación, lo que le recordaba que todavía no estaba lo suficientemente lejos. Sonaba *Hurt*, de Johnny Cash, en el equipo de música, y la letra se confundía con el rumor del océano y de las copas de los pinos, que cuchicheaban entre sí: «Si pudiera volver a empezar a un millón de millas de aquí, cuidaría de mí, encontraría un camino...».

Paola se preguntó si aquello era lo que quería hacer, encontrar un nuevo camino. ¿Qué importancia tenía el lugar? Aquel o cualquier otro. Todos eran iguales. El mensaje de «Otto móvil» seguía parpadeando en la pantalla del teléfono: «¿Dónde coño estás? Te has vuelto loca».

Apagó el teléfono. Todavía podía volver atrás. Podría explicarlo todo y nadie haría preguntas, como las otras veces. Siempre que huía, regresaba cabizbaja. Y eso era lo que todos esperaban de ella. Pero esta vez no lo haría. Inspiró con fuerza. Giró a la izquierda y tomó el desvío, siguiendo la indicación del cartel.

A los pocos metros, el asfalto se transformaba en un estrecho camino de tierra lleno de baches y de piedras que rozaban los bajos del automóvil. Guiada por los faros, que abrían el sendero a medida que avanzaba, condujo entre la maleza sin preocuparse de los arañazos que los dedos de uñas vegetales dejaban en la pintura del deportivo. En realidad, cada vez que escuchaba el rasgar sobre la plancha sentía una especie de satisfacción infantil al imaginar el rostro enojado de Otto.

El sendero se ensanchaba en línea recta hasta desembocar, dos kilómetros más allá, en una casa con la fachada colonizada por la madreselva. Una cancela de madera obligaba a caminar los últimos metros hasta la entrada principal, sepultada bajo un manto de hojas muertas y detritus. A cada lado se erguían dos cipreses que sobrepasaban la altura de la casa. Las balconeras y los portones de las ventanas necesitaban un tratamiento urgente contra los hongos y la humedad. Una grieta enorme, que se ramificaba en brechas más pequeñas, atravesaba parte de la fachada. Resultaba evidente que aquel lugar había conocido mejores tiempos, pero el aspecto descuidado de la casa no amedrentó a Paola. No había venido en busca de comodidades. Recogió del maletero el equipo de fotografía y la pequeña bolsa de viaje. Al bajar del coche notó un leve mareo. Le costaba mantenerse erguida. Hasta ahora no había sido consciente de las horas que llevaba al volante.

Recorrió bajo la luna los metros que la separaban del porche sin ver por dónde pisaba. El tacón del zapato izquierdo se hundió un par de veces en el fango blando haciéndola trastabillar. Adiós a sus bonitas medias y a la falda de tablillas.

Había luz en las ventanas de la planta baja y a través de los portones entornados se filtraba una melodía de piano que le resultó familiar. Era el *Claro de luna* de Debussy, una de las muchas piezas que la obligaban a practicar cuando era niña, bajo la mirada atenta y siempre predispuesta de su madre. La familiaridad de la música la tranquilizó, como si pudiera hacer también acogedor aquel lugar inhóspito.

Tuvo que llamar dos veces antes de que el piano dejara de sonar. La puerta se entreabrió y la luz ambarina del interior cubrió parcialmente el suelo de madera del porche. Una mujer de rostro plano —como si, al cincelarla, hubieran olvidado perfilar los detalles de los pómulos— le salió al paso.

—Buenas noches. ¿Es usted Dolores?

La mujer asintió muy levemente. Permaneció apoyada en el quicio de la puerta con las manos en los bolsillos de una chaqueta de lanilla, mirándola como si tuviese una visión etílica. Paola calculó que debía de tener más o menos su edad, alrededor de los cuarenta y cinco, aunque aparentara ser mayor. Sin ser gruesa, la carne empezaba a convertirse en flacidez. Lo único hermoso en ella eran sus ojos verdes, pero incluso esos ojos se estropeaban a causa de una mirada somnolienta.

—Hemos hablado por teléfono. Lamento llegar tan tarde, pero no conozco bien estas carreteras y me he perdido. Soy Paola.

La mujer observó cansinamente la bolsa de viaje.

—No solemos tener huéspedes en esta época del año —murmuró en una especie de monólogo del que la excluía. Luego parpadeó para sacudirse la torpeza y encogiéndose de hombros la invitó a pasar.

El salón era espacioso, decorado con una mezcla enloquecida de objetos que parecían haber sido comprados en saldos. Los estantes estaban repletos de libros y de portarretratos, figurillas de cerámica, cuadros sin colgar, revistas y discos. Todo aquello creaba una atmósfera abigarrada que, sin ser desapacible, no resultaba del todo acogedora. En una mesa bajera había una lámpara encendida. La tulipa azul trazaba un círculo luminoso sobre un piano de cola. Junto al taburete había una copa de vino a medio beber y un cenicero en el que humeaba en espirales un canuto de marihuana.

—Un Bösendorfer —dijo Paola, señalando el piano—. Y por lo que he podido escuchar, suena bastante bien.

—¿Entiende de pianos? —Atrapada entre el juego de luces de la lámpara, la piel de Dolores parecía derretirse como el revestimiento de una pintura oxidada.

—Tocaba cuando era niña. Nunca fui muy buena.

Se hizo un silencio extraño entre ambas, como si por razones distintas las dos hubieran escapado un segundo de la sala dejando sus cuerpos suspendidos en el aire.

Dolores carraspeó, cogió el canuto y lo acomodó en la moldura que los años habían formado entre su índice y su corazón, mordió la colilla y aspiró tozudamente hasta que logró avivar la pavesa. Lentamente, la mirada desenfocada fue abandonando los círculos erráticos por los que naufragaba y se dirigió a Paola de nuevo.

—¿Cuánto tiempo piensa quedarse? —preguntó con una repentina viveza, entre dos espesas bocanadas.

—No lo sé exactamente. Tengo que hacer un reportaje —improvisó Paola.

La mujer observó la bolsa de viaje y calculó que la recién llegada no traía equipaje para más de una semana. Tal vez un pijama, el neceser —seguro que lleno de potingues— y una muda como mucho. Esa bolsa era el chivato de una huida precipitada; pero, en cualquier caso, no era asunto suyo.

—¿Qué clase de reportaje? ¿Es periodista?

—Fotógrafa.

—Por aquí no hay demasiado que merezca la pena ser inmortalizado.

La mujer le lanzó una mirada inquisitiva. Su instinto, fortalecido por la experiencia de ver a cientos de viajantes de todas las calañas, le decía que no debía aceptar a aquella inquilina.

—Tu cara me resulta familiar. —Pasó de improviso al tuteo, lo cual desconcertó a Paola—. ¿Has estado aquí antes?

Paola negó con la cabeza. Dolores la observó con un poco más de atención.

—De todos modos, necesito tu DNI y una tarjeta de crédito. La identidad es para el registro que nos pide la policía —justificó con desidia— y la tarjeta, por si rompes algo o se te ocurre marcharte sin pagar.

La petición sobresaltó a Paola.

—Puedo pagar en metálico, por adelantado. —Sacó del bolsillo de la falda un billete arrugado de quinientos euros—. ¿Será suficiente?

Dolores enarcó una ceja.

—La noche son veinte euros, guapa. Haz tú misma la suma. Con eso tienes para pasar aquí media vida, y no creo que sea eso lo que quieres.

Paola le tendió el billete y Dolores lo examinó al trasluz, como si quisiera cerciorarse de que no era falso.

—No se ven muchos de estos... De todas maneras, tendrás que registrarte.

Paola dijo que le habían robado el bolso en un área de descanso de la autopista del Norte. Había perdido toda la documentación y todavía no había tenido tiempo de interponer la denuncia.

«Otra mentira», pensó Dolores guardando, sin embargo, el billete.

—Ya solucionaremos eso. —Se acercó a una caja de baquelita que había en uno de los estantes y regresó con dos llaves—. Esta es la llave del apartamento, en el tercer piso, y esta, la de la puerta principal. Hay un horario para las comidas, aunque, si lo prefieres, puedes comprar algo en el pueblo. No queda lejos, a unos diez minutos a pie. En el apartamento tienes una pequeña cocina de gas. Por aquí solo hay un restaurante, pero en esta época está cerrado. Así que, si te apetece probar la gastronomía local, tendrás que conformarte con O Cafeto. Es el bar de pescadores.

—Comprendido —dijo Paola, sosteniendo su bolsa de viaje entre las manos, con la expresión inquieta.

Dolores volvió a escuchar la llamada de alerta en su cabeza.

—No causarás problemas, ¿verdad?

Paola negó como una niña aplicada.

—No, por supuesto. Solo estoy de paso.

Dolores esbozó una risita que mostró sus dientes. En alguna parte de aquel rostro descreído y sin cuidar aún quedaban vestigios de una mujer guapa.

—Todos estamos de paso, querida.

No había mucho que ver en el apartamento: una mesa de aspecto rígido, un armario de formica con los estantes forrados con papel de periódico y un par de perchas de madera que aguardaban el peso de una blusa o de un pantalón. Un espacio impersonal limpiado con indiferencia; en las baldosas crema del suelo se notaba la poca diligencia al pasar la fregona y en los rincones menos accesibles asomaban montañitas de polvo consolidado. Afuera, una farola alumbraba un terreno baldío que en tiempos mejores debió de ser un jardín trasero, pero que ahora solo estaba allí para ser cruzado. Se escuchaban los ruidos de la noche, inhóspitos para alguien de ciudad como ella. Resultaba imposible aventurar qué había más allá del cono de luz de la farola.

Paola se desnudó y se estiró en la cama. El pulgar rozó el piercing del ombligo. Paola retiró la mano con un gesto de disgusto. Todavía tenía cosidas en la piel cosas que no le pertenecían y que necesitaba dejar atrás. El cuerpo empezaba a dolerle como si se le rompiera en minúsculos cristales. Se incorporó y buscó el interruptor de la luz tras la puerta del baño. Una triste bombilla se encendió sobre el espejo. Se observó con distancia.

Tenía la fisonomía de su madre: el pelo rojo como un durazno, muy corto. Se tocó la onda del flequillo y se dijo que debería teñirse, quizá de negro. Quería ser otra persona, siempre lo había querido. Tal vez por eso se había operado hacía años la nariz, para transformarla en aquella curva suave y darle un vuelo menos griego que el que tenían las mujeres de su familia. La boca era hermosa cuando permanecía estática, pero perturbadora cuando gesticulaba, al borde de un chasquido triste. Los pómulos, pronunciados y arrogantes, casi masculinos, contribuían a la dureza de sus ojos, ni muy grandes ni muy pequeños, de un color oscuro que se acercaba al de los botones de un peluche y que, a veces, no muy a menudo, brillaban como el cuarzo. En esos ojos cabían todas las metáforas pero ninguna se les acercaba; eran laberínticos, una red de trampas que impedía a los demás saber qué pensaba. El resto del cuerpo era cuesta abajo, una decadencia que apenas habían podido contener las operaciones estéticas, las mamas de silicona, la rotura de costillas y las horas de gimnasio y dieta. Además, durante los últimos tres años, su vida se había abocado a un abandono absoluto que había destruido en poco tiempo lo que tanto le había costado forjar.

Ya no necesitaba su cuerpo para que otros lo tuvieran a su antojo, pero todavía quedaban señales de ese descenso a los infiernos: roturas antiguas, caminos secos de noches violentas en el abdomen y en la cara interior de las nalgas. Los recorrió despacio con los dedos hasta detenerse en el vello púbico y sintió un dolor intenso que le trajo una arcada vacía y un escalofrío lleno de imágenes que flotaban en sus pupilas. Inspiró con fuerza para devolver esas visiones al fondo de las tripas y se masajeó el cuello, tan delgado y quebradizo, tan fácil de romper en cualquier momento.

Observó la bañera con cierta repugnancia. No es que estuviera sucia pero, como todo en aquel apartamento, conservaba rastros intangibles de otras presencias, de otros hombres y mujeres que habían sumergido allí sus cuerpos. Abrió la llave del agua para llenarla, vertió jabón de ducha y probó la temperatura con el pie. En el empeine llevaba un animal fantástico tatuado: un grifo. Su cabeza de águila, igual que las alas, era de un rojo intenso; y el cuerpo de león y las garras, de un azul añil que se confundía con las ramificaciones venosas que se abrían hacia el tobillo. Otro exceso suyo que repudiaba.

Se sumergió muy despacio. Cuando era niña solía hundirse en la bañera para escuchar los latidos de su pequeño corazón. Aquel ritmo de tambor le parecía fascinante, como si tuviera dentro un animal encerrado que solo podía escuchar así. Dejaba salir las burbujas de aire por la nariz y las observaba ascender y fundirse en la superficie. Nunca tenía miedo, ni siquiera cuando la boca quería abrirse y los pulmones se inflamaban y ella los forzaba a seguir allá abajo. Sabía que su madre aparecería para rescatarla. Esperaba contando los segundos para verla aparecer... Un día, sin embargo, su madre no acudió a rescatarla. Desapareció sin más. Solo le dejó una notita debajo de la almohada: «No pienses nunca que quien se marcha te abandona. A veces, es la forma de quedarse contigo para siempre».

En ocasiones, seguía esperándola allá abajo, sumergida entre los murmullos del agua y los latidos del corazón.

Paola no fue consciente del tiempo que había permanecido en la bañera hasta que llamaron a la puerta. Entonces volvió en sí y percibió que el agua se había enfriado y que tiritaba. Se secó y se tapó con una toalla para salir.

En el vestíbulo había un hombre. Podría decirse que era un anciano, pero no uno de esos hombres acabados y llenos de recuerdos y años, sino un tipo corpulento que se desmoronaba muy poco a poco. Traía un aire distraído y una mirada horizontal bajo unas cejas espesas y revueltas que la observaron con curiosidad, pero sin deseos de detenerse en los hombros pecosos ni de entrometerse en el nacimiento del pecho enrojecido que asomaba bajo la toalla. Se llevó la mano al sombrero que traía puesto con una leve inclinación de cabeza; un gesto de educación modesta y antigua, aprendido en los modales de otro tiempo y de otra tierra. Aquí ya nadie era tan ceremonioso. El sombrero era bonito, con una leve hendidura en la parte alta, como si la mano la hubiera labrado a base de repetición. Encajaba perfectamente en la cabeza del anciano.

—¿El Mercedes que hay aparcado abajo es suyo?

Paola escuchó la pregunta con la impresión de que esa voz conventual, grave y con eco de bóvedas, le llegaba desde una distancia inalcanzable. Tardó unos segundos en asociar la pregunta con el descapotable de Otto. Respondió con un gesto de afirmación inquisitiva. El anciano sonrió con una tibieza casi imperceptible.

—Mercedes descapotable biplaza de 1963, un 190SL. Una pieza de coleccionista: 105 caballos, 170 kilómetros punta, aceleración de 0 a 100 en catorce segundos. Apuesto que este es de la última serie que se fabricó.

Paola se sintió abrumada; para ella era solo uno de los caprichos de Otto, como sus caballos, como el juego y como las mujeres que coleccionaba. Y aquel hombre le hablaba de ese objeto como si lo hubiese fabricado él mismo.

—Pues no sabría decirle.

—¿Sabe una cosa? Mi esposa y yo emigramos de la Argentina a Alemania en los años cincuenta. Y allí trabajamos muchos años en la planta de montaje de Mercedes. Así que es probable que algunos de los tornillos de ese coche suyo hayan pasado por mis manos. Paradójico, ¿verdad? —dijo «paradójico» como si acabara de aprender su significado en un diccionario. Paola sintió un ligero malestar, como si aquellas palabras conllevaran un secreto reproche para la gente como ella, que se limitaba a conducir aquel coche sin pensar siquiera en el esfuerzo de las personas que lo habían construido.

Aquella era la primera vez que Mauricio salía de Argentina, y se sentía como un aventurero que no se resignaba a languidecer en un Buenos Aires que, en aquellos lejanos años cincuenta, nada parecía ofrecerle —excepto la promesa de una muerte lenta y anunciada—. Se abría ante él un futuro por descubrir. Además, se marchaba junto a su novia, la Pecosa, y su amigo del alma, Oliverio.

Aun así, cómo le pesaba a Mauricio el reproche de su padre:

—¡Qué necesidad de ir a Alemania! ¿Trabajar como operario en una cadena de montaje de coches es la idea de prosperidad que tienes?

—No, padre. Lo que quiero es conocer lo grande que es el mundo.

Su padre lo miró como si estuviese loco.

—La culpa es de esa novia tuya. Te ha embrujado con sus tonterías.

El padre de Mauricio nunca había querido más de lo que tenía: dedicarse a sus sombreros, escuchar tangos de Gardel, ver crecer a los hijos y no echarlos de menos cuando estos decidieran formar su propia familia. Mauricio, el mayor de todos —y su esperanza más firme—, de pronto lo aturdía con ambiciones y sueños absurdos, y acusaba de ello a esa muchacha pelirroja que se había echado de novia. Lo primero que dijo al ver a la Pecosa fue que parecía una gitana.

—Te arrastrará a vagar por el mundo de trabajo en trabajo, sin verdadera patria, sin raíces.

Para su padre, el mundo no valía la pena fuera de los límites seguros de la vida conocida. Aquella muchacha, con sus sueños de grandeza, iba a arrojar a su hijo al caos y a la incerteza.

—¿Qué clase de oficio es para una muchacha ser escultora? Yo solo veo pedazos de chatarra soldados unos con otros de cualquier manera. No te conviene, Mauricio; no te conviene. Deberías hacerle caso al señor Giovanni. Podrías llegar a tener una buena posición y una casa como la suya.

El señor Giovanni era el patrón de su padre, el dueño de la sombrerería de la calle Florida donde Mauricio aprendió los rudimentos del oficio. Tenía una araucaria que se había hecho traer desde los Andes chilenos para plantarla en su finca. Algo debía de haber en la tierra de Buenos Aires que hacía languidecer aquella conífera, pero el señor Giovanni se empeñaba imperturbable en hacerla vivir a pesar de los consejos del jardinero. Vivía en una finca que estaba cerca de los principales parques, de los hipódromos y de los barrios donde empezaban a acomodarse familias de lo que sería la clase media bonaerense. Era un caserío con pasillos laberínticos y paredes cubiertas de cuadros con rostros adustos de antepasados que parecían haber sufrido de almorranas.

El señor Giovanni no tenía hijos, y esa era la peor de sus tragedias. Su rostro, tan verde y gris como el de sus ancestros, iría a colgar de una alcayata en aquel mausoleo inacabado y, después, nada. Quizá fue esa la razón de tomar a Mauricio bajo su protección.

—Cuando tengas la edad —le sugirió—, deberías seguir estudios en alguna universidad privada, tal vez en Estados Unidos, estudiar Ciencias de la Economía para conocer y dominar los conceptos del capitalismo: la deuda, la oferta, la demanda, la exportación, los valores, la fluctuación del dólar americano, los riesgos del interés. Después de la guerra en Europa será necesario un nuevo punto de partida para la reconstrucción. Negocios multimillonarios, oportunidades para los que estén atentos y preparados para los tiempos que se avecinan.

¿Le interesaba todo aquello a aquel muchachito desgarbado y tímido que era Mauricio? ¿Era consciente de que le ofrecían un futuro insospechado para alguien de su clase? Desde luego que no. Prefería la aventura.

Así que finalmente embarcó hacia Alemania.

—Está empezando a llover, será mejor que baje usted a cerrar la capota. Sería una lástima que se eche a perder esa preciosa tapicería.

—Oh... claro... enseguida. Muchas gracias.

El anciano se despidió llevando un dedo al vuelo del sombrero y se alejó pasillo adelante. Antes de bajar la escalera volvió la vista atrás, pero Paola ya había cerrado la puerta.

Paola se acercó a la ventana. Vio al anciano junto al descapotable. Lo acompañaba un muchacho apuesto, apenas un adolescente. El anciano le hablaba señalando el interior del coche, probablemente dándole detalles de la mecánica o algo por el estilo. Instintivamente, Paola tomó la cámara y le hizo una foto. El chico alzó la cabeza, como si hubiese escuchado el clic del disparador, y sus miradas se encontraron. Paola se apartó de la ventana recogiéndose en la oscuridad.

El teléfono móvil volvió a sonar. En la pantalla parpadeaba insistentemente el nombre de Otto.

—Tu abuelo es un hombre extraño, Daniel —dijo Martina, la hija de Dolores, al tiempo que se apartaba de la frente el flequillo con un gesto que a Daniel le pareció ensayado, como para dárselas de vieja. El abuelo Mauricio paseaba cerca del borde del acantilado. Había pasado una semana desde la llegada de Paola, la nueva huésped, y ambos jóvenes contemplaban el paisaje sentados sobre una roca húmeda. Martina miraba a lo lejos, abrazada a sus rodillas.

Daniel asintió; a él también le costaba acostumbrarse a la idea de que aquel hombre que iba arriba y abajo con las manos en los bolsillos fuera su abuelo. El padre de su padre. Tenía unas patillas gruesas y rizadas que le asomaban como hilachas de esparto a los lados de la cara. La barba blanca le daba a sus mandíbulas una amplitud sedosa y le servía para disimular las pequeñas cicatrices en forma de hilos quebrados que rodeaban la comisura de los labios y parte de las mejillas. Esas cicatrices fascinaban a Daniel; eran como raíces secretas que ascendían hacia la superficie, o como dedos crispados de náufragos. Debían de tener una historia, pero a su abuelo no le gustaba hablar del pasado. En realidad, no le gustaba hablar demasiado de nada. Era una persona de silencio.

La primera imagen que tenía de su abuelo era la del día que este vino a buscarlo a la clínica. Un asistente social le comunicó a Daniel que aquel hombre con un sombrero de película era su único pariente vivo y que, en adelante, sería también su tutor. Hasta entonces, Daniel apenas había oído hablar de él. En aquel primer encuentro, el abuelo lo esperó al final del pasillo sin acudir a su encuentro, como si pretendiera darle tiempo para acostumbrarse a esa nueva presencia en su vida. Le dedicó una mirada rápida e intercambió unas palabras con el asistente social. Luego recogió la maleta de Daniel. Ya fuera de la clínica, lo observó con algo más de cuidado: «Ahora estamos solos, tú y yo». Fue lo único que dijo antes de posar su gran mano abierta sobre la cabeza del muchacho. Lo más parecido a un gesto cariñoso que Daniel recordaba. Había transcurrido un año, y lo cierto era que continuaban sin saber mucho el uno del otro.

—¿En qué pensará? —se preguntó Martina en voz alta.

El abuelo alzó la cabeza y concentró su atención en los islotes del otro lado de la bahía. Algo que vio o que pensó le dibujó una sonrisa, como si las olas le susurraran una broma que solo él fuera capaz de entender; esa complicidad con la naturaleza incomodó a Daniel porque lo dejaba fuera de sus pensamientos.

—Creo que espera algo —respondió él.

Martina esbozó una sonrisa irónica y cruel.

—Lo único que esperan los viejos es lo que ya no puede llegar.

Daniel se revolvió.

—A veces eres demasiado ácida, ¿lo sabías?

Martina lo examinó con desdén.

—Solo digo lo que siento. El único horizonte de un viejo es el pasado. —Se anudó el pelo con una goma hasta domarlo en una coleta alta que cimbreó al tiempo que meneaba la cabeza con un gesto de resignación. Lanzó una última mirada hacia lo lejos. El abuelo se acercaba hacia ellos, bordeando el lado norte del acantilado.

—Creo que ha llegado la hora de que me largue.

—No tienes por qué irte —dijo Daniel.

—Ya sabes lo que el viejo piensa de que sigas viéndome.

Era cierto. Su abuelo pensaba que no borrar a Martina de su vida lo alteraba. Cuando la veía, Daniel siempre sufría una recaída.

Martina se alejó en la dirección opuesta al anciano. Daniel sabía que era inútil correr tras ella. Su amiga era un espíritu solitario y rebelde. Siempre lo había sido. Una niña vieja sumida en su mundo, alejada de todos. Martina era como el aire borrascoso de estas tierras. Estaba ahí, te gustase o no, y no quedaba más remedio que amarla u odiarla. Daniel había elegido quererla, aunque hoy no le apeteciera secundar sus juegos.

Cuando el abuelo llegó hasta el *cruceiro* donde estaba Daniel sentado, resoplaba a causa del trecho remontado. Se echó hacia atrás el sombrero y examinó el cielo como quien desconfía de lo que ve. Masticó el aire como si fuese a escupirlo a continuación.

—Viene tormenta. Y esta será de las grandes. Deberíamos regresar.

Daniel asintió.

Le costó ponerse en pie después de tanto rato sentado con las piernas cruzadas frente al mar. Tenía el culo del pantalón humedecido, como cuando era un crío y se orinaba en la cama; a veces todavía le pasaba: tenía sueños incontinentes y despertaba con las sábanas empapadas. Con diecisiete años, era algo de lo que se avergonzaba. Por suerte, el abuelo no colgaba las sábanas manchadas en la ventana para que las viese todo el mundo. Eso era cosa de su padre, y su padre ya no estaba.

Echó una última mirada a las ruinas calcinadas de la que fue su casa. Cada vez le dolía menos subir hasta allí y caminar entre las paredes sin techo y los umbrales sin puertas o sentarse en el suelo de losas partidas. Daniel no necesitaba el espacio para reconocer el dormitorio de sus padres, la cocina, el pequeño salón donde su hermano ponía las botas a calentar en la chimenea; quedaba en pie parte de la escalera que subía a su habitación, desde cuya ventana en forma de tragaluz se veían la cara norte de Punta Caliente y el faro. Entre los escombros todavía hacía de vez en cuando algún hallazgo: un vaso; el pequeño óleo que representaba el naufragio del *Serpent*, un barco que se hundió en 1890 en Punta Boi llevándose a unos ciento setenta marineros al fondo; algunos libros de su madre con las páginas medio calcinadas; viejas fotografías que se deshacían en las manos. Aquella tarde, sin embargo, no había encontrado nada más que el hedor de cenizas viejas, la visión de muebles de madera crepitando, tirabuzones de ascuas revoloteando sobre las cabezas, ese olor acre en la nariz, en la boca y en la garganta, como si estuviera pasando ahora mismo.

Su abuelo lo miró de un modo que Daniel no acertó a interpretar. En ocasiones tenía la impresión de que solo actuaba como vigilante y en otras, en cambio, estaba casi seguro de que lo comprendía. A veces el abuelo era su enfermero y otras su carcelero.

—¿Estás bien? —le preguntó apretándole el hombro.

Daniel conocía el peso de esa mano, su firmeza, que no era violenta pero que tampoco admitía discusión. Esas manos habían tenido que sujetarlo con fuerza algunas veces; otras lo acariciaban hasta quedarse dormido. Poco a poco se habían adiestrado en la ternura del mismo modo que formaban, cosían y ensamblaban unos sombreros asombrosamente elegantes.

—Sí, estoy perfectamente.

—Quizá no haya sido buena idea subir aquí.

—Abuelo, estoy bien, de verdad.

—Como quieras. Anda, vámonos.

Empezaron a descender hacia el pueblo. Punta

Caliente era poco más que un brillo de una docena de luces a lo lejos. El abuelo iba delante, con las manos en los bolsillos. Su paso era corto, y caminaba con la cabeza adelantada como un ariete que quisiera romper el muro de viento. Tenía esa manera tan propia de los Luján de asentar firmemente los talones y las punteras abiertas hacia afuera. Daniel recordaba que su hermano tenía esa misma forma de andar sin balancear apenas los brazos, a pasos cortos y con la cabeza un poco hundida. Incluso sonreía igual que el abuelo, con una especie de mueca que podía interpretarse como un gesto cínico pero que solo pretendía mostrar cierta impaciencia. Daniel estaba convencido de que su hermano y el abuelo se habrían caído bien de llegar a conocerse. Pero su hermano tampoco estaba ya.

Las cenizas se habían llevado a todos: a su padre, a su hermano y a su madre.

A lo lejos se escuchaban los truenos que venían de mar adentro. El aire se estaba volviendo denso, olía a hierba segada y la humedad de la tierra traspasaba las suelas de goma de las zapatillas deportivas de Daniel.

No tardaron en pasar junto al desvío que llevaba a la casa de huéspedes de Dolores. A veces, el abuelo pasaba a saludarla. Se caían bien, con esa complicidad que comparten los venidos de fuera. Aunque Dolores vivía en Punta Caliente desde hacía diez años —e incluso había ejercido como maestra en la escuela rural—, los lugareños seguían llamándola, con cierto desdén, la Portuguesa. Ella y el abuelo —al que por supuesto todos llamaban el Argentino— solían prestarse libros y discos, y bebían juntos, de vez en cuando, un par de botellas de vino discutiendo de cualquier cosa sobre la que pudiera discutirse. Resultaba sorprendente la repentina locuacidad del abuelo cuando estaba con Dolores. Esta vez, Mauricio no traía libros ni música y Daniel creyó que pasarían de largo. La casa de Dolores quedaba bastante apartada de su camino. Un lugar difícil de encontrar si no se buscaba. Sin embargo, el abuelo propuso hacerle una visita.

Cuando alcanzaron el zaguán, llovía ya con fuerza. Al otro lado de la cancela seguía estacionado el descapotable de color verde oliva que habían visto una semana antes. Daniel no había podido olvidar la imagen fugaz de la mujer en la ventana. Mauricio se acercó y dio un par de vueltas alrededor del vehículo.

—Un auto magnífico. —Daniel se dio cuenta de que su abuelo miraba aquel coche como si fuese un ser vivo. La visión de esa máquina lo transformaba.

Dolores los recibió envuelta en el mismo aire de ambigüedad que transmitía aquella casa. No era sencillo saber si aquella mujer estaba triste o simplemente hastiada, si estaba fumada o solo fingía flotar en su burbuja de música, luces bajas y libros. La chimenea estaba encendida. Un tronco ardía lentamente iluminándose y apagándose como el latido de un corazón de madera.

—¿La chimenea en junio? —preguntó el anciano.

Ella se encogió de hombros.

—No la he encendido porque tenga frío.

Entre las brasas se consumían media docena de colillas y un paquete de cigarrillos arrugado, así como alguinas páginas que Dolores había arrancado de un volumen de *La montaña mágica*.

—Hoy no puedo con tanto enfermo y tanto sanatorio —dijo cuando el anciano, arqueando una ceja, le preguntó sin preguntar por esas páginas arrojadas al fuego. Tenía una buena reserva de clásicos para lanzar a la pira en función de sus estados de ánimo. Abrió un albariño y sirvió un par de copas. Daniel se apartó a curiosear en la biblioteca. El anciano miró a su nieto de reojo, volvió a Dolores y alzó la copa a media altura. Brindaron en silencio, con la lluvia de fondo.

—Las noches con más estrellas son las más hermosas y, sin embargo, también son las más frías —murmuró Dolores.

—Hoy no hay estrellas, llueve a cántaros.

—No me jodas la imagen poética, Mauricio.

El anciano meneó ligeramente la cabeza con sentido del humor.

—Empiezas a sentirte excesivamente cómoda en la soledad. Todavía eres muy joven para esa clase de renuncias.

—No es cierto.

—Yo veo pequeños indicios de enterramiento en vida: demasiado Bukowski en la estantería, demasiado Chopin en el tocadiscos, más marihuana de la cuenta... y ahora esa añoranza de las estrellas.

Dolores sonrió. Le gustaba la ironía del anciano. Nunca estaba segura de si hablaba en serio o de si le tomaba el pelo. Probablemente le tomaba el pelo con absoluta seriedad.

—Si hay alguien por ahí dispuesto a soportarme,

deberías lanzar una bengala para que me encuentre. Ya sabes mi tipo.

Él sonrió. Al cabo de un momento, deslizó la pregunta que traía en la punta de la lengua.

—¿Qué tal la nueva inquilina?

—¿Paola? Apenas sale del apartamento... Es extraña.

—¿En qué sentido? ¿Extraña como tú o como yo, o extraña como una terrorista o una asesina en serie?

—No empieces con tus jueguecitos, Mauricio. Solo digo que hay algo en ella que no me cuadra. Se supone que ha venido a hacer un reportaje fotográfico de los acantilados y del faro, pero no la he visto alejarse más allá de la cancela.

—Este es un lugar ideal para olvidarse del mundo, si es lo que viene buscando.

—Tengo la sensación de conocerla, de haberla visto en alguna parte.

Un crujido les hizo volverse hacia la escalera. La aparición de Paola cambió sutilmente el equilibrio de la sala. Vestida con ropa informal, escondía las manos bajo las mangas de un fino jersey que le venía grande. El anciano deslizó una mirada rápida a Dolores y se puso en pie.

—Buenas noches. Precisamente hablábamos de usted.

—¿De mí?

El anciano asintió.

—Anécdotas y frivolidades para acompañar una noche de tormenta y unas copas de vino. ¿Por qué no se une a nosotros?

Paola titubeó.

—No quiero molestar. Solo venía a buscar unas cerillas o un encendedor.

Ya era demasiado tarde. El anciano la acompañó hasta una butaca, junto a la chimenea. Dolores le pidió a Daniel que trajera una copa más. El anciano volvió a la carga.

—¿A qué se dedica? ¿Atraca bancos, dispara a la gente, pone bombas? Esas son las posibilidades que Dolores y yo barajábamos hace un momento.

—Mauricio, no todo el mundo entiende tu sentido del humor —le advirtió Dolores.

El anciano sonrió, pero sin dejar de mirar a Paola. Le dio la impresión de que aquella mujer hibernaba, como si padeciera alguna clase de enfermedad grave y hubiese decidido congelarse a la espera de que apareciese una cura definitiva. Conocía esa clase de contención. La había practicado durante muchos años en una cárcel argentina.

—Perdóneme. A veces la pretensión de ser gracioso puede convertirse en grosería.

Paola sonrió con educación, atrapada entre aquellos dos desconocidos. Daniel se acercó con la copa. Ella reconoció al muchacho al que había fotografiado desde la ventana la primera noche. Los dedos del muchacho rozaron involuntariamente los suyos. Fue una décima de segundo, pero ese leve contacto le transmitió un caudal de emociones.

—Dolores afirma que es usted periodista, o reportera, aunque no sé si entiendo bien la diferencia —insinuó el anciano, para quien no pasó inadvertida la mirada penetrante de Daniel sobre la mujer.

—Me dedico a la fotografía —dijo ella, contemplando el dorso de su mano como si los dedos del joven le hubieran inoculado alguna sustancia y buscara la prueba en forma de diminutas punciones.

—Y ¿qué fotografía? —preguntó Daniel, interviniendo de repente en la conversación. Sus ojos eran como las bolas de un adivino que conoce el pasado, el presente y el futuro. Aquella mirada crujió como una caña que se quiebra en la mente de Paola que, incomodada, apartó la vista.

—Paisajes, edificios... manos.

—¿Por qué manos? ¿Por qué no rostros? —quiso saber Dolores.

Paola pensó en las manchas solares en las manos de su madre cuando la secaba con la toalla, el olor a espliego que desprendían, la suave firmeza con la que le frotaba el cuerpo y la cabeza mojada.

—Las manos me parecen lo más conmovedor y sincero que tenemos.

Daniel se miró las manos casi inmediatamente.

—¿Y por eso escondes las tuyas en las mangas del jersey? —le preguntó Daniel. Paola negó lentamente, observando a aquel curioso joven.

—No las escondo. Simplemente tengo frío. —«No te creo», le dijeron los ojos de Daniel. Y Paola sintió que la estaban invadiendo por dentro. Por suerte, Dolores se puso en pie y se acercó al piano. Abrió la tapa y quitó el paño que cubría las teclas.

—Pues habrá que hacerlas entrar en calor. Dijiste que de niña tocabas el piano. Bueno, veamos cómo se deslizan tus dedos sobre las teclas.

Paola se sonrojó. Trató de excusarse.

—Hace ya mucho tiempo.

—Seguro que tus manos responden —insistió Dolores—. La música siempre se queda pegada a las yemas de los dedos.

Paola se sentó en la banqueta. Contempló el teclado del piano acercando los dedos extendidos sin llegar a posarlos en el marfil. Se acordó del nudo en el estómago que se le formaba cada vez que su padre traía invitados a casa y les hacía pasar al salón de música para ofrecerles una muestra de la genialidad de su niña prodigio. El peso de todas aquellas miradas posadas sobre ella le impedía mover los dedos. Ahora volvía a sentirse en parte como aquel bicho raro.

Daniel la animó con un gesto amistoso.

—De acuerdo, veamos qué puedo recordar.

Había una pieza que le gustaba especialmente. La número dos del noveno Nocturno de Chopin. Los dedos, inseguros al principio, se reencontraron de un modo pasmoso con las notas, como si nunca se hubiesen alejado completamente de la niñez. Las notas caían con la frialdad sólida de un recuerdo, se hacían más y más íntimas, se enroscaban, cobraban vida.

El tiempo se detuvo cuando el eco de la última nota se extinguió. Durante un instante, cada uno de los presentes se trasladó a un lugar distinto de sí mismo. Dolores a Portugal; Daniel a su infancia, junto a sus padres y a su hermano; Paola a la habitación de su hija, cuando aún la tenía junto a ella; y Mauricio, quién sabe, tal vez a Alemania o a Argentina, o al recuerdo de su esposa.

—Es tarde y me siento cansada. Discúlpenme

—dijo Paola, asustada de ese repentino silencio, y se alejó como si escapase de algo.

Daniel la acompañó con la mirada hasta la escalera. Paola se volvió un instante desde allí y se encontró con aquellos ojos oscuros que la interrogaban.

Preguntaban algo a lo que ella no quería responder.

3

La Coruña, viernes, 20 de agosto de 2010
01.30 h

El batiente de la puerta se abre y se cuelan las llamadas por la megafonía, las ruedas de las camillas, las toses y un murmullo de voces que le llegan a la mujer desde un fondo marino.

Ella siente la piel de la cara tensa y un hormigueo bajo los puntos de sutura. Es consciente del peso del cuerpo como nunca, un bloque de cemento que le aplasta las costillas. El párpado inflamado se abre. Lo primero que ve es el techo; percibe la iluminación desapacible y poco a poco cobra forma la habitación revestida de azulejos marrones, la taquilla donde alguien ha colgado la ropa que traía puesta, el instrumental junto a la camilla. Todavía no regresa por completo, desdoblada aún entre dos planos de realidad. Se siente como si acabara de nacer en un mundo desconocido. No está muerta, el mundo debería haberse acabado pero no lo ha hecho. Los pensamientos obvios la aturden. Las palabras se resisten a salir, suplantadas por imágenes terribles que no pueden ser expresadas más que con un silencio pertinaz. Hace unas horas pensaba en la felicidad, y ahora despierta con la congoja de haber perdido algo de vital importancia.

—Señorita, ¿puede oírme?

Nota unos dedos que no quieren invadirla, solo acompañarla, rozando el nacimiento de su cabello en la frente. Dedos masculinos que huelen a tabaco. Reconoce esos dedos y esa voz que mezcla compasión y amabilidad inflexible. Dobla el cuello como un muelle destensado. Muy lentamente, el rostro que tiene delante se aclara: una sonrisa bonita y limpia, fraternal. Se esfuerza en disponer la boca, los labios y la lengua del modo adecuado para hablar; reagrupa todos sus pensamientos y los lanza en una única intentona. Por un instante, le aterra escuchar esa voz nasal y débil, quejumbrosa que, a pesar de ser suya, no reconoce:

—Hola, Germinal.

Hay algo puro y limpio, un calor familiar de reconocimiento —como un beso en la mejilla—, cuando se pronuncia un nombre. Pero Germinal Ibarra no está acostumbrado a esos golpes bajos de la emoción. Nadie lo llama por un nombre, herencia de su padre, con el que el inspector no se siente cómodo. Solo Carmela, su mujer, lo utiliza cuando se enfada y prescinde de los diminutivos cariñosos. Germinal es una puerta sombría que se abre para muy pocos.

—¿Nos conocemos?

Ella hace un esfuerzo y traga una espuma seca que le está sellando la garganta. Ibarra le acerca diligentemente un vaso de agua; la ayuda a beber con cuidado. Se nota que está acostumbrado a cuidar de Samuel, a velar por sus necesidades como un centinela atento y solícito. Ella trata de devolverle la sonrisa pero la boca se contrae con un gesto de dolor.

—¿Tan mal estoy para que no me reconozcas? —susurra, y se asusta de nuevo de su propia voz.

Ibarra ahonda en los rasgos desfigurados de la mujer. El pelo oscuro y corto, los ojos apenas reconocibles bajo los párpados inflamados y los moratones, los pómulos hundidos, la nariz rota y los labios en carne viva. Es en la voz, sin embargo, donde parece hallar un eco familiar y lejano, como una vieja melodía olvidada. Reconoce ese levísimo acento del sur, y esa clase de voz aristocrática que se suaviza a base de esfuerzo de dicción desde la infancia. Comienza a rebuscar entre los fragmentos inconexos de su vida —en un espasmo de años, voces y rostros— hasta que, por fin, el recuerdo de una mujer muy distinta a esta aparece con nitidez.

—No es posible —murmura, negando con la cabeza asombrado.

Aquella mujer tenía otro color de cabello, rojo brillante, y sus ojos, tan oscuros, eran distintos, no como estos círculos inflamados y deformes. Y, sin embargo, no cabe duda de que se trata de ella; Eva Malher.

Un silencio sólido los separa durante un largo minuto.

—Todo el mundo está buscándote desde hace meses —dice Ibarra, tratando de recomponerse.

—No podía soportarlo más. Tenía que escaparme de todo aquello. Era como si todos hubieran olvidado. Pero yo no podía dejar de pensar en lo que pasó.

Ibarra mueve lentamente la cabeza. A él también le gustaría poder borrarlo todo, hacer como si nunca hubiera pasado. Piensa en la alameda que hay no muy lejos de su casa. Le gusta salir a dar un paseo con Carmela cuando ha llovido y las copas de los árboles gotean haciendo guiños con el sol. Es un lugar húmedo, huele a frescor y a vida. Pero, en cualquier momento, Ibarra se queda quieto frente a un detalle nimio, un hormiguero, una piedra enmohecida, una rama quebrada... y vuelve a estar en Málaga tres años atrás, en aquella choza de pastores entre los chopos, con el hombrecillo. Entonces Carmela le pregunta en qué piensa. Él querría contárselo, pero no logra encontrar las palabras; por mucho que las busque, no existen. Se trata del mismo silencio atragantado que lo atenazó cuando encontró muerta a la hija de Eva Malher.

—¿Qué te ha pasado? —le pregunta, tratando de apartar de su cabeza aquella mañana de hace tres años, que lo atormenta desde entonces.

Eva Malher inspira con fuerza y parpadea; al hacerlo, atrapa un instante que flotaba en su pupila.

—Durante un tiempo soñé que podría ser otra, que podría empezar de nuevo. Conduje hasta donde el mundo termina, cambié de nombre y de color de pelo. Pero no valió de nada. Daba igual llamarse Eva, Elvira o Paola, o tener el pelo rojizo o negro. Mi naturaleza se había agazapado dentro de esa invención mía esperando el momento de volver. Y mi sueño se acabó.

Ibarra la contempla detenidamente.

—Los sueños solo sirven para despertar de ellos —le dice finalmente.

Eva asiente y le estrecha débilmente la mano. Se mueve en la cama. Quiere incorporarse y él la ayuda. Coloca los almohadones en su nuca. Le aparta un mechón de cabello de la frente.

—Tratamos de huir de nuestro destino sin darnos cuenta de que nos dirigimos hacia él —concluye ella.

Ibarra se encoge de hombros. Él siempre ha creído que nos negamos a reconocer que nuestras vidas son un producto del maldito azar. Que insistimos en buscar una justificación porque somos incapaces de aceptar esa náusea del sinsentido en la boca del estómago.

—Necesito que me cuentes qué ha pasado, Eva.

Ella lanza un gemido de dolor, como un animal herido que buscase un último lugar para su agonía. Los animales heridos inspiran compasión pero son peligrosos, el dolor los enloquece y es mejor dejarlos en paz. Pero no podemos evitar acercarnos a ellos. Ella lo mira. Ibarra intuye, en el ligero enturbiamiento de reproche de su mirada, el desamparo y la soledad obstinada que ha terminado convirtiéndose en una segunda piel para Eva.

—¿Conoces Punta Caliente?

El inspector niega con la cabeza.

—Es un lugar precioso. Deberías ir, sobre todo cuando no hay temporal.

—¿Es allí donde has estado estos meses?

Ibarra espera que Eva siga hablando, pero ella

cierra los ojos. Durante un momento, piensa que se ha dormido. La doctora le ha advertido de que no debería atosigarla, está muy sedada. Acaricia su mano. La compadece. No por lo que le haya podido suceder, sino por lo que ocurra cuando todo el mundo sepa que la heredera del imperio Malher ha vuelto. Le coloca la mano cuidadosamente sobre el regazo y se dispone a salir de la habitación, pero ella tose y se remueve inquieta.

—No te vayas. Quédate conmigo —murmura.

Ibarra traga saliva y aprieta las mandíbulas. No va a poder escaparse de esto.

Eva tarda en quedarse dormida. Respira pesadamente, como si en sueños trepase por una montaña escarpada. Gime, se queja, los párpados se mueven con vida propia y el rostro se le contrae. Poco a poco se calma, se abandona y la rigidez que queda en el rostro es como una máscara de arcilla. Ibarra se aparta de ella con cuidado y sale de la habitación. Se apoya en la pared y se frota la sien, agobiado. Necesita beber algo, pero no hay nada a mano que pueda calmar la sed que le quema la garganta: una sed llena de polvo, de sangre y de recuerdos.

Aquel maldito verano, todos querían saber, todo el mundo opinaba, pero no les interesaban los detalles: el cuerpo roto entre las piedras; el pelo recogido en una trenza oscura, colocado delicadamente entre el hombro desnudo y el cuello de cisne roto como si solo estuviese dormida... y lo hubiera parecido de no ser por esas moscas que acudían a posarse en la boca entreabierta y en los párpados mudos, que penetraban en los orificios de la nariz y que frotaban sus patas delanteras en el cuenco de la oreja hasta perderse en los laberintos del oído. Ibarra no puede arrancar ese sonido de su cerebro.

Son muy pocos los que entonces llegaron a interesarse realmente por la niña. Amanda tenía diez años, y una mancha lunar en el brazo derecho. Eso la acomplejaba, aunque no era más que una mota decolorada. Para disimularla se ponía cada día una calcomanía. Era un poquito patizamba, una herencia de su abuelo materno, así que nunca hubiera sido una gran bailarina de patinaje artístico como ella soñaba. Se le daba bien el teatro en la escuela, y le gustaban las películas. Sus ojos grises hubieran hecho de ella una actriz arrebatadora. El mérito no es nacer con unos ojos hermosos, sino encajarlos en el rostro y alimentarlos con la mirada apropiada. Los ojos de Ava Gardner no la convirtieron en el animal más hermoso de la tierra por ser verdes, ni por haber seducido a Burt Lancaster en *Forajidos*, sino por quemarlo todo con la mirada. Amanda hubiese llegado a tener esa fuerza. La última vez que la vieron con vida olía a perfume de limón. Se había colado a escondidas en el tocador de su madre y se había perfumado a conciencia con el pulverizador. Cuando Ibarra la encontró en aquel páramo desierto, ese olor había desaparecido completamente.

Para Amanda la felicidad era sentarse en la estrecha butaca de la filmoteca con su madre cada sábado por la mañana, muy juntas las dos para ver viejas películas de la Metro-Goldwyn-Mayer. *Anna Karenina* era su preferida. Resultaba de lo más extraño verlas llegar a la sala. Todo el mundo contemplaba admirado el porte elegante de la señora Malher, quien se protegía del viento con un pañuelo en la cabeza y sus grandes gafas de sol y mostraba, bajo el vestido, unos zapatos negros de tacón afilado y unas piernas hermosas. La mitad de los hombres —y no pocas mujeres— de este país han soñado alguna vez con enredarse entre ellas.

Pero el hombrecillo que las esperaba en la puerta de la filmoteca no estaba interesado en las piernas de Eva Malher, ni era tan primario como los periodistas se empeñaron en señalar; aquellos epítetos absurdos que utilizaron los diarios una y otra vez terminaron por hacer del monstruo una mera caricatura y redujeron sus motivaciones a una simple cuestión sexual. Aun así, su pulso debía de acelerarse al verlas llegar, y probablemente mostrara su excitación en la presión al estrechar la mano de Eva, aunque desarmara, sin embargo, cualquier sospecha con una sonrisa amplia que inspiraba confianza. Para él no era ninguna molestia enseñarles la cámara de proyección y la sala donde se almacenaban las bobinas. Algunas películas eran tan viejas que ya no podían pasarse sino con sumo cuidado; y aun así podían dañarse sin remedio. A Ibarra le sorprendió la colección de bobinas que encontraron en el apartamento del hombrecillo. Casi todas robadas de la filmoteca. Películas y documentales que jamás se habían visionado en sala y que, probablemente, ya no se pasarían. La investigación posterior a la muerte del hombrecillo demostró que había tratado de ofrecerlas a precios desorbitados a coleccionistas privados (entre ellos, al padre de Eva Malher), pero una y otra vez habían rechazado su propuesta.

Amanda hacía pensar al hombrecillo en cierta fotografía de Audrey Hepburn que llevaba encima el día que Ibarra lo detuvo. Una fotografía de Dennis Stock para Magnum Photos en la que ella aparece dentro de un vehículo, con el antebrazo apoyado en la ventanilla y la cabeza recostada, contemplando algo hacia abajo. Amanda era una niña llena de sueños, en cierto modo un anticipo de la Hepburn que hubiera llegado a ser un día. Esos sueños aleteaban entre sus pestañas, atrapados e impacientes por hacerse realidad. La niña hablaba moviendo las manos como las aspas de un molino mientras su madre asentía un poco ruborizada, como si el entusiasmo de su hija la incomodase tanto como la entusiasmaba.

Ibarra tiene muy presente la sala vacía de la filmoteca, un lugar apartado de la realidad, una burbuja de filas y más filas de butacones de tela azul sin espectadores donde la gran pantalla se iluminaba para ellas dos exclusivamente y el tiempo se detenía en los años treinta entre largos gabanes, sombreros de ala ancha, mujeres elegantes y rufianes de pelo engominado. Madre e hija se entregaban, desde su privilegiada posición en la última fila, a aquel sueño de altramuces. Acurrucadas a oscuras esperaban atentas la aparición de Greta Garbo y Fredric March, ella como Anna Karenina y él como Vronski, en la estación. Entre la humareda de una locomotora emergía Anna como una diosa y los dos se miraban con un silencio tan intenso que era insoportable, tanto como la atracción que sentían mutuamente al instante. El inspector percibe con nitidez el estremecimiento de la niña ante la pantalla, sentada junto a su madre, con las rodillas muy juntas y los zapatos rozando la moqueta. Se la imagina con las manos estrujadas sobre el regazo y los ojos brillantes, ensoñados, sin darse cuenta de que tras ella el hombrecillo la observaba con la dulzona sensación de estar haciendo algo inadecuado y no del todo decente.

El hombrecillo las observaba cuidadosamente, se ganaba su confianza, estudiaba a Amanda en sus mínimos detalles. Todas las otras, las que el hombrecillo había martirizado antes que a Amanda —como se descubrió durante la posterior investigación—, no fueron, a la postre, sino placebos para calmar el dolor de tenerla tan cerca y no poder tocarla.

Aquello duró unos dos meses. Nadie podía sospechar de él. Todo el mundo lo conocía en Málaga, todos lo apreciaban. Aunque dijeran que estaba un poco loco, no era más que un hombrecillo insignificante que regentaba una vieja filmoteca a la que casi nunca iba nadie; un romántico. Uno no quiere creer que detrás de una sonrisa bondadosa se esconde lo inconcebible.

Eso es lo que más le duele a Ibarra: las veces que lo tuvo delante tras la desaparición de la niña, los interrogatorios a los que lo sometió cuando empezó a sospechar de él, el tiempo perdido y el modo en que el hombrecillo lo engañó. Un hombre sonriente, que inspiraba lástima como esos perrillos abandonados que uno querría llevarse a casa. Un tipo que olía a inocencia y a limpieza de espíritu. Un buen padre de familia.

Incluso Eva se enfadó con él por acosarlo y lo acusó de estar perdiendo el tiempo. Sus jefes le advirtieron de que lo dejase en paz. Y, sin embargo, cada vez que estrechaba la mano del hombrecillo, cada vez que este le preguntaba compungido si se sabía algo, Ibarra percibía cierta impostura en esa pose de bienhechor. Pero no pudo seguir ese instinto hasta que fue demasiado tarde.

Aunque nadie pudiera acusarlo de ello, Germinal Ibarra se sentía como un colaborador necesario en la ejecución de Amanda. Y haber masacrado al hombrecillo no mitigaba ese peso.

4

Costa da Morte, mediados de junio de 2010

Dolores llamó muy temprano a su puerta, sacándola del sueño pesado y letárgico de los somníferos. Traía una bandeja con un desayuno copioso con fruta, bollería y embutidos que revolvió el estómago vacío de Paola. Dolores dejó la bandeja a los pies de la cama y abrió con brío la ventana para que entrase un poco de claridad. Insistió en que el día era magnífico para dar un paseo y conocer Punta Caliente a pesar del aguacero. Paola protestó débilmente pero Dolores la acalló con un gesto perentorio: desayunaría como Dios manda, se daría una ducha, se pondría algo de colorete en las mejillas y bajarían juntas al pueblo. No había lugar a discusión.

—¿No dices que te gusta fotografiar manos? Pues yo te enseñaré un bonito muestrario de callos.

El pueblo no era muy grande ni había demasiado que ver, en realidad. Cuatro tiendas, la rotonda del puerto —con una escultura de Sibila que sorprendió a Paola pero cuyo significado, más allá del capricho del artista, no supo darle Dolores—, los muelles, la lonja y una ermita de los tiempos heréticos de Prisciliano. Dolores insistió en visitar la tienda de Mauricio, que ocupaba un chaflán cerca de la plaza del Concejo. Se anunciaba discretamente con un toldo deslucido que sacudía el viento. La tienda no era gran cosa. Un mostrador de madera, estantes con diferentes modelos de sombreros sobre bustos de corcho sin forma, revistas de moda en un revistero metálico y un ramo de narcisos adornado con ramas de enebro y bolitas de color naranja en un jarrón de cristal. Esas flores eran el único toque de distinción en aquel espacio estrecho y mal iluminado.

Mauricio era sombrerero. Pasaba la mayor parte del tiempo en el taller, inclinado frente a los patrones hasta altas horas de la madrugada, rodeado por las espirales de humo de los cigarrillos que fumaba incesantemente. Dolores, socarrona, lo acusó de ser un romántico.

—Solo un romántico puede hacer de modo artesanal algo que apenas da para comer y que en otras partes se manufactura en cadena. Prácticamente nadie compra sus sombreros. Punta Caliente no es ni una gran capital europea ni su Buenos Aires natal; aquí la gente se protege del frío como toda la vida, enfrentándolo de cara.

Paola se dio cuenta de que al anciano no le hizo gracia el comentario. Aun así le mostró la tienda y los ojos se le iluminaron al enseñarle su joya preferida: un muestrario de fotografías y recortes con futbolistas, actores, empresarios, parejas vestidas de etiqueta y militares que, reconvertidos en civiles, buscaban una coartada de respeto comprando sus sombreros allá en Buenos Aires. Paola sonrió al reparar en aquellos tipos que lucían mocasines con borla, pantalones acampanados y ridículos chalecos de tweed, y en esas mujeres vestidas de fiesta con recargadas gargantillas, pañuelos y guantes.

—Todos llevan mis sombreros.

Su fotografía preferida, dijo, era un retrato autografiado de Carlos Gardel hecho por el fotógrafo José María Silva. El anciano aseguró que la rúbrica era auténtica, su padre la consiguió antes de que Gardel muriese en el accidente aéreo en Medellín.

—Mi padre fue al hotel donde se alojaba con su séquito para llevarle en persona el sombrero que luce en esta fotografía.

Dolores bromeó acerca de las cejas perfiladas de Gardel, sobre su sombrero —cuidadosamente caído— y su piel de papiro. Ella y el anciano se enzarzaron en una discusión sobre la verdadera nacionalidad del cantante y sobre la preeminencia de Gardel o Bardi, de Canaro o Magaldi en la historia del tango. Mauricio utilizaba frases cargadas de dobles sentidos en el argot lunfardo que Paola no comprendía. Le sorprendió el conocimiento sobre el tango que parecía demostrar Dolores —nombres, quiebros del baile, canciones desconocidas para ella— y su repaso por lo que llamaron «la Guardia Vieja». El anciano rebatía a Dolores con un aire paternal y divertido. Ambos polemizaban solo por gusto de llevarse la contraria.

—El sentimiento trágico y desesperado lo es todo en el tango, como las promesas que se hacen cuando el corazón está caliente —afirmó Mauricio. Paola percibió los recuerdos que había detrás de esas palabras. Dolores miró a Paola con fingida resignación.

—Lo que digo: un romántico incorregible.

Antes de que se marcharan, el anciano fue a la trastienda y regresó con una de sus últimas creaciones.

—Para usted —dijo entregándole a Paola un sombrero cloche de color crema con una cinta de seda azul—. Es un estilo que va perfecto con su rostro.

Paola no supo qué decir. Esbozó una sonrisa, acariciando el sombrero como si fuese un gato persa y ella tuviera alergia. Trató al menos de pagarlo, pero Mauricio se negó rotundamente.

—Me conformaré con vérselo puesto alguna vez.

Llovía con fuerza. Dolores y Paola cruzaron la calle y entraron en O Cafeto, el único bar del pueblo.

O Cafeto era un local atrapado en un tiempo pasado: diminutos insectos revoloteaban sobre las frituras expuestas en la barra, los huesos de aceituna roídos se mezclaban con los palillos usados y las colillas humeantes en los ceniceros de plástico, las botellas de coñac estaban cubiertas con una película de polvo donde quedaban impresos los dedos pringosos del camarero. Las paredes del bar estaban repletas de cordobanes de los que colgaban cacharros de cobre grasientos. Las voces de los parroquianos se replegaban en bisbiseos semejantes al murmullo de las ancianas rezando el rosario. A Paola le recordó cierta excursión con Otto, hacía mil años, cuando recorrieron las Alpujarras en un viejo Mehari sin capota. Eran los buenos tiempos, cuando, recién casados, jugaban a ser otros. Como dos turistas perdidos, recorrían los pueblos de la sierra parando en cualquier fonda y comiendo en cualquier restaurante de mala muerte, sin importarles la suciedad, el vino rancio ni el calor sofocante. Tal vez, en alguno de aquellos lugares, engendraron a Amanda.

Las dos mujeres se sentaron a una de las mesas que daba a la calle. Las espesas cortinas de agua venían a estrellarse en oleadas contra la ventana. Apenas eran las doce del mediodía pero la luz cenicienta del exterior presagiaba una oscuridad que parecía poder durar meses, como si nada en aquel rincón septentrional pudiese cambiar el pesado curso de los acontecimientos.

—¿Siempre es así?

Dolores acariciaba monótonamente el sombrero que Mauricio había insistido en regalarle a Paola.

—Aún podría ser peor. —Su voz sonó ensimismada.

Paola examinó el sombrero sobre la mesa.

—Ha sido un bonito detalle.

—Si Mauricio se dedica a regalar los sombreros en lugar de venderlos, no tardará en cerrar —dijo Dolores.

—Parece que os entendéis muy bien.

Dolores chasqueó los labios.

—A la gente le gusta inventar historias. ¿Qué otra cosa puede hacerse en un pueblo como este? Pero nadie conoce mucho de él.

—Y tú, ¿cómo llegaste a un lugar como este?

Dolores torció el gesto. Sabía lo que era empezar en un sitio como aquel, impermeable a todo lo que viniera de fuera. Al principio, cuando, huyendo de su vida en Lisboa, llegó con Martina a Punta Caliente —sin amigos, acosada por las miradas y los susurros suspicaces de sus nuevos vecinos—, se sintió muy sola. Tuvo que soportar las historias más inverosímiles sobre ella. La mayoría no aguantaba lo suficiente y se marchaba pronto. Había que ser muy fuerte para reunir la paciencia necesaria y llegar a ser aceptado en Punta Caliente. Pero ella, con el tiempo, había logrado hacerse un lugar entre aquella gente.

—Mauricio y yo somos dos solitarios que a veces compartimos la desorientación de un mundo al que no pertenecemos. No recordamos ni queremos recordar demasiado de nuestras vidas anteriores; nos conformamos con ese espacio cómodo para ambos donde no existe la indiscreción.

—¿Y qué hay de su nieto Daniel?

Dolores guardó silencio. Contempló la calle desierta como si zozobrara en el diluvio.

—Hace un par de años hubo un incendio en casa de los Luján, la que está junto al *cruceiro* del acantilado. Los padres de Daniel y su hermano mayor, Julio, murieron. Daniel se salvó milagrosamente. Por lo que he podido escuchar, el incendio lo provocó accidentalmente el padre. Estaba borracho y se quedó dormido al lado de la chimenea encendida. Un ascua le prendió la pernera del pantalón y no se dio cuenta hasta que ya estaba ardiendo. Despertó y empezó a golpearse contra las cortinas y contra los muebles. Todo prendió como una tea. Daniel no se recuperó de aquello. Adoraba a su hermano. Lo ingresaron en una clínica de Pontevedra y estuvo allí casi un año, hasta que apareció Mauricio para hacerse cargo de él.

Paola se acarició la mano y pensó en la extraña corriente que le había atravesado la piel al rozarse con la punta de los dedos de Daniel.

—Tengo la sensación de que es alguien especial. Aunque no sabría decir por qué.

Dolores arrugó los labios, como si se planteara una cuestión compleja.

—Lo tuve como alumno entre los siete y los trece años. Le gustaban las matemáticas y las ciencias, cualquier cosa que pudiera darle sentido lógico a lo abstracto. A los doce años era muy superior a cualquier otro alumno. A menudo, sin embargo, se distraía observando a través de la ventana, no prestaba atención, y pasaba largas temporadas sin aparecer por clase. Pero, cuando volvía, su actividad era frenética: estudiaba con una voluntad que tenía algo de voraz, obsesiva y trastornada. Podía ridiculizar a cualquiera y aunque no solía hacerlo, sino más bien lo contrario (se aislaba como si su inteligencia lo avergonzara), los otros chicos lo atormentaban porque se sentían inferiores. Se cebaban en sus debilidades. Era tímido, no sabía relacionarse con los demás y se orinaba en la cama.

—Vaya... —exclamó Paola.

— Sí. Y, además, el estúpido de su padre lo castigaba ridiculizándolo. De vez en cuando, colgaba el pijama o las sábanas del chico en el camino a la escuela para que todos pudieran verlo. Me habría gustado que Daniel hubiera seguido estudiando en La Coruña. De todos modos, luego ocurrió lo del incendio y ya no hubo nada que hacer.

La mirada de Dolores se había vuelto desapasionada, como su voz. La rodeaba una luz cruda y enfermiza. Durante un largo instante, contempló la lluvia a través de la ventana. Volvió la cabeza y se fijó en la alianza de Paola. Instintivamente, ella la cubrió con la otra mano.

—La otra noche, mientras tocabas el nocturno de Chopin, tuve la impresión de que tocabas para alguien en particular. Alguien que no estaba en la habitación.

—Solo es una melodía que aprendí de niña. Ni siquiera la toco decentemente.

Dolores asintió.

—Eso es cierto. Espero que se te dé mejor la fotografía.

Ambas sonrieron y se concedieron una especie de tregua.

Paola apartó la mirada y su cabeza viajó a un lugar profundo y oscuro de la tormenta, como si tratara de desprenderse de su pasado cortándose a jirones la piel para olvidarlo todo. Las gotas de lluvia, sólidas y frías, resbalaban por el cristal de la ventana temblorosa.

—Ojalá dejara de llover —murmuró interrumpiendo su silencio.

Dolores se recostó sobre la silla con las manos cruzadas sobre la mesa. De nuevo le sobrevino aquella impresión de familiaridad y la sospecha de que Paola ocultaba algo.

—¿No te gusta la lluvia?

Paola ladeó la cabeza. En realidad, era a su hija Amanda a quien le daban miedo las tormentas.

Cuando se quedó embarazada de Amanda, tuvo nueve largos meses de perplejidad para asimilarlo. No quería ese bebé, no lo esperaba, no lo deseaba, examinaba por las noches el vientre con recelo, sin atreverse a palpar esa bola de algo que empezaba a moverse dentro de ella colonizándola. Tenía miedo y lloraba preguntándose en qué coño estaba pensando cuando aceptó las presiones de Otto para no abortar. «Eso» no era más que un error, un desliz fácilmente subsanable. No sentía eso que llamaban instinto maternal: no le hablaba al feto ni posaba la mano sobre la barriga para calmarlo cuando pateaba en busca de espacio. La agotaban el peso en los riñones, el ardor de estómago y la hinchazón de los tobillos. Su vida hipotecada por un maldito descuido. Pero, tras el nacimiento de Amanda, tuvo diez años para conocerla y darse cuenta, poco a poco, de que aquella carne rolliza con ojos grandes era un pedazo suyo: los mismos mohínes de desagrado, la misma manera de dormir con el brazo doblado bajo el cuerpo en mala postura, la misma forma de correr con las piernas ligeramente patizambas que se corregiría con el crecimiento. Diez años para enamorarse de aquella criatura.

Y entonces se fue. De repente, ya no estaba. Un maldito loco se la había arrebatado.

Al principio fue fácil asumirlo; solo tuvo que aferrarse al estado de aturdimiento y de incredulidad en el que se sumió desde el instante siguiente a verla en la fría sala de la morgue. Germinal Ibarra estaba allí, hablándole, con los ojos enrojecidos, tratando de consolarla. Pero ni siquiera que aquel policía hubiera atrapado al asesino podía aliviarla. Tampoco que aquel hombrecillo insignificante de la filmoteca, el asesino de su hija, hubiese muerto tratando de huir. Ella no veía más que la costura grapada en el esternón y la palidez de cera azulada expandiéndose por un cuerpo seco e indescriptiblemente muerto que no podía ser, de ninguna de las maneras, el de su niña.

Permitió sin voluntad que Otto y su padre se ocuparan del funeral, las flores y la misa. Recordaba como en una pesadilla la mano pálida y tentacular de un sacerdote rozando la frente de su hija con la señal de la cruz y, a continuación, su propia mano dejando ir entre los dedos la tierra grumosa y negra sobre el ataúd blanco; y, ya en casa, tras el funeral, los rostros de estupefacción y desconcierto de los que la encontraron bebiendo de una botella de Lafite Rothschild en la cocina, manchando sin que le importara su bonito vestido de luto. Tal vez lo que más abrumó a los invitados fue su contención en aquellas horas interminables: la ausencia de emoción en sus ojos que, como sólidas bolas de nada, no absorbían ni devolvían la luz; su boca crispada en un adelanto de dolor que en ningún momento llegó a estallar; su mutismo, aferrado a una negación lateral y pausada de su cabeza. Por supuesto, no era de buen tono hacer sentir incómodas a las personas que nada tenían que ver con la tragedia, mostrarles un dolor exagerado, pero tampoco era aceptable para los de su clase aquella insensibilidad, aquel apartarse de todo y de todos sin esperar a quedarse en la intimidad de la soledad para lamerse las heridas. Las caras contritas que se le acercaban se tornaban risueñas y frívolas al cumplir el trámite y reunirse en el jardín a fumar un pitillo y dedicarse a un chismorreo fastidioso, a unas risitas sin cuento por cualquier cosa que, a pesar de formar parte de la vida, sonaban en los oídos de ella como cuchilladas. Tuvieron que disculparla cuando se retiró a su dormitorio sin esperar a recibir el pésame de los que iban llegando con sus murmullos de iglesia.

Odió con todo su ser, a partir de entonces, cualquier cosa que estuviera viva. Arrancó las flores del jardín, destrozó la pecera de especies tropicales del vestíbulo, rompió en mil pedazos los discos de música clásica, hizo trizas sus libros y quemó una por una todas las fotografías de actores y actrices, veló a la luz del día los carretes de películas guardadas, rasgó con unas tijeras los vestidos; se abandonó a la oscuridad de las persianas cerradas. Incluso llegó a golpear por cualquier estupidez al ama de llaves. Solo quería a su alrededor silencio y muerte. Pasaba las noches en vela, mirando la luna como algo imposible en la superficie de la piscina mientras se preguntaba, agotando las horas hasta el amanecer, por qué era incapaz de derramar una sola lágrima.

Un psiquiatra amigo de su padre le aconsejó frecuentar uno de esos grupos de ayuda donde hablar acababa significando poder expresarse más allá de palabras huecas, consuelos dañinos y silencios acusatorios —ya por entonces habían aparecido en la prensa los primeros rumores de las circunstancias de aquella muerte—. Durante aquellas sesiones, las madres —y algunos padres— se sentaban como alcohólicos o drogadictos en un círculo de sillas, hinchados como garrapatas ahítas de dolor, dispuestos a entregarse a cualquier forma de exorcismo que les permitiera dejar atrás esa droga del recuerdo. Hablaban, gritaban, lloraban y se secaban mocos y babas, se daban abrazos y se escupían reproches; y al final siempre quedaba flotando en la sala la bilis de lo inútil. A ella nunca le arrancaron una sola palabra, ni un quejido, ni un reproche, ni un solo lamento. Se sentaba entre aquellas sombras —atiborrada de antidepresivos, como una estatua— sin prestar atención. A veces se miraba en los ojos arrasados de las otras madres, se buscaba a sí misma en ellas como en un espejo convexo e invocaba con todas las tripas a la pena y al llanto. Le asustaba su indiferencia ante el dolor ajeno y su imposibilidad para escupir el propio. No paraban de repetirle que tenía que sacar el dolor o se le pudriría dentro y la gangrenaría hasta matarla. Pero sus ojos eran un desierto de indiferentes piedras minerales, un espacio lunar barrido por el viento donde ella, «madre desnaturalizada» (así empezaron a llamarla cuando los rumores saltaron a la prensa rosa), vagaba sin voluntad. Compartir su pérdida con los otros no iba a devolverle a Amanda.

Solo las espaciadas visitas del inspector Ibarra le traían algo que no era consuelo ni compañía, sino más bien la constatación de una culpa compartida. Aquel policía sufría, se preguntaba aturdido cómo había podido permitir que el hombrecillo le hiciera aquello a Amanda. Ibarra era un recipiente de paciencia donde ella podía, esta vez sí, verter toda su amargura y su desolación. Poco a poco, el policía empezó a hablarle de su hijo Samuel, de la enfermedad que se lo estaba llevando lentamente. Le mostraba fotografías suyas y de su mujer. Intentaba traerla a la orilla y regresar también él. No se hicieron amigos, pero se necesitaban y se buscaban. A veces, simplemente se sentaban uno frente al otro y permanecían en silencio durante horas, hasta que anochecía y el inspector se marchaba. Otras veces, ella lo golpeaba y le decía que debería coger su pistola y pegarse un tiro porque solo él era responsable de la muerte de Amanda. Y él soportaba estoicamente sus gritos y sus golpes hasta que ella se calmaba. Un día, también Ibarra dejó de visitarla.

Abandonó el grupo de apoyo y, a partir de entonces, todo empezó a deteriorarse muy deprisa.

Volver a drogarse le resultó tan fácil como lo había sido en su adolescencia, primero, y, luego, en su juventud universitaria. Fue sencillo descubrir, cuando hizo su primer viaje de ácido, que ciertas puertas no se cierran nunca. La niñata alocada que creía enterrada la esperaba con una sonrisa irónica como si, después de tantos años, le dijera «sí que has tardado». A la mierda la madre madura, el matrimonio, la vida estable y decente de la heredera educada según los principios de la austeridad y del trabajo; a tomar por el culo Otto y sus fingimientos de marido fiel y responsable y el cuidar la imagen ante las cámaras; adiós a las galas benéficas, a los viajes a África para apadrinar hospitales; que se quedaran con sus cargos en el comité ejecutivo del *holding* familiar, con las gestiones comerciales ante los bancos y los inversores. A la mierda con todo. Si no era capaz de llorar, reiría, reiría hasta que tuvieran que encerrarla o se cayera muerta.

Llegó a pensar que aquella era ella, que lo había sido en realidad desde siempre y que había fracasado en el empeño de fingirse algo diferente al despojo que cada madrugada aparecía en una cama distinta, en un coche diferente, con la garganta seca, los párpados pesados y la ropa llena de vómitos o de cosas peores.

Cuando las discusiones con Otto se hacían más feroces, ella trataba de justificar su comportamiento suicida, no le reprochaba a él sus infidelidades —siempre había sido consciente de la doble moral de su marido—; sinceramente, le traían sin cuidado. Tampoco se refugiaba en el dolor y en la imposibilidad de seguir viviendo como si nada hubiese sucedido. Se reía a carcajadas cuando su padre le recriminaba esa manera de dirigir su vida, cuando le imploraba o le exigía bajo amenaza de desheredarla que enmendara el rumbo. Pero ¿qué rumbo iba a enmendar? Lo único que existía ante sus ojos era el horizonte del caos.

No pensó ni un momento en suicidarse; no de un modo tajante y definitivo, al menos. Permitió que su mundo fuera cada vez más elemental, hasta convertirse en un territorio poblado de seres nocturnos, descarnados y sin rostro —cada vez peores— que tomaban de ella lo que deseaban sin pedirlo. Se sumergió en un territorio de seres primitivos que carecían del tapiz de refinamiento de sus trajes, sus coches y sus casas, de vicios que la empujaban cada noche a una muerte diferente y a un despertar que era una muerte aún peor. Un submundo gelatinoso de drogas, orgías, escándalos y miedo oculto, de confusiones relativas entre la realidad y la ficción ofrecidas por las pastillas de ácido que se deshacían bajo la lengua. En ese infierno, se rendía el homenaje destructor que, a su parecer, merecía entregándose con lealtad al ser despreciable que creía ser. Ya no podía volver sobre sus pasos en ese viaje alucinógeno de color plata donde cada escalafón era más bajo, más cochambroso y más desesperado. No había punto de partida desde el que comenzar de nuevo. Solo le quedaba sucumbir.

Y de repente, una mañana, despertó en medio del silencio del amanecer y sintió frío. Estaba en un cuchitril a las afueras de la ciudad, en un colchón tirado en el suelo, medio aplastada por un amasijo de piernas y manos y brazos y rostros que dormitaban sueños pesados de mercurio. Tenía el cuerpo magullado, mordido, despojado de toda posible intimidad. Se lo había dado todo a aquellos desconocidos, cada orificio, cada chispa de dignidad hasta ser solo un objeto en sus manos. La habían golpeado, al principio solo como un juego de humillación, y ella se había burlado de esas mariconadas de Sade burgués, los había insultado con rabia hasta lograr desatar en ellos una violencia desprovista de coartadas como el fetichismo o la sensualidad salvaje. Se trataba de pura animalidad autodestructiva. Quería que la mataran allí mismo, que la devorasen como lobos hambrientos. A cada puñetazo, a cada penetración, ella había respondido con más insultos, más rabia y más vileza.

Pero al despertar aquella mañana, con la boca seca y el rostro tumefacto, estiró una manta piojosa y se cubrió como pudo. Fue de una habitación a otra. En todas pudo contemplar la misma teatralización: grupos de carne derrotados, una vieja pinchándose con la ayuda de un efebo ya drogado, hombres enculándose con un esfuerzo tardío y cansino. El horror desnudo apenas alumbrado por la luz del amanecer. Salió al balcón. A sus pies, la ciudad, todavía legañosa, se desprendía lentamente de la niebla. A lo lejos, el mar era un horizonte que no ofrecía posibilidades y amanecía con una luz inerte y delatora.

Empezó a llorar... Fue un desmoronamiento lento, que comenzó con un temblor detrás de las pupilas agotadas y fue transformándose en un rumor de rocas cayéndole sobre el corazón y aplastándoselo. Lloró, Dios sabe cómo lo hizo. Se arañó el alma hasta hacerse sangre. Se deshizo como una flor muerta. Lloró hasta quedar envuelta por el llanto.

Regresó mecánicamente a casa, y entró ignorando las miradas del personal de servicio, que estaba acostumbrado ya a sus idas y venidas. Aun así, todos se escandalizaron al ver el estado en el que llegó aquella mañana. Subió a la segunda planta y se encerró con llave en su dormitorio. Abrió el armario y cogió cuatro prendas al azar, el neceser y el dinero que guardaba en la caja fuerte. Tenía que hacerlo deprisa, antes de que el miedo la atenazara otra vez, antes de que Otto apareciese y le impidiera marcharse. Cogió el deportivo de su esposo y condujo durante horas y horas hasta donde el mundo se acaba. Cuando se detuvo, su nombre ya no era Eva

Malher sino Paola, y no tenía pasado. Se había detenido en aquel lugar para intentar que todo empezara de nuevo con aquella lluvia, la misma que ahora veía caer a través del cristal de O Cafeto.

5

Costa da Morte, finales de junio de 2010

Daniel tuvo que reconocer que aquella mañana su aspecto era de lo más deprimente. Necesitaba afeitarse, lavarse los dientes, despejar la mirada de legañas y recuperar cierto aspecto humano. Casi se avergonzó del pene diminuto que se escondía bajo una mata de vello espesa y desbocada, los testículos flojos, sin ningún deseo de masturbarse pese a haber soñado con Paola. Aquel deseo inventado se había vuelto recurrente.

En el estante del baño conservaba el frasco de colonia de su hermano. Aspiró la fragancia hasta saturar las fosas nasales. La colonia era una puerta que se abría y por la que podía ver a Julio bajando del puente del *Nicosia* con su chubasquero verde y las altas botas de agua, el pitillo en la comisura derecha, la caja de pescado al hombro izquierdo y su gorro de lana.

Salió de la habitación, algo más recompuesto. El abuelo estaba en su cuarto, al otro lado del pasillo. La voz de Gardel traspasaba la puerta entornada.

Daniel imaginó que estaría en su butaca balanceándose en un recuerdo melancólico. Las palabras siempre merodeaban alrededor del abuelo, pero nunca se decidía a hablar. Y lo que está a punto de decirse se pierde para siempre.

Bajó a la planta inferior sin hacer ruido. En la casa reinaba un silencio grasiento que se quedaba impregnado en las losas de la cocina, en el mármol gris ceniza y en el calendario colgado de una alcayata. Se acercó a la ventana y apartó la cortinilla. Vio el paraguas azul de Martina bajo el voladizo de un balcón. Un mechón de pelo le dividía en dos el rostro y unas gotas gruesas colgaban en la nariz pálida. Le temblaban los labios y apretaba el mango del paraguas con tanta fuerza que sus nudillos palidecían.

Ella también lo vio. Cruzó la calle y le hizo un gesto a Daniel para que abriera la ventana. Este le respondió con mímica que eso era imposible. Pero ella insistió. Siempre insistía hasta conseguir de él lo que quería. Con una pereza inventada —pues, en el fondo, verla era como recuperar una mitad de sí mismo—, Daniel abrió el pestillo.

—¿Cuánto tiempo llevas ahí?

Ella puso teatralmente los ojos en blanco.

—Desde que Noé empezó a construir el arca. Pensé que nunca aparecerías.

—No me encuentro muy bien.

—No te veo a las puertas de la muerte —se burló Martina. Ella era la única que lo trataba como alguien normal. Tanto, que a veces Daniel tenía que recordarle que no lo era.

—Hace una semana que no duermo. —Tuvo

que abrir un poco más la ventana para que ella lo observara bien.

Martina le dedicó una mirada despectiva.

—En la antigua Esparta te hubiesen abandonado a la intemperie nada más nacer.

Normalmente la ferocidad de Martina no impresionaba a Daniel. Pero, a veces, incluso él se asustaba de su desprecio hacia todo y hacia todos.

—Por suerte para mí, ya no estamos en la vieja Esparta.

Martina apartó el pelo empapado de su frente, agitó el paraguas, avanzó. Una convulsión continua le impedía estarse quieta. Las varillas metálicas del paraguas rozaron, como un rasgar de uña, la ventana de la cocina.

—Tenemos que vernos. Necesito trabajar.

—No puedo ir ahora.

—¿Cuándo?

Daniel ladeó la cabeza hacia el interior de la cocina. No quería que el abuelo lo sorprendiera hablando con Martina. Le había mentido diciéndole que ya no la veía.

—Tal vez mañana.

Martina balanceó el paraguas. Sus mejillas se encendieron.

—¿Tal vez? ¿Y eso qué mierda significa?

—No seas ordinaria.

Martina dejó caer sobre él una mirada maciza.

—Puedo ser cosas mucho peores.

Daniel escuchó los pasos del abuelo acercándose.

—Mañana. He oído que el temporal amainará y será fácil llegar al faro.

El rostro de Martina mutó con una facilidad asombrosa; la tenue brisa de aquella promesa pareció devolverle la vida.

—¿Lo prometes?

—Sí, te lo prometo, pero por el amor de Dios ve a cambiarte de ropa o serás tú la que caiga enferma.

Daniel cerró el postigo de la ventana. Demasiado tarde. Al darse la vuelta, allí estaba el abuelo, oteando la calle por encima de la espalda de Daniel.

—¿Qué estás haciendo? —El abuelo se movió hacia la alacena en busca de los platos para el desayuno. Sus movimientos eran letárgicos. Daniel se adelantó a quitarle los platos antes de que se le cayeran al suelo.

—Yo me ocupo.

El abuelo se sentó de medio lado en la silla, apoyando un antebrazo en la mesa y la otra mano en la rodilla.

—Te he oído, Daniel.

—No sé a qué te refieres. —El abuelo le sujetó la muñeca. Daniel no podía escapar de su mirada interrogante ni de su ceño fruncido, que había formado una hondura de preocupación. El joven trató de concentrarse en colocar adecuadamente los cubiertos encima de la servilleta.

—Hablabas con «ella».

—Solo hablaba en voz alta.

El abuelo chasqueó la lengua como si buscase sentir la consistencia en el paladar.

—Me estás mintiendo. —Jugueteó un momento con una miga invisible—. Quizá me equivoqué al pensar que podríamos afrontar esto juntos.

Daniel comprendió lo que significaba ese lamento.

—Estoy bien, abuelo. Es solo que no duermo bien, pero me tomo la medicación.

—No estoy tan seguro. Deberíamos volver a ver al doctor y...

—¡No pienso ingresar otra vez! —interrumpió Daniel, enfurecido.

Le aterraba el universo cerrado de la clínica, los médicos, las enfermeras y el resto de pacientes. Odiaba la madera vieja de los suelos de la clínica y el polvo suspendido en el aire que se hacía visible con los rayos del sol, aquel prado en declive que rodeaba el edificio y la turbadora quietud de postal saturada de colores. Durante el día era soportable, pero lo peor eran las noches. Cuando las luces del dormitorio colectivo se apagaban, quedaba encendida una bombilla roja al final de las ristras de literas, sobre la garita del enfermero de guardia. La garita tenía cristales biselados. A través de ellos, Daniel veía la silueta del enfermero moviéndose de vez en cuando y los fulgores del televisor de catorce pulgadas. Mientras los demás dormían, Daniel permanecía despierto, vuelto en la almohada de cara a esa silueta, atento a sus movimientos. Por la mañana, temprano, lo veía salir de la garita con un carrito metálico. Daniel cerraba los ojos y fingía dormir, pero escuchaba las ruedas de goma y el leve traqueteo del carrito acercándose a su litera. El enfermero lo zarandeaba sin muchas contemplaciones: «Hora de volar, pequeño cabrón». Daniel tomaba las pastillas, bebía el agua —que sabía a cloro— y contemplaba como se alejaba para proseguir su ruta de ida y vuelta empujando el carrito metálico hasta que volvía a ser una sombra difusa tras el cristal, como si nada hubiese pasado.

El abuelo acogió la protesta con frialdad. Observó de reojo la mesa.

—A veces hay que mantenerse un tiempo alejado del mundo para poder permanecer en él. —La sencillez con la que lo dijo espantó a Daniel—. Has olvidado las cucharas.

Mauricio no hablaba solamente a su nieto sino que, en parte, hablaba consigo mismo. Alejarse de su mundo, eso fue lo que intentó marchándose a Alemania. O, tal vez, lograr que su mundo fuera otro, distinto al de Buenos Aires. Ya no estaba seguro, pues los años se confundían en su memoria. Sin embargo, recordaba perfectamente aquel café apestoso de Dusseldorf, a finales de los cincuenta, adonde acudía junto a la Pecosa y a Oliverio en los pocos ratos libres que les dejaba su trabajo en la fábrica de Mercedes. Mauricio solía provocar el malestar de la Pecosa cuando ella lo miraba esperando algo que parecía ser muy importante y que él no comprendía.

—¿Cómo has podido olvidarlo?

—¿Olvidar qué?

Su aniversario: cumplían un mes, seis meses, el primer año juntos, cinco años, diez. La Pecosa tenía una facilidad increíble para dar con efemérides que celebrar. Las necesitaba para alimentar una alegría que a Mauricio le parecía que estaba más ligada al calendario que a cosas reales. Así que él apuntaba en papelitos las fechas para no olvidarlas, pero lo que olvidaba eran los papeles que aparecían siempre demasiado tarde, en algún cajón o en un bolsillo de chaqueta.

Los olores de aquel cafetucho en Dusseldorf, las voces secas de los alemanes —que en aquel entonces le sonaban como quien pisa las cáscaras hueras de castañas podridas—, los coches, la lluvia sobre las calles de las que quedaba poco rastro de la guerra... Aquella gente se recuperaba con una facilidad pasmosa de sus mutilaciones colectivas. Los cabarets, los cines, los teatros, los restaurantes... todo estaba siempre a rebosar, y lo más increíble para Mauricio era que parecían estar felices. No se trataba, desde luego, de una felicidad estentórea, pero sí suficiente para que lo pasado no existiera más que de puertas adentro. Porque eso también lo recordaba: la impresión de puertas y cerrojos que se cerraban, la sensación de que la calle era solo un escaparate necesario para transitar de un silencio al siguiente.

Apenas un año después de su llegada, Mauricio, la Pecosa y Oliverio ya no eran felices, pero costaba asimilarlo y reconocerlo en voz alta. Habían llegado demasiado lejos para aceptar, sin más, que se habían equivocado inventando futuros que no existían para ellos; no allí, al menos. De los tres, la Pecosa era quien más se obstinaba en esa mentira consensuada por todos. Pasaba las horas en aquel café dibujando nuevos diseños para sus esculturas en hojas de periódicos atrasados. Los nombres que ponía a aquellas formas estrambóticas hacían reír a Oliverio:

—¿*La mirada hexagonal del minotauro*? ¿Qué diarrea te ha inspirado eso? —Se burlaba, gesticulando exageradamente como un payaso mientras su mano de dedos esquilmados toqueteaba a la menor oportunidad a la dueña del café o a su hija núbil si esta se ponía a tiro.

Mauricio no se burlaba de la Pecosa. Estaba tan loco por ella como para hacer lo que fuera con tal de verla cumplir su sueño; ella quería triunfar y, para ayudarla, no dudaba en robar herramientas de la fábrica de coches: una mola de disco, un martillo, clavos, punzones, lijas, lo que ella necesitase. Pasaba madrugadas enteras recorriendo las chatarrerías y los desguaces de la ciudad para encontrarle un guardabarros oxidado, una llanta, o una vieja manivela; cualquier cosa que ella considerase «imprescindible» para culminar con personalidad propia cada una de sus esculturas. No dudó en gastar sus exiguos ahorros —marcos enrollados en una goma de fracaso—. Alquiló en las afueras un sórdido sótano para que ella pudiera trabajar y se las apañó para comprar un grupo electrógeno. La Pecosa apenas dormía y cuando caía en la cama ya era de madrugada. Sus ojos enrojecidos se quedaban muy quietos en el techo hasta que se cerraban con la sensación de tener granos de arena bajo los párpados. Estaba convencida de que su arte sería reconocido tarde o temprano. E hizo suyo el lema «todo o nada» del movimiento Fluxus, de moda entonces. Teatralizaba la pobreza en la que vivían como algo necesario para cumplir sus objetivos.

Y tenía razón. El hambre y la miseria eran el maestro más honesto y convincente que podía encontrar. Y el maestro era implacable y severo. No importaba el sacrificio necesario; ellos no irían de triunfo en triunfo como estos candorosos europeos, sino que lograrían sus propósitos con esfuerzo. Pero, precisamente por eso, su victoria tendría un gusto mucho mejor.

Sin embargo, la penuria fue creciendo con el cansancio, y ese entusiasmo desesperado fue cediendo a la evidencia: las carencias, la fiebre sin medicamentos, la escasez de agua caliente. Se instaló una fatiga oscura en sus huesos. Y entonces, la Pecosa se quedó embarazada.

—Tal vez deberíamos pedirle ayuda a mi padre —se atrevió a sugerir Mauricio, una tarde en que parecía más enferma y al borde del abandono. Ella lo miró con una fijeza que no necesitaba palabras.

Pero de la vanidad no se come. Y cuando ya se ha comido uno el orgullo, solo queda la desolación de lo evidente. El primero en rendirse fue Oliverio. Se presentó una mañana y les mostró una copia en papel carbón impresa a máquina. Parecía un soldado masacrado ondeando la bandera blanca.

—Mi solicitud de repatriación. Por el bien de vuestro hijo, vosotros deberíais hacer lo mismo. Es hora de volver a casa.

La Pecosa le dio su bendición con una sonrisa hiriente y una exhortación.

—¿Qué vas a hacer en la madre patria? ¿Mendigar en el Cabildo y emborracharte?

Oliverio recibió el insulto impertérrito.

—Voy a entrar en la Armada.

—¿Con una mano tullida? No te aceptarán.

—Tengo amigos y contactos. Un tío, hermano de mi madre, me va a conseguir un puesto administrativo en la Escuela de Mecánica de la Armada. Me aceptarán.

La marcha de Oliverio supuso muchas otras cosas. La Pecosa redobló los esfuerzos, abusaba de ella misma de un modo temerario, cumplía horas extras y dobles turnos, y seguía gastando el dinero que, apenas entraba, se iba en cordones de soldadura que no soldaban más que su propio infierno. A veces, se encerraba en el cuartucho del sótano que hacía las veces de dormitorio, y Mauricio la oía llorar. El llanto de la Pecosa era tenaz, gris, hermoso y temible. Invencible.

Fue poco después cuando empezó a relacionarse con aquellos jóvenes artistas afiliados al partido comunista que se encontraban en una vieja fábrica abandonada del distrito sur de la ciudad. Aquellos nuevos dadaístas desafiaban su propia mediocridad proclamando la creación como un estado del espíritu, un modo de vida en el que la única meta era la libertad. Su gurú era Wolf Vostell, quien les alentaba a ser inconformistas con sus vidas. El contacto con aquel pintor, escultor, escritor y músico transformó a la Pecosa de un modo definitivo. Lo despreciaba todo, se volvió excéntrica y difícil de tratar.

Mauricio la acompañaba de vez en cuando a alguna de las naves desoladas de la fábrica, donde se celebraban conciertos sin armonización, donde cualquier objeto servía para percutir el oído, donde cada artista «exponía» sus obras entre paredes llenas de hollín. Y, sin embargo, ella se comportaba como si estuvieran en una catedral sacralizada y le correspondiera el papel de suma sacerdotisa de aquella pléyade. Mauricio tenía la sensación de que la Pecosa trataba de hacerse perdonar —con un exceso de acidez y sarcasmo— estar casada con un tipo tan corriente, un obrero respetable que no tenía nada que aportar al nuevo orden que estaba por llegar, que no conocía la obra de Joseph Beuys, Vostell, June Paik o Charlotte Moorman, profetas de aquella nueva religión. Él no era más que un argentino aferrado al pasado, a los tangos de Gardel, y a una mirada empobrecida por los años de esclavitud. Un derrotista a ojos de aquellos jueces extraños e invertebrados.

Y, sin embargo, tuvo que ser él quien tomara la decisión de cargar sobre su espalda la derrota y la retirada. El desastre finalmente asumido. La Pecosa nunca le perdonó que pusiera palabras a lo evidente.

—Volvemos a casa.

—Mi casa es el arte —protestó ella. Pero dejó que él hiciera el equipaje y lo siguió en su regreso.

Aquella tarde de 1973 en la que bajaron del tren en la estación de Buenos Aires, no había alegría. Estaban cansados, con un hijo adolescente encerrado en un mutismo rencoroso. Habían pasado veinte años desde la partida y regresaban con maletas que solo traían de vuelta miseria. El único que pareció alegrarse de su retorno fue Oliverio. Como si verlos aparecer en el andén envueltos en la niebla grisácea y el frío triste fuera la reconfortante certeza de que él tenía razón. Vino a recibirlos con su mejor traje y su sonrisa más espléndida, los zapatos lustrosos, la camisa bien planchada, las palabras de bienvenida, con la dosis justa de condescendencia, dirigidas especialmente a la Pecosa, la promesa de que las cosas les irían bien.

Al escucharlo, mientras cogía una de las maletas y les acompañaba a tomar el autobús, Mauricio comprendió que su amigo ya no existía bajo la piel de aquel hombre al que, sin embargo, debían confiarse. Como ya no existía el Buenos Aires de su infancia, que ahora rodaba veloz tras las ventanillas del colectivo. Él y la Pecosa se miraron en silencio, y ambos sintieron el mismo miedo.

El abuelo Mauricio y su nieto Daniel desayunaron en silencio. Hacia el final, Mauricio encendió el pitillo que le gustaba fumar con el último sorbo del café.

—Tengo que viajar a Barcelona mañana. Serán un par de días para ver a proveedores y clientes. Cuando vuelva, hablaremos de esto.

Aquellas palabras sonaron como un mal presagio para Daniel. Pero tenía algo más importante de lo que ocuparse.

Las previsiones meteorológicas fueron acertadas, a la mañana siguiente no llovía. Daniel se puso ropa de abrigo, cogió las llaves de la barcaza de su hermano y se encaminó hacia el puerto. Era día de mercado. Los vendedores ambulantes de toda la comarca instalaban sus puestos alrededor de la plaza de la Iglesia y a lo largo de la calle Mayor. El sol no había alcanzado la mitad del campanario de la iglesia cuando las campanas anunciaron los cuartos, lanzando al vuelo a las palomas de los terrados. En el mercado se vendía y compraba de todo, desde canastillos de mimbre hasta embutidos, desde aperos de labranza hasta bolsos y manualidades; cualquier cosa que pudiera necesitarse. Nadie prestó atención a aquel muchacho que saltó a la pequeña embarcación neumática.

A medida que la barcaza se alejaba del puerto, Daniel penetró en otra dimensión: el aire era menos denso, el cielo más grande y los sonidos, sublimes. El mundo cambiaba mientras la pequeña hélice se abría paso cortando una superficie de fondo verdoso oscuro. Con temporal hubiera sido inútil querer acercarse por mar al faro. Había una carretera que llegaba hasta el otro extremo de la península por tierra, pero se tardaba mucho más en llegar. En cambio, con buena mar, podía alcanzarse la estribación en veinte minutos.

De no ser por la torre cilíndrica del faro nuevo, podría creerse que el ser humano jamás había puesto los pies en esta parte de la costa. El perfil rocoso de Punta Caliente aumentaba como si fuese la roca la que se acercaba hacia él y no al contrario. Entre los salientes, se descubrían restos neumáticos de los fuerabordas de los traficantes de tabaco, alcohol y hachís que no supieron ver o esquivar a tiempo las trampas de rocas sumergidas, que solo eran visibles con la bajamar.

El hermano de Daniel le había enseñado a surfear suavemente sobre las olas, a reducir la potencia del motor y dejarse llevar por las corrientes. «El agua encuentra el camino más sencillo para salvar los obstáculos», solía decir. No ofrecer resistencia, esa era la clave. Su hermano lo sabía, por eso nunca tuvo un accidente ni un naufragio, y la Guardia Civil nunca pudo atraparlo.

Daniel encontró a Martina sentada en los escalones de entrada a la casa del farero con las piernas muy abiertas, casi obscenamente. Tenía los codos apoyados en las rodillas y las manos apretadas en un puño crispado sobre el que descansaba el mentón. Daba la impresión de estar meditando.

—Pensaba que no vendrías... ¿Dónde está el viejo? —preguntó, alzando la cabeza.

Daniel se sentó a su lado y al rozarla con el hombro tuvo la impresión de que estaba hecha de aire. Tenían casi la misma edad, pero ella parecía mucho más vieja, como si sobreviviera migrando de un cuerpo a otro, de una edad a otra, de vida en vida.

La casa del farero estaba deshabitada. Era un cuadrilátero de ladrillo rojo con un jardín natural de matojos, donde florecían claveles y margaritas silvestres, traídas sus semillas por los vientos de tierra adentro. Había un par de chumberas con unas espinas amenazantes y vigorosas. Un pequeño mirador se abría al mar en el lado noroeste.

—Se fue esta mañana temprano. Tiene que coger un vuelo a Barcelona. Tardará un par de días en volver.

Martina asintió. Debería alegrarles tener dos días enteros para ellos solos, pero pasaron unos minutos de calma, en silencio, mirando a lo lejos. Martina frotó con la puntera de su bota campera el suelo, sin escucharlo.

—¿Por qué lo llamarán Punta Caliente? Todo el año hace un frío de narices.

—No lo sé —contestó Daniel con resignación—. El sentido del humor gallego es muy peculiar.

Martina palmeó la pernera de su tejano y se puso en pie de manera repentina.

—Hoy quiero trabajar contigo. Entremos.

La puerta de la casa estaba tapiada pero Martina había encontrado el modo de entrar a través de un agujero en la tapia de ladrillo. La oscuridad dentro era casi total. Daniel palpó la pared rebozada hasta dar con unas velas. Encendió la primera y fue haciendo otro tanto con las que había distribuidas por toda la estancia. A la izquierda había un viejo sofá agrietado, una mesita bajera con media docena de libros y un cenicero de plástico. Enfrente había un tablón de madera apoyado en cuatro taburetes con espátulas, cinceles, diferentes púas y ganzúas de madera, un cortador de barro en forma de calzador y varios moldes de barro sin forma definida. Un delicioso desorden. Martina se quitó la chaqueta y la dejó caer descuidadamente en un colchón con las mantas revueltas. A modo de cabezal había, apoyada en la pared, una reproducción de *Somnolencia deliciosa*, un cuadro de Gauguin sacado de alguna revista y colgado con chinchetas. Las tahitianas bajo el árbol azul miraban directamente al tablón de trabajo de Martina. Así, cada vez que ella alzaba la cabeza podía imaginar los mares del sur. Una ventana para su huida.

—¿La cara? —le preguntó Daniel.

—La cara —confirmó Martina. Disciplinadamente, Daniel fue a sentarse en la banqueta, se quitó la chaqueta y el jersey dejando el torso desnudo. Martina recogió un pañuelo tirado en el colchón y le vendó los ojos. Daniel notó el roce de su pelo, el aroma de la marihuana. Martina le puso en la boca el canuto.

—Algún día vas a tener que aprender a morirte de verdad y no a medias, Daniel.

Resignado, pero con un oculto placer, Daniel le dio una larga calada al canuto.

—¿Y por qué no podemos aprender a vivir?

Martina soltó una risita.

—Porque para eso hay que tener narices.

Con los ojos vendados, Daniel la oía trajinar en la mesa. No necesitaba verla para conocer cada uno de sus movimientos. Las manos nerviosas de Martina se calmaban al hundirse en el barro y malearlo, cortarlo y darle volumen con la ayuda de sus herramientas. Poco a poco tejía y amasaba el rostro de Daniel. El joven sentía los dedos de Martina, espesados por la tierra blanda, recorriendo el perfil de su nariz, su boca, sus mejillas, su mentón. Todas las esculturas de Martina tenían un punto en común: carecían de ojos. La mirada la distraía, era cambiante, imposible de asir. Por eso vendaba los ojos, para no verlos y para que no la vieran; para no tener que arrancárselos.

—Paola dice que prefiere fotografiar las manos. Le parecen lo más sincero que tenemos.

Los dedos de Martina caían como gotas sobre su torso desnudo. La oyó soltar una risita cínica.

—¿De verdad crees que ella es como nosotros? A tu abuelo parece que le cae bien, incluso le ha regalado un sombrero. —Su voz era remota.

—Es diferente. Por eso me gusta.

—Es tan bonita como puede serlo un objeto sin brillo, sin vida. Apuesto a que estás deseando contarle lo del incendio, hablarle de tu hermano y de tu padre.

—¿Por qué iba a querer contarle eso?

—Reconoce que te gusta inspirar lástima. Alimenta tu aire melancólico. Te hace sentir especial.

—Eso no es cierto.

—Claro que lo es. Tú naciste para ser víctima... Seguro que querrá escucharte. Pero no deberías confundirte. Esa mujer no es tu estilo. Te hará daño.

—¿Y cuál es mi estilo?

Martina le quitó el pañuelo. Daniel parpadeó lentamente para disipar las sombras y se topó con los hermosos ojos verdes de su amiga.

—Tu estilo soy yo, Daniel. Por mucho que eso disguste a tu abuelo.

6

Barcelona, finales de junio de 2010

A Mauricio le gustaba Barcelona, ese llegar para marcharse, los plataneros que proyectaban sombras insuficientes sobre la acera, los transeúntes que bajaban hacia el centro con bolsas de compra, los turistas con grandes gafas de sol y cámaras de fotos al cuello, las voces que decían las mismas cosas en idiomas distintos. Había algo de Buenos Aires en estas calles. Sentado en la terraza de aquel bar, recordó las tardes inmisericordes de la infancia. Podía rememorar perfectamente las horas más duras, cuando él y sus hermanos tenían que dormir la siesta estirados a lo largo del pasillo, que era la única parte fresca de la casa, mientras su padre traqueteaba en la máquina de escribir cuentitos que nadie leería nunca y su madre arrastraba las zapatillas en la cocina con la radionovela de fondo.

Le dio un trago a la cerveza, se reclinó en la silla y dejó que el vapor de agua de los humidificadores se pegase a su piel como un enjambre de diminutos insectos benefactores. Ladeó la cabeza hacia la mesa contigua. Una familia francesa —una pareja joven con tres niños pequeños— se afanaba disciplinadamente sobre una ensaladilla rusa sobrevolada por un par de moscas. Él consultaba un mapa de la ciudad señalando en rojo posibles itinerarios. La mujer se preocupaba de que los niños usasen los tenedores en vez de las manos. La familia de turistas franceses parecía feliz. El Parque Güell, la Sagrada Familia... un buen plan para la tarde. La mujer deslizó la mano sobre la mesa y acarició furtivamente la del hombre con una mirada significativa. Por la noche, cuando los niños durmieran, renovarían viejas alianzas.

La Pecosa hubiera sonreído enternecida ante esa escena. Las historias de final feliz siempre la devolvían a su apariencia de niña soñadora. Barcelona lo había transportado a Buenos Aires y, una vez allí —aunque el pecho le doliera a causa de aquellas añoranzas perdidas para siempre—, no había podido evitar el recuerdo de su esposa. Mauricio apuró la cerveza y cruzó la calle. El edificio frente al que se detuvo tenía forzada la cerradura de la puerta y su fachada se resquebrajaba sin remedio. Las redes que los técnicos habían extendido bajo los balcones para evitar desprendimientos se abombaban con la basura que los inquilinos lanzaban desde las ventanas. También había calcetines y bragas, que se habían caído de los tendederos, y una paloma muerta. De las ventanas abiertas salía un enjambre de sonidos y olores. Acodado en una de ellas, un muchacho con el torso desnudo fumaba y lo miraba con aburrimiento. Mauricio entró en el vestíbulo, de paredes desconchadas, y buscó entre los buzones destartalados hasta dar con el piso que ocupaban los Amigos de la Memoria.

No había ascensor y tuvo que subir pesadamente los tres tramos de escalera angosta ayudándose del pasamano y parando cada poco para recuperar el aliento.

La puerta del piso estaba entornada y una intensa claridad natural venía del interior. Golpeó el picaporte al tiempo que entraba sin esperar respuesta. La voz de un Joan Manuel Serrat muy joven cantando *La Montonera* se deslizaba entre un desorden agradable y laborioso. Había algo decente en aquel piso atiborrado de pasquines y fotografías enmarcadas modestamente, entre las que destacaba esa madre de la plaza de Mayo, Hebe de Bonafini, con su inconfundible pañuelo blanco en la cabeza y una gran bandera argentina firmada por los tangueros Osvaldo Pugliese y Atilio Stampone. También había varios discos de Atahualpa Yupanqui, Mercedes Sosa y Víctor Heredia, un cartel de la actriz Norma Aleandro en su película *La historia oficial* y, por todas partes, libros de Julio Cortázar, María Elena Walsh, Eduardo Galeano, Tomás Eloy Martínez o Griselda Gambaro. Era como entrar en otro tiempo más propicio para el lema que, en grandes letras, podía leerse sobre una de las paredes: «La única lucha que se pierde es la que se abandona». Mauricio se ruborizó. Aquella frase le saltó a los ojos como el canto a una juventud en la que había dejado de creer.

Al fondo de una sala contigua, donde se veían sillas en desorden y la pantalla de un proyector, alguien bajó el volumen del equipo de música y la voz de Serrat se convirtió en un levísimo hilo. Apareció una mujer de paso vigoroso y firmeza en la mirada, que contrastaban con el pelo, completamente blanco, y las arrugas. Tenía los dedos deformados por la artrosis y un leve temblor en la mano derecha que disimulaba cerrando el puño y pegándolo mucho a la cadera.

—¿En qué puedo ayudarle? —Su voz era limpia, digna pero ya en desuso, una voz impostada en la que seguramente nadie creería cuando contase las historias que, sin duda, había vivido la dama. A pesar de ello, algo en su expresión hablaba de un sufrimiento que no había sido vencido, que seguía ahí, detrás de su bonita blusa floreada, de sus labios levemente pintados, de su permanente, conservadoramente elegante. Pero, de alguna manera, ese sufrimiento no la había destruido.

Mauricio se descubrió la cabeza y le tendió la mano. Ella la estrechó sin emoción ni disgusto.

—Me llamo Mauricio Luján. Llamé hace un rato para anunciarle mi visita. Quería hablar con don Horacio.

A la mujer no le pasó por alto el cuidado del anciano al dejar las palabras dobladas y cuidadosamente depositadas en el aire, con un respeto litúrgico.

—Yo soy Horacio. Y creo haberle dicho que era inútil que viniera.

Una voz de máquina, robótica, surgió tras la mujer. Esa voz pertenecía a un anciano doblado hacia las rodillas, un pajarillo embutido en un pantalón gris y en un chaleco demasiado tupido para los calores del mes. Ese efecto hueco y mecánico no nacía de la boca sino de un botón oscuro en la garganta que disimulaba con un pañuelo alrededor del cuello. Miró directamente a Mauricio.

—No parece usted amigo de Oliverio Pellegrini.

Mauricio se sintió incómodo bajo la atención de esos ojos pequeños.

—¿Es un halago o un reproche?

—Es una constatación.

—¿Y qué aspecto, según usted, tiene un amigo de Oliverio?

La mujer de la permanente blanca intervino con un deje de reprimenda hacia el anciano de la válvula en el cuello.

—Ya basta, Horacio. No necesitas ser desagradable.

El anciano sonrió descubriendo unos dientes devastados.

—¿Le parezco desagradable? —preguntó mostrando la palma de sus manos arrugadas y grandes, unas manos donde la línea de la vida se extinguía.

Mauricio manifestó el mismo cuidado que había usado al dirigirse a la mujer.

—Tengo entendido que usted y Oliverio sirvieron juntos en la guerra de las Malvinas. Esperaba que pudiera ayudarme a encontrarlo.

El anciano lo examinó fijamente.

—Pues se equivoca. Ya se lo dije por teléfono.

Mauricio asintió. Contempló el piso con cuidado y se rascó la barba.

—Creía que aquí ayudaban a encontrar a los

desaparecidos. Eso es lo que dice, al menos, la página web que les anuncia.

El anciano con la válvula en la garganta frunció el ceño.

—Y ¿qué cree que hacemos aquí? ¿Piensa que dirigimos una especie de *casal d'avis*? ¿Que nos tiramos pedos mientras jugamos al dominó y nos contamos nuestros problemillas de vejiga? Todo el mundo que entra por esa puerta espera a alguien en casa. Alguien que se fue hace mucho. A veces podemos ayudar. Otras no. Pero nunca dejamos de intentarlo.

—Pero no está dispuesto a ayudarme a mí.

Horacio le dirigió una mirada de desprecio.

—Hay quien ve este sitio como un cementerio de elefantes, algo que inspira lástima, condescendencia y olvido, y a nosotros nos ve como los enterradores. Usted es de esas personas, lo he notado en cuanto ha cruzado esta puerta.

Mauricio tuvo que apretar muy fuerte los labios para no dejar escapar la respuesta que se arremolinó en torno a su pecho.

—Si le doy esa impresión, le pido disculpas. Le aseguro que es completamente errónea. Ya le he dicho que busco a un amigo al que perdí la pista hace más de veinte años. Oí que estaba en Barcelona y pensé que usted me ayudaría.

Horacio renegó con la cabeza.

—Usted no busca a un amigo. ¿A quién busca realmente?, ¿a qué Oliverio? Hace mucho que no sé nada de él, ni quiero saberlo. Tampoco necesito saber de usted más de lo que adivino en su mirada.

¿Qué fue? ¿Por qué ha estado en la cárcel? Porque es eso, usted arrastra los ojos como los presos arrastran los pies en las galerías. Uno nunca se sacude ese aire de presidiario de encima.

Mauricio sostuvo la mirada del anciano.

—Eso no es asunto suyo. Y no vine aquí para ser insultado.

—Conozco a los de su clase. Se yergue tan digno... como si los demás fuesen una mierda solo porque no han sufrido la mitad que usted en la vida. Nos culpa de su imposibilidad de ser feliz ni que sea un minuto, ¿me equivoco?

Mauricio lanzó una mirada rápida alrededor hasta volver al anciano con un punto de rencor.

—No todos tenemos la suerte de poder elegir nuestras causas.

El viejo Horacio estiró el cuello hasta hacer visible la válvula en la garganta.

—Usted se equivoca. Aquí no le damos razones a la gente para vivir; eso deben encontrarlo por sus propios medios. Ahora ya puede salir por esa puerta.

—Será mejor que se marche... —La voz de la mujer cayó sobre ellos como una campanada en el ring.

Mauricio se puso el sombrero, respiró muy fuerte y se inclinó levemente ante la dama de cabello blanco, lanzando seguidamente una mirada de soslayo a Horacio.

—Buenos días.

Antes de alcanzar el primer tramo de escalera, la voz de Serrat volvía a sonar con fuerza, como una declaración de intenciones.

—¡Escuche!

Mauricio se volvió. La dama del cabello blanco tenía una urgencia en la mirada que la hacía parecer culpable de algo que él no podía intuir.

—Tiene que disculpar a Horacio. Pasó años muy duros después de aquella guerra.

—Lo entiendo, señora. Pero yo no soy el enemigo.

La mujer dio un paso adelante con timidez. Miró a lado y lado como si tuviese miedo de que alguien la espiase.

—Ese hombre que está buscando... su amigo Oliverio. Nunca estuvo aquí. Pero sé quién es.

Antes de que Mauricio pudiera replicar, la mujer le tendió un sobre gris.

—Por favor, no vuelva por aquí.

Mauricio observó el contenido del sobre. Horacio le había mentido. Era evidente que no le había perdido a Oliverio la pista después de las Malvinas. Toda su vida estaba en ese dosier detallado donde había una docena de fotografías de Oliverio en diferentes épocas. Se concentró en una particularmente. Un rostro severo, de unos setenta años, con un frondoso bigote blanco, las cejas anchas y unos ojos de mirada fija y penetrante. Había una dirección y un teléfono. Mauricio marcó el número. Tras una larga pausa se oyó una voz de otro tiempo.

Una voz gastada y desprevenida.

—Diga. —La sangre se agolpó en la garganta de Mauricio—. ¿Quién es?

Quiso responder, decir algo que llevaba años ensayando. Pero sus labios se negaban a abrirse.

—¿Oiga? ¿Hay alguien ahí?

Mauricio apartó lentamente el teléfono de la oreja. Temblaba como un chiquillo. Tragó saliva. Lo intentó, pero no pudo decir nada. Finalmente, colgó. Todavía no estaba preparado. Pero podía hacer otra cosa, se dijo mirando otra de las fotografías que acompañaban el dosier.

—Buenas tardes, querría unas flores.

La floristería Ceibo estaba cerca de la Sagrada Familia. En el interior giraba lentamente un ventilador de aspas de plástico, removiendo agradablemente el aire impregnado de perfumes vegetales. En el hilo musical se escuchaba música tranquila, esa clase de melodía que tiene eco de agua, sonido de arpas y resaca marina. El mostrador estaba repleto de tallos, y una joven limpiaba con una tijera de podar las hojas enfermas de las rosas. Sobre la camisa llevaba puesto un peto verde y tenía antebrazos fuertes y nerviosos. Su pelo era castaño, aunque Mauricio había podido comprobar en la secuencia de fotografías del dosier que solía cambiar el tinte cada cierto tiempo, como si con ello exteriorizara sus estados de ánimo. También jugaba con el tipo de corte y con el moldeado de manera arriesgada, aunque casi siempre lograba que sus facciones marcadas salieran favorecidas. El color de sus ojos era parecido al de Oliverio, castaño, aunque brillaban de un modo distinto, más cálido.

La chica levantó la cabeza de manera enérgica, con una sonrisa.

—Pues este es el sitio perfecto.

Sonó el teléfono y ella fue a atenderlo a un rincón. Mauricio no pudo escuchar la conversación; al cabo de unos pocos minutos regresó con una sonrisa de oreja a oreja. Algo la había puesto feliz. Tal vez un novio.

Aunque eso era improbable. Según el dosier, cada dos o tres semanas ella visitaba a su padre en el apartamento que el viejo tenía en un barrio de las afueras. Almorzaban juntos en un restaurante con menú económico y luego ella le hacía la compra y le llenaba la nevera. Compraba alimentos ecológicos, yogures con fibra, zumos naturales y pasta integral. Casi siempre le llevaba flores. A Oliverio le gustaba el narciso blanco. De vez en cuando, entraba en la farmacia con una colección de recetas. Al parecer, Oliverio se había convertido en un viejo lleno de goteras. Aparte de eso, aquella chica pasaba la mayor parte del tiempo en la floristería. Algunas noches salía de copas con un grupo de amigos, pero siempre se retiraba temprano al pequeño estudio de alquiler en el que vivía, sola, cerca de la tienda. Desde el balcón debía de tener unas vistas hermosas de la fachada del Nacimiento de la Sagrada Familia. La luz en su ventana tardaba en apagarse por las noches. Le gustaba leer hasta tarde en la cama. Solía comprar libros viejos en una librería del barrio. Pasaba mucho tiempo removiendo entre las cajas de ofertas: Thomas Mann, Zola, Borges... Tiene buen gusto, «un tanto clásico para ser tan joven», hubiera dicho la Pecosa.

Acababa de cumplir treinta y dos años y lo había celebrado sola, en una pizzería de la calle Mallorca.

En general, llevaba una vida tranquila, sin aristas visibles.

—¿En qué flores estaba pensando?

A Oliverio le gustaba un determinado tipo de narciso, según el dosier.

—Estaba pensando en un ramo de narcisos blancos.

Ella abrió los ojos como si alguien hubiera lanzado una piedra de río sobre la superficie tranquila de sus pupilas.

—Qué curioso...

—¿El qué?

—Son las flores preferidas de mi padre.

—Supongo que son flores de gusto común.

Ella asintió.

—Así es, pero, además, usted es argentino, como él —dijo al darse cuenta del acento de Mauricio. El suyo era casi inapreciable. Quizá por eso se sintió en la obligación de explicarle que nació en Ojo de Agua, en la provincia de Neuquén. —Tierra de araucanos —añadió con un orgullo desmedido que denotaba la necesidad de reivindicarse ante un paisano—. Soy Laura —dijo tendiéndole una mano de dedos alargados y firmes.

—Laura Ojo de Agua —la bautizó Mauricio. Eso agradó a la joven.

El anciano pagó el ramo sin aceptar el cambio de vuelta. Ella le dio las gracias y aún retocó un poco el papel que lo envolvía con expresión de niña insatisfecha. Debía de ser perfeccionista.

—Vuelva cuando quiera.

Mauricio se tocó la punta del sombrero a modo

de saludo. Saber muchas cosas que ya no sirven para nada. ¿No era eso, también, hacerse viejo?

—Lo haré, no le quepa duda. Pronto. Y salude a su padre.

7

La Coruña, viernes, 20 de agosto de 2010
02.00 h

El ruido del tráfico llega en ráfagas distantes hasta el hospital. Germinal Ibarra contempla la alineación perfecta de las farolas y debe vencer la tentación de dejarse guiar por ellas y perderse, por qué no, por las calles estrechamente rectas de su ciudad. Esas calles dispuestas como si tuvieran una intención y fueran caminos que llevan o vienen de alguna parte. Poco a poco, su mirada se dirige hacia el cielo, quién sabe si para buscar esas lágrimas de San Lorenzo que deberían surcarlo o para hundirse en su propio pasado.

No muy lejos de allí, y, sin embargo, a una distancia que le parece infinita, se decidió la infancia del inspector. Hace ya más de medio siglo, cuando esta ciudad era otra. Y él, a pesar de todo, era un niño feliz. Menos los domingos. Ese día despertaba del abrazo de su abuela y de su madre, de los colores caldera de la casa y del viejo carro con ruedas de madera que había en la parte de atrás. Los domingos no podía subirse al mulo plateado, ni bajar a la alberca a cazar renacuajos. Tampoco podía partirse la cara con los gitanos ni robar cigarrillos sueltos del paquete del abuelo Florencio, que dormitaba la siesta al fresco todas las tardes, ciego pero con un oído más fino que el de las ratas cuando le convenía. El abuelo se hacía siempre el dormido cuando Germinal se le acercaba de rodillas y trasteaba en el bolsillo de su chaqueta para robarle un Bisonte.

Su mundo infantil se detenía los domingos, cuando su madre y él subían a un autobús que apestaba a gasoil y tenía los asientos de tela raídos. El domingo era el día que tocaba visitar a su padre, y Germinal rezaba en cada curva para que se pinchara una rueda, se estropeara el motor o le diese un infarto fulminante al conductor; algo que nunca sucedió. Y así, cuando en la última curva se adivinaba el edificio de piedra blanca del manicomio, su madre le adecentaba el abrigo, le pegaba el flequillo a la frente con un punto de saliva en el dedo y le repasaba la cartilla.

—¿Te portarás bien?

Y él asentía con el corazón en un puño, escondiendo el miedo detrás de las largas pestañas y mirando a los demás viajeros con la sensación de que se reían de él.

—Ya soy mayor, madre —protestaba. Y lo era, aunque solo tuviese cinco años y llevase pantalones hasta la rodilla y botas con la suela remendada con clavos que a veces le molestaban al andar.

—Pues demuéstralo —lo retaba su madre, con una dulzura melancólica en sus ojos azul pálido, mientras se colocaba bien las horquillas que mantenían lejos de su cara el pelo rebelde. Olía su madre a colonia de limón. Y ese olor era lo único bueno de los domingos.

El antiguo manicomio ahora es un edificio abandonado que va cayendo lentamente por su propio peso sin que nadie sepa qué hacer con él. Es difícil exorcizar los fantasmas que habitan los pabellones vacíos, borrar los recuerdos que se aferran a las paredes, las puertas y las ventanas de ese viejo edificio. Lo mejor sería derribarlo, reducirlo hasta la última piedra, cubrir el solar de cemento y dejarlo así durante mil años. Quizá de ese modo dejarían de escucharse los lamentos de su vientre hueco.

Se conserva el claustro viejo y el pozo en medio de la plazoleta enlosada donde se encontraban los internos con sus familiares aquellos domingos por la mañana. Aunque la mala hierba ha colonizado el patio y pululan las ratas como conejos, son apreciables todavía los bancos de piedra y la pileta de mármol en la fuente en la que pequeños pájaros de colores bebían. A Ibarra le gustaba observar aquellos pájaros, diminutos como pequeños gorriones, y detenerse a escuchar el canto tranquilo de la fuente entre los murmullos de la gente.

El padre de Germinal siempre estaba en la esquina más alejada con las manos a la espalda, vestido con un traje negro desgastado y una camisa blanca con el cuello rozado a la que le faltaba un botón. En invierno y en verano calzaba unas gruesas alpargatas con calcetines y fumaba los cigarrillos que su mujer le traía los domingos. Sin afeitar la mayor parte de las veces, con el pelo mal cortado y la boina raída entre los dedos, su padre creía unas veces que aún vivía escondido en las montañas, matando guardias civiles al final de una guerra que en su mente destrozada no había terminado. Otras veces, pensaba que aún lo tenían prisionero en Calatayud, y que cada mañana entraban a pegarle una paliza. El día menos pensado ya no sería un simulacro el fusilamiento en la judería: le pegarían un tiro de verdad y lo dejarían desparramado en la torre de Santa María.

—Ya pueden arrancarme los dientes, que no pienso decir nada.

Ibarra recuerda esos domingos tristes, cuando se acercaba a su padre, tímido y asustado. Lo llamaba una, dos, tres veces hasta que su padre se giraba levemente y le dirigía una mirada hostil. La mayor parte de las veces, no lo reconocía. Quince años en la cárcel de Zaragoza lo habían dejado así. Y, cuando volvió a casa, no hubo más remedio que encerrarlo porque todas las noches se echaba al monte con un zurrón y una vieja escopeta. Tenían miedo de que le hiciera daño a alguien. A veces tardaban días en dar con él y, cuando lo encontraban, estaba medio desnudo y como ido en cualquier lugar donde alguien lo hubiera recogido.

—Buenos días, padre. ¿Cómo se encuentra hoy?

Su padre le quitaba de las manos los cigarrillos sin hablar y fumaba con la urgencia de los condenados a muerte. Tenía las uñas duras como garras, los dedos amarillentos y la boca tan desquiciada como su mente. Germinal se sentaba a su lado, aguantando la respiración cuanto podía porque su padre apestaba a suciedad. La mirada triste de su madre contemplaba la escena. A ella sí la reconocía a veces.

Paseaban un rato juntos por el claustro y él se dejaba convencer para que ella lo bañara y le cortara las uñas. Le lavaba la cabeza y le hacía ponerse la ropa limpia y planchada que le traía. Entonces, su padre volvía a parecer una persona, pero más como un muñeco que como alguien normal. Asentía a lo que ella decía con rigidez, y se tomaba la sopa como un niño catatónico. Otras veces, las peores, de repente tiraba el plato de un manotazo violento y gritaba que lo querían envenenar. Luego se apartaba discurriendo para sí y luchando contra sombras que solo estaban en su cabeza. Ibarra no sabía qué hacer, se quedaba desconcertado, hasta que su madre se acercaba con los ojos enrojecidos y, acariciándole el hombro, le susurraba:

—Tu padre no tiene un buen día.

Cuando era un niño, los locos —así los llamaban antes de que las palabras disimularan las realidades— le daban miedo a Ibarra. O, mejor dicho, lo que le daba miedo era la locura. Temía contagiarse y por eso no quería ir a ver a su padre.

—No quiero volver allí.

Pero su madre insistía. Era su padre, a pesar de todo; y lo necesitaba.

Germinal recuerda especialmente uno de aquellos domingos, el que se esfuerza en olvidar con mayor ahínco. El mismo domingo que vuelve una y otra vez. Tenía casi diez años y, a punto de salir hacia la parada del autobús, su madre se puso muy mala. Egoístamente, Ibarra pensó que eso bastaría para no tener que ir a ver a su padre. Pero para consternación suya, su abuela lo llevó de la mano hasta el autobús y lo subió a él. Le dijo que aquel día tendría que ir solo. Sus abuelos no querían saber nada de aquel yerno rojo que había arruinado la vida de su hija, pero era su padre. Aterrado, Ibarra vio como se cerraban las puertas del autobús y su abuela se quedaba en la acera, saludándolo con la mano.

—Cuéntale cosas del colegio. Eso le gusta —le había aconsejado su madre. Pero al padre de Germinal no le interesaba nada fuera de los muros que había en su cabeza.

Aquel domingo estaba peor que otras veces. Agarró al niño por el codo y lo llevó a un rincón. Le clavaba las uñas con tanta fuerza que le hacía daño. Le preguntó cosas raras sobre su madre, con quién andaba, qué hacía.

—He oído rumores.

Ibarra negó asustado. Su padre le aprisionó la cara con las uñas negras y lo miró a los ojos muy de cerca, como si buscase la confirmación de una sospecha.

—¡Tú no eres hijo mío! ¡Es una puta, me está engañando! ¡Os voy a matar a todos!

Acudieron las monjas y trataron de meterlo en cintura con zalamerías y amenazas. Su padre estaba furioso, se revolvió y le partió el labio a una de un puñetazo. Los enfermeros vinieron y lo tiraron al suelo para reducirlo. Ibarra lloraba mientras se llevaban a su padre arrastrando los pies y forcejeando. Poco a poco, sus alaridos fueron perdiéndose detrás de una puerta enrejada.

Después de la visita, Ibarra salió rascándose el arañazo que su padre le había hecho debajo del ojo y sonándose los mocos con la manga de la chaqueta. Ni siquiera se había acordado de darle los cigarrillos y pensó que su madre lo castigaría. Iba tan preocupado por eso que no se dio cuenta de que se metía en una arboleda cercana hasta que se topó con uno de aquellos locos entre los matorrales.

Estaba agazapado y en cuclillas con los pantalones bajados hasta los tobillos. Era un hombre viejo que, con la expresión descompuesta y gruñendo como un animal, se manoseaba la polla ante la foto de una mujer. En el antebrazo velludo tenía un tatuaje deslucido con el rostro de un Cristo patibulario. Ibarra dio un paso atrás, pisó una rama y el viejo loco alzó la cabeza y lo miró muy fijamente. Algo le dijo al niño que corriera con todas sus fuerzas. Pero se quedó paralizado.

Han pasado casi cincuenta años y el inspector escruta la noche de La Coruña convencido de que aquel crío aterrado se esconde todavía en alguna parte. Se pregunta si alguna vez alguien —o él mismo, incluso— entendió al niño que fue. A veces sueña que el tiempo se detiene y vuelve atrás, mientras el viejo voltea al niño con los pantalones bajados, sujetándole el cuello con la mano libre. Sueña que se acerca un momento antes de que las nalgas del niño se abran, antes de que aquel grito ahogado retumbe en sus oídos. Sueña que huye justo antes de que desaparezca su niñez.

Nunca le ha contado aquel encuentro a nadie, ni siquiera a Carmela. No sabría cómo explicar que no fue el loco —ni lo que le obligó a hacer— lo que le daba miedo, sino sus ojos, el modo de mirar como si nada existiera fuera de una inhóspita oscuridad que habitaba en su interior.

—No se ven las estrellas fugaces.

El inspector se vuelve, sobresaltado por esta voz del presente.

La doctora mira al cielo, decepcionada. Ibarra la imagina de niña al recibir la nota de un examen en la escuela y ver que no ha obtenido una matrícula sino un notable alto.

—Hay demasiada luz artificial. Para verlas hay que subir a una montaña o buscar un lugar a oscuras.

Ella se frota un párpado con el dorso de la mano. Parece cansada.

—Sí, bueno. Solo son estrellas fugaces.

Ibarra sonríe con tibieza. No es el único ser descreído de este mundo. Ella mete las manos en los bolsillos del pantalón. El relieve de los dedos se percibe bajo la tela. Inspira.

—La paciente ha despertado. Quiere hablar con usted.

Ibarra asiente, pero se da cuenta de que la doctora quiere decir algo más. Las palabras dan vueltas en su boca haciéndose una bola. La doctora se toca el pelo, nerviosa.

—He oído cosas de usted por los pasillos. Las enfermeras hablan.

Ibarra espera.

—Dicen que usted es el policía que detuvo al asesino de Amanda, la niña de Málaga.

—Es cierto.

—La mujer sin identificar... Es la madre, ¿verdad? Es Eva Malher.

Ibarra no contesta. No es necesario. La doctora comprende.

—No me apetece en absoluto que esto se llene de cámaras de televisión, de policías y de periodistas. Esto es un hospital, no un circo.

—Pues mantengamos por ahora su identidad en secreto.

La doctora lo mira con una mueca irónica.

—¿Está de broma? Esa mujer es una de las herederas más ricas del país. Hace meses que la busca todo el mundo. Incluso hay una recompensa de cien mil euros para cualquiera que dé una pista fiable sobre su paradero. No sé lo que significa esa cantidad para usted, inspector, pero a muchos nos solucionaría la vida. Cualquiera tiene una revista a mano y, en cuanto la reconozcan, ya no habrá quien lo pare. Además, usted tendrá que dar aviso a sus superiores.

Ibarra sabe que debe hacerlo, en efecto. También conoce lo de la recompensa. ¿Por qué negar que ha sentido la tentación de hacer una llamada, cobrar la recompensa y dejarle una bonita herencia a Carmela y a Samuel? Así podrían marcharse lejos y empezar de nuevo, sin él. El dinero siempre ayuda a morir con tranquilidad de espíritu. Sin embargo, no ha hecho ninguna de las cosas que la lógica aconseja.

—Todo es un poco confuso aún. Necesito saber exactamente lo que ha pasado esta noche antes de descolgar el teléfono.

—Pues hágalo rápido, inspector. O esto se le irá

muy pronto de las manos... Mi descanso se ha terminado. Tengo que volver.

La doctora comienza a caminar hacia la puerta giratoria de urgencias. Pero se detiene, gira la cabeza y observa al inspector con curiosidad.

—¿Le puedo preguntar algo?

No importa lo que diga el inspector. Ella hará la pregunta de todos modos.

—Todo eso que dicen. Que mató al asesino a golpes y que la familia de la niña ocultó las pruebas. Esas cosas que corren por internet sobre usted... ¿Nunca se preguntó por qué aquel hombre pudo llegar a hacer aquello? ¿Cuál era la raíz de su locura?

—No.

—Bueno, quiero decir que todas esas barbaridades tuvieron que ver con su infancia, tal vez. Podría haber sido muy distinto... parecía un buen hombre... inofensivo.

Ibarra la mira con escepticismo.

—No me interesa saber si el asesino de Amanda fue un niño desdichado, si su madre le hacía tal cosa y su padre tal otra —advierte.

Ibarra no puede perder el tiempo explorando el alma de un ser despreciable. A la gente le gustan las conversiones. Cuanto más terrible es el crimen más proclives son a perdonar si hay una muestra de arrepentimiento convincente. El hombrecillo se había pasado la vida viendo películas en blanco y negro. Era un magnífico actor, un farsante que había removido algo en aquellos que quieren creer que la gente puede cambiar.

La doctora permanece un momento inmóvil, mirándolo.

—¿No cree que la gente tiene derecho a una segunda oportunidad?

—Pregúntele a Amanda Malher o a su madre lo que piensan de las segundas oportunidades.

—¿Eso es lo que le hizo tomarse la justicia por su mano?

—Trató de escapar. Se tiró del coche en marcha y se partió el cuello.

—Esa es la versión oficial, pero ¿cuál es la suya?

—Yo no tengo ninguna versión, doctora. Solo sé que los huesos de una niña descansan en el cementerio. Y que, no muy lejos, están los del hombre que la violó y la mató.

La doctora se aparta con un gesto de conmiseración.

—¿No le asusta su cinismo, inspector?

Ibarra niega lentamente.

—Y a usted, doctora, ¿no le asusta su bondad?

La doctora permanece callada. Inspira con fuerza y se aleja.

Ibarra mira al cielo. La doctora tiene razón: no se ve ni una estrella.

Cuando entra en la habitación, repara primero en la cara magullada de Eva Malher, que se recorta en el horizonte de una sábana que, tal como dibuja la silueta del cuerpo, se parece más a un sudario. Se intuyen las piernas ligeramente abiertas. Hay algo bondadoso en las personas que duermen. Tanto da que sean asesinos, torturadores, soldados, viejos o niños. El sueño y su inconsciencia los aleja de su mundo cotidiano y eso los reconcilia con una humanidad primigenia. Cuando dormimos, todos somos inocentes. Carmela le ha dicho alguna vez que cuando duerme, él también parece otro; su rostro se dulcifica, recupera algo de la luz que debía de tener en la infancia y, al posar la mano sobre su pecho, algo late bajo su piel con un calor distinto.

Se sienta en el sillón que hay junto a la cama y observa a Eva. La luz de la noche, que entra por las rendijas de la persiana de plástico, inunda su rostro de rayas. Se escuchan sonidos tranquilos detrás de la puerta. Dentro, solo parpadea la luz roja de un monitor en la máquina que controla sus constantes vitales. Las gráficas de colores azules y verdes que siguen la pauta regular de su corazón.

Ibarra casi prefiere ver a Eva así, ausente y silenciosa. No falta mucho para que llegue la jauría y se la arrebate. Comprende que haya querido huir de su vida. También comprende que ese mundo al que ella pertenece no esté dispuesto a permitirlo. De alguna manera, el inspector quiere a esta mujer y desea protegerla. Ha sufrido demasiado. Sufrir demasiado... ¿Quién determina el sufrimiento? ¿Quién controla la medida de lo que es capaz de soportar alguien como ella?

Recuerda lo que le confesó el hombrecillo, las palabras que Ibarra le arrancó, entre grumos de sangre y lágrimas, a fuerza de golpes. Algo de lo que nunca habló con Eva.

«Aquella atmósfera, creada como a propósito

para recibir una mala noticia, me enterneció hasta las lágrimas. Sentí un dolor atroz por ella, anticipé cómo su alma estallaría en pedazos cuando le dijeran que Amanda estaba muerta. Cuando usted se lo dijera, porque yo sabía que era cuestión de tiempo que la encontrase.»

Esas fueron las palabras del hombrecillo, que a Ibarra le parecieron sinceras. Cuando uno no tiene nada que perder, cuando se sabe atrapado, tiene tendencia a ser todo lo sincero que puede ser quien no distingue entre la fantasía y la realidad. A Eva también debió de parecerle sincero cuando quiso abrazarla para consolarla. «Ojalá su hija esté bien —le dijo—. Yo también la echo de menos. Echo de menos su risa en la filmoteca y el ruido que hacía al comer altramuces mientras proyectaba películas de Chaplin en la sala vacía.»

Tras la desaparición de Amanda, el hombrecillo se había presentado en la finca de los Malher. La casa se había convertido en un muro de hormigón sobre el que resbalaban las horas en un silencio mortuorio. Todo el mundo esperaba noticias y especulaba con un posible secuestro por razones económicas, o, tal vez —en la versión más optimista—, trataban de convencerse unos a otros de que la desaparición de la niña se debía a una rabieta o a una trastada infantil. Todos en aquella casa se aferraban al convencimiento de que en cualquier instante aparecería en la puerta de la mano de alguna madre de sus amigas de la escuela, enfurruñada pero a salvo. Sin embargo, a medida que pasaban las horas, el drama iba cobrando forma. Eva se sorprendió un poco al ver al hombrecillo, como si le costase ubicar su presencia fuera del límite de aquellos sábados por la mañana en la filmoteca, pero fue amable con él. Lo recibió en un pequeño despacho atiborrado de libros antiguos. Fumaba en silencio y bebía una copa de vino. Las cortinas estaban cerradas, y las persianas a medio bajar filtraban la luz anaranjada del exterior y creaban una sensación ámbar, delicada y frágil. De fondo se escuchaba la *Pasión según San Mateo*. Ella estaba muy desmejorada. Tenía síntomas de estar bajo los efectos de los calmantes. Se había situado ya en un ángulo hiriente y mordaz, totalmente distinto de sí misma.

«Ella se echó en mis brazos, ¿puede creerlo? ¡En mis brazos insignificantes!»

A Ibarra le repulsa reconstruir aquella escena, el hombrecillo y Eva a solas con la música de Bach, ella llorando desconsoladamente, derrumbada ante la certeza que se negaba a aceptar y el hombrecillo, el asesino de su hija, estrechándola contra sus brazos, besándola en el cabello, acariciándole el hombro, susurrando palabras de consuelo. Por primera vez en su vida, aquel ser insignificante debió de sentirse absolutamente necesario para alguien. Estaba viendo como Eva Malher se desmoronaba. Aquella mujer altiva que miraba alrededor sabiendo que no pertenecía a este mundo se mostró ante él vencida, presa de la inquietud y del agotamiento nervioso de quien sentía la pérdida por primera vez. Y él era, en ese instante, la única ancla a la que ella podía amarrarse.

«Estuve a punto de confesarle la verdad. Y eso

me aterrorizó. Me sentí totalmente desconcertado por ese rasgo de debilidad mutua.»

El hombrecillo no debería haberse sorprendido. Nadie es exactamente lo que parece. Ibarra recuerda la incredulidad de los periodistas y la opinión pública cuando se desveló la identidad del asesino de Amanda. Todos esperaban un ser de mirada extraviada, de rasgos duros y actitud desafiante y no a un vecino que llevaba décadas incrustado en la comunidad. Todos sabían que vivía en un modesto piso de alquiler repleto de viejas cintas de vídeo y rollos de películas antiguas. Conocían a su esposa, aquejada de fibromialgia. La veían con su rictus sufriente en la frutería del barrio golpeando suavemente con los nudillos un melón antes de comprarlo, o llenar la bolsa de plástico con plátanos maduros porque su marido, el hombrecillo, era algo delicado del estómago. Todo el mundo conocía a sus hijos, dos muchachos de diez y doce años que iban al mismo colegio público que los de sus vecinos. Tenía un coche, un modesto Opel Astra blanco con una abolladura en la carrocería. En verano lo cargaban con maletas y bicicletas y se marchaban de vacaciones al pueblo de su mujer, en Murcia, y en septiembre regresaban bronceados. Como tantos miles. Todos sabían que proyectaba sesiones dobles en la filmoteca y regalaba cucuruchos de altramuces a los niños. Quien más y quien menos tenía recuerdos sentimentales ligados a esas sesiones de cine: los primeros besos, las primeras aventuras. Todos habían soñado delante de aquella pantalla y de algún modo relacionaban esos momentos de felicidad con la presencia del hombrecillo, como si él fuera el verdadero artífice de sus momentos de felicidad.

Por ello, a pesar de las evidencias abrumadoras que fueron cerrando con una sencillez sonrojante el círculo, hubo —y hay— quien opina que se trató de un error, de un embuste, le habían colgado el marrón, aquel pajarillo raquítico no podía haber cometido semejantes atrocidades. Después de resolverse el caso de Amanda, un rosario de cuerpos fue apareciendo en Málaga y en las ciudades de alrededor, y nadie supo con exactitud cuánto tiempo llevaba haciendo aquello el hombrecillo. Aun así, se negaban a creerlo. Era uno de los suyos. Y la gente de su clase no hacía esas cosas.

Los defensores del hombrecillo son los mismos que desconfían de Ibarra, que ahora atacan sin piedad a su familia e insultan a su hijo. Hubieran preferido que el asesino de Amanda fuera alguien más parecido al inspector que a su vecino, aquel hombre amable, culto y dócil. Al fin y al cabo, ¿quién era Ibarra? Un policía al que nadie conocía, un forastero que había llegado un par de años antes a Málaga obligado por un concurso de traslados; un gallego taciturno, poco hablador e introvertido que, por lo que decían las malas lenguas, bebía más de la cuenta. En cuanto a la niña, Amanda, era una hija de ricos que vivía al otro lado de muros cubiertos de buganvillas, que iba a colegios donde daban clases de equitación y hablaba inglés como si tuviese en la punta de la lengua el lazo de una cereza; nada les hacía sentirse cercanos a ella o a su madre, esa famosa con mala fama a la que ahora golpeaba la mala suerte, como a ellos, a los vecinos del hombrecillo, llevaba golpeándoles desde el principio de los tiempos.

Así es el mundo en el que vivimos. Un mundo del que Ibarra y Eva Malher hubieran querido escapar. Pero ni ella ha podido poner suficiente tierra de por medio, ni él ha encontrado el valor para reventarse la sesera.

Eva abre los ojos. Medio aturdida, reconoce los gestos contenidos del inspector, su murmullo gutural a modo de reconocimiento y la rigidez de los hombros bajo su traje. Qué extraño que se fije en el nudo de su corbata, grueso y pasado de moda, como él. Esa corbata distorsiona el conjunto hierático. Tiene aspecto de estar muy cansado.

—¿Cuánto rato llevas aquí?

—No mucho.

De manera fugaz, Eva vuelve la vista hacia la puerta entreabierta de la habitación. Traga saliva como si tragase arena, mira a lado y lado como si buscara una escupidera. Luego se concentra en las sombras que se proyectan sobre el techo. Amanda era buena en el juego de las sombras chinas. Podía simular cualquier cosa: un conejo, un perro, un pájaro. La divertían aquellas figuras que cobraban vida cuando les ponía voz. La inocencia de una infancia con balancines y caballos de cartón.

—El personal del hospital ya sabe quién eres. Y no tardarán en saberlo los demás. Me veré obligado a llamar a mis superiores para informarles de tu aparición, y entonces ya será demasiado tarde. Quiero ayudarte mientras pueda, pero necesito que me cuentes qué ha pasado esta noche.

Eva niega con la cabeza. Todavía está muy débil para hablar. Además, no merece la pena preocuparse. Su padre parará el escándalo tapando con billetes o amenazas cualquier boca que se abra. Es lo que se le da mejor, comprar voluntades o aplastarlas; pagar a abogados, forenses, jueces y policías.

Así es como salvó a Ibarra para agradecerle que hubiera quitado de en medio al asesino de su nieta. Sabe que si se atreviese a verbalizar este pensamiento, el inspector le respondería sin pestañear que nadie lo obligó a hacerlo. Además, sin ese desgraciado el mundo es un poco más decente y menos monstruoso. Pero, a cambio, Germinal se ha convertido en un hombre distante, con un aborrecimiento indisimulable hacia los demás en la mirada. No importa, le diría el inspector; no hay nada que él espere ya del mundo. No necesita nada de los demás, de ella o de su padre. Mucho menos condescendencia. Seguramente piense que, si hubiese confesado entonces, tal vez habría perdido su vida, su familia y su trabajo, pero no se habría perdido a sí mismo.

Sin embargo, esta vez, ni siquiera su padre podrá evitar que se filtre algún detalle de lo que ha ocurrido esta noche y a lo largo de los tres últimos meses. Aparecerán los nombres de Daniel, de Martina, de Dolores y de Mauricio. Ese pequeño y aislado universo de Punta Caliente perderá la calma, invadido por una legión de periodistas, cámaras de televisión, jueces, forenses, policías. Durante las próximas semanas, esa horda forastera va a hurgar en las vidas tranquilas de sus habitantes: entrará en sus casas, violará su intimidad, y cualquier secreto, por nimio que sea, aflorará a la superficie. El daño será irreparable. Solo quedará un campo de batalla humeante, lleno de desconfianza, adonde quizá no regrese ya nunca esa quietud boreal que tanto admira Daniel.

Y ella ha sido la causante de semejante cataclismo.

—Todavía podemos arreglar las cosas. Sea lo que sea —insiste Ibarra.

—No... no hay nada que arreglar, Germinal. Nada —murmura.

Eva bucea en esos ojos de piedra y solo encuentra tormento.

—Llama a mi padre y a Otto. Diles que estoy aquí, Germinal. Coge el dinero de la recompensa y márchate lejos con tu familia.

Ibarra se recuesta en el asiento. Sostiene la mirada de Eva. Tal vez ella tenga razón y eso sea lo más sensato: desaparecer en la noche con un buen fajo de billetes, ocultarse de los juicios, de la más que previsible condena por el asesinato del hombrecillo, y llevarse lejos a Carmela —¿por qué no a la India con su gurú?—. O comprarle a Samuel una orquesta que obedezca su dictado. Le gustaría inventarse una burbuja en la que no existiera el pasado, como si durmieran un largo y plácido sueño del que no fuera necesario despertar.

Sea como sea, dentro de unas horas, Otto vendrá a buscar a Eva e Ibarra no podrá impedirlo. Su esposo la sacará del hospital y construirá una historia en la que ella estará obligada a interpretar el papel de mujer arrepentida cuando los flashes la fusilen al salir del juzgado, escoltada por una cohorte de abogados. Tendrá que relatar los hechos y situarse a sí misma en el lado que más desprecia del drama, el de la víctima ingenua e inocente. Se verá forzada a negar su verdadera naturaleza para inspirar compasión en lugar de envidias y un secreto desprecio. Luego, la mandarán a un largo viaje, a las antípodas si es posible, hasta que todo se convierta en un lejano rumor que se evocará en las reuniones de sociedad como un susurro. Ella fingirá que fue una locura pasajera, y deberá convencer a Otto de que su olvido es sincero.

8

Costa da Morte, principios de julio de 2010

El cielo parecía un incendio de colores violentos en Punta Caliente. Las sombras se desvelaban muy despacio y Paola paseaba entre ellas con una felicidad que tenía mucho de ingravidez y de ausencia. Cada amanecer, subía hasta el extremo del acantilado y colocaba el trípode con la cámara en dirección a la salida de sol, que le daba a la tierra una atmósfera sin artificios. Algo originario, primitivo, simple y complejo. El Absoluto. Aunque no podía aferrarlo, ella tendía la mano hacia la esfera iridiscente y la cubría con un eclipse de dedos que se transparentaban.

Aquella mañana bajó hasta la playa rocosa después de la sesión fotográfica y hundió los pies en el agua. El grifo tatuado en el empeine cobró vida con el movimiento ondulante de la marea; sin embargo, ella lo contempló como algo que empezaba a dejar atrás. Parecía posible lograrlo. Dejar de ser Eva Malher y convertirse en esta otra Paola sin pasado ni ataduras. No recordaba una etapa de quietud como aquella. Le gustaba. Como si el luto por la muerte de su hija se alejara un poco y le ofreciera una nueva manera de respirar, una gravedad distinta; como cuando era mucho más joven y capaz de ver más allá que los demás.

A los dieciocho años, cargada con una mochila, hizo su gran viaje iniciático. Ese camino necesario en que uno se encuentra de un modo definitivo consigo mismo. Fue en Bolivia. Y el momento de saber quién era le llegó en un pueblo fronterizo cerca de donde asesinaron al Che Guevara. Había allí una especie de museo mal cuidado en una casa donde los dueños aseguraban que el Comandante estuvo prisionero. Tenían algunos objetos que, según decían, le pertenecieron: una boina, una pipa, algunos libros y un viejo fusil. Posiblemente, ninguna de esas cosas perteneció realmente al Che. La sorprendió una urna donde se conservaban momificadas dos manos, como esas reliquias de la Iglesia. El dueño aseguró con una reverencia mística que eran las manos del Che. Ella no lo creyó. Eran unas manos demasiado normales, embrutecidas, como arañas fosilizadas que dormían en un almohadón amarillento y sucio. No eran las manos de un dios. En cualquier caso, allí nació su pasión por fotografiar manos en todas las partes del mundo. Manos de niños con polio en Benarés, mujeres con el rostro hermoso en Etiopía, ancianos ciegos en las estepas rusas, músicos de laúd en Katmandú, cabreros en el Sahel, soldados en las fronteras hebreas, pescadores en Sumatra, madres drogadictas en Los Ángeles, religiosas de clausura en Toledo... Caprichos que eran tolerados por su entorno con una sonrisa displicente. ¿Vivir como una vagabunda? ¿Exponer sus fotografías? No podía hablar en serio. Ella era la heredera del imperio Malher, no podía disponer libremente de su destino. Y su destino era casarse con alguien como Otto.

Cuando se conocieron, él trabajaba en Hamburgo para una de las delegaciones de las empresas Malher y Eva había asumido un puesto en la división de Hamburgo tras aceptar el ultimátum de su padre: o cambiaba decididamente su actitud díscola o sería desheredada. Se le conocían tantos romances como vestidos, así que, harta de sí misma, aceptó.

Durante los dos primeros años en Hamburgo, Eva había logrado ganarse la fama de persona exigente y seria. Podía ser mejor que cualquiera generando beneficios de la nada si se lo proponía, pero la farsa la había agotado. Necesitaba un poco de diversión y Otto estaba allí, tan distinto a sus otros amantes banales: solícito, encantadoramente formal, dispuesto a complacerla en todo. Otra orilla, más calmada, hacia la que necesitaba nadar. Tras la primera cita, él la acompañó al hotel e hicieron el amor. No fue nada extraordinario. Otto se desveló como un amante sin imaginación, casi luterano, concienzudo pero desapasionado. Por momentos, mientras él le lamía la vulva, tuvo la certeza de que contaba cada caricia con la lengua para cambiar de postura, como si la tratase como a uno de sus balances, donde el debe y el haber debían cuadrar pulcramente. Aquella impresión le provocó una risa impetuosa que él, por supuesto, malinterpretó como un niño arrobado y agradecido. La vaga impresión de persona mundana e interesante de Otto se desvaneció gradualmente tras los primeros conciertos, exposiciones y viajes. Otto era un gran artilugio de humo, pero ya estaba incrustado en su vida, de modo que siguió adelante. Al cabo de un tiempo estaban casados. A todo el mundo le pareció que la fastuosa boda era el final lógico y magnífico de su historia. Cuando tres años después nació Amanda, la vida pasada de la heredera del imperio Malher parecía condenada a languidecer en las hemerotecas de las revistas del corazón.

Mirando las cosas con perspectiva, no podía culparlo a él. Otto la había amado a su manera, y todavía la amaba. Nunca había pretendido ser el hombre que no era. Cuando ella lo sorprendía con un par de entradas para un concierto o una obra de teatro, él apenas lograba disimular su incomodidad por tener que cambiar los planes previstos. Si ella lo esperaba en casa con un salto de cama y una cena romántica, Otto se sentía obligado a comportarse como un galán de cine que resultaba patético. Ciertos temas de conversación lo desconcertaban. ¿Qué necesidad tenían de hablar del alma, de Dios, de cosas trascendentes? ¿Qué importancia podían tener las pequeñas muertes cotidianas del espíritu? La vida era una expresión matemática donde todas las variables debían ser conocidas y controlables. Su esposo era la metáfora de una inmortalidad que él negaba en las conversaciones con ella: pasaba horas en el gimnasio, cuidaba cada detalle de su fisonomía, le alertaba una cana o una pequeña arruga, tomaba suplementos vitamínicos y se hacía un análisis completo de sangre y orina al año. No le interesaba lo que había después de la muerte. Vivía para no morir; no porque amase la vida, sino porque la muerte lo aterraba.

Ese era el hombre que la reclamaba.

Sentada en la orilla con los pies en el agua, vio a Daniel a lo lejos. No era la primera vez que lo sorprendía paseando entre las rocas. De hecho, y aunque se lo negase a sí misma, una de las razones por las que había bajado aquella mañana a la playa era porque sabía que andaría cerca. Dos días antes se había topado con él en el mismo lugar. Había sido un encuentro extraño: Daniel llevaba puesta una trenca militar con galones de sargento y un jersey de cuello vuelto, demasiado abrigado para el clima de principios de julio. Traía el pelo, oscuro y brillante, apelmazado por la humedad y sus ojos grandes le parecieron inquietos y eléctricos, algo distintos a los de aquella noche en casa de Dolores frente al piano. Apenas habían intercambiado un saludo. Si en casa de Dolores le había dado la sensación de ser alguien muy seguro de sí mismo, incluso con un punto de arrogancia, en aquel segundo encuentro predominó una impresión de joven esquivo y tímido. Daniel la había eludido con un atropello de palabras ininteligibles y después se había alejado con ese andar desmañado que parecía un trote de potrillo.

Esta vez lo examinó con cuidado y en la distancia, como quien no quiere espantar a un animal hermoso y salvaje que dormita sin saberse observado. Cogió la cámara de fotos y lo enfocó con el aumento del objetivo. En la lejanía, era como la imagen borrosa del sueño que había tenido Paola la noche pasada. Una mala jugada del inconsciente. Había tomado una copa de vino con Dolores y habían compartido también un porro de marihuana. Hablaron del mar y los peces, de la vida que pasa. En algún momento rieron un poco borrachas, un poco fumadas, al descubrirse en nostalgias que empezaban a hacerlas parecer lo que eran, mujeres adultas caminando hacia un territorio desconocido donde aún no eran viejas pero ya no eran niñas. De repente, Paola se descubrió preguntando por Daniel de nuevo. Y más tarde, tumbada en la cama de su dormitorio, dando vueltas, las imágenes se abrieron como un abanico. Paola se detuvo en una concreta. Un dedo se deslizaba mentalmente sobre el perfil del cuerpo desnudo de ese joven tendido entre las rocas mientras sentía su respiración, acompasada con el flujo de la marea. Y se masturbó sumida en una placidez pesada.

Ahora todo eso parecía la alucinación de una borracha, un pensamiento turbador e inesperado. Recogió el equipo de fotografía sonriendo para sus adentros. Se sentía sola, eso era todo, se dijo. No era algo tan grave. El mundo de los deseos secretos es un paraíso privado que no debe explicaciones a condición de mantenerse en los límites de la ficción.

Habría bastado con que tomase de nuevo el sendero hacia la casa de Dolores, encerrarse en su cuarto y revisar las fotografías digitalizadas, seleccionar las instantáneas que formarían parte de su catálogo y desechar las que no le servían. Podría haber apurado un poco más de tiempo, unos días, unas semanas, antes de rendirse a la evidencia y regresar a casa.

Todo habría estado en su sitio, de conformidad con lo permisible. Pero cargó la bolsa con el equipo al hombro y descendió hacia donde estaba Daniel. No tenía ninguna intención en la mente, simplemente sus pasos tomaron esa dirección y ella se dejó llevar. «Solo quiero verlo de cerca —se dijo—, tal vez fotografiar sus manos.» Las manos de un huérfano que miraba al fin de la tierra con ojos oscuros.

—¿Qué estás leyendo?

Daniel ladeó la cabeza. Paola le sonreía. Una sonrisa que no estaba allí por entero. Solo la parte aparente. Sus grandes ojos parecían querer iniciar una fuga y al mismo tiempo quedarse. Instintivamente, Daniel cerró el libro.

—Un poema. —Daniel no acababa de entender los versos. Algo flotaba en el modo de ordenar las palabras por el poeta, un sesgo que no estaba en lo contado, que se vislumbraba en la grieta de una frase y que se le escurría en la siguiente.

—¿Me permites?

Daniel la escrutó con precaución. La desconfianza formaba parte de su modo de analizar a los extraños, pero finalmente le tendió el librito.

Paola entornó los párpados mientras leía. Desde el pico del escote asomaba una piel pálida y pecosa y grietas que anunciaban la edad.

—Conozco estos versos. Son del poeta Juan Gelman. —Paola declamó en voz alta una estrofa: «Memoria que amarísima de muerte amarillea al pie de tu otoñar / memoria que morís con cada viva recordación / dulce que fue tu mano...»—. Muy bonito, y triste.

Daniel se ruborizó, sin saber muy bien por qué.

—Lo encontré esta mañana en la mesa del comedor. Intentaba desentrañar el sentido de lo que dice.

Paola le devolvió el libro.

—Creo que quiere decir que hablar de ciertas cosas no las hace más reales. Lo que ha ocurrido permanece para siempre como un paréntesis en la vida. Hay algo que conecta todo lo que nos sucede. El pasado con el presente. El presente con el futuro. Como si el tiempo fuese una cadena que se repite... Las horas caminando hacia su final, que son su principio. —Paola miró hacia el mar. Se sentó junto a Daniel sin importarle que sus muslos se rozaran. Aún podía fingir ser Paola—. Jugamos con los momentos sin ser conscientes de su fragilidad y, de repente, la vida acaba rompiéndolos... Al menos, así lo interpreto yo.

Volvieron a verse en los días siguientes. Tácitamente se citaban en lo alto del acantilado al amanecer. Solían caminar un rato en silencio. De tanto en tanto, Paola tomaba fotografías, se las enseñaba a Daniel y las comentaban.

—Tus manos me gustan particularmente —le decía a Daniel, y las tomaba para examinarlas con detenimiento. Daniel se prestaba a que ella las fotografiara apoyadas en una roca, bajo el reflejo del agua, sosteniendo un pitillo, ocultándose el rostro.

—Me parece que mis manos son como las de cualquier otro.

Paola disentía con convicción.

—La forma de los dedos, la tensión de las venas bombeando sangre, el modo en que tocas las cosas. Todo eso habla de ti.

—¿Y qué dice?

Paola sonreía enigmática.

—Cosas que ahuyentan y atraen. Torbellinos y calma, instintos salvajes y sensible emoción. Tus manos pueden golpear y acariciar con la misma convicción.

Escuchándola, Daniel sospechaba que Paola no permitía aflorar su verdadera personalidad. A veces hablaba de ella misma como una exiliada, evocando un paisaje dejado atrás hacía mucho y que la distancia había idealizado: la infancia, su madre, su juventud, aquel viaje iniciático donde encontró las manos del Che... Ninguna alusión al pasado más inmediato, al presente, y mucho menos al futuro. Aquella mujer lo desconcertaba. De tanto en tanto mostraba inconscientemente ciertas complejidades, sombras que se revelaban poco a poco. Como la tarde en casa de Dolores, cuando vio la entrevista que le hacían en televisión a ese policía que tres años atrás detuvo a un asesino y violador. Era un caso que Daniel recordaba muy vagamente porque salió en los periódicos y en la televisión durante unas semanas. Luego lo olvidó. Tuvo la impresión de que a Paola le afectaba personalmente. Cuando Dolores le preguntó si le interesaba la crónica negra, ella se sobresaltó y enseguida recuperó un aire despreocupado. Pero mucho rato después, mientras hablaban de cosas intrascendentes, Daniel percibió que la voz y la imagen del policía seguían resonando en ella.

Daniel se preguntaba por qué sentía esa desazón al encontrarse a solas con ella. Al principio, procuraba esquivarla, la saludaba apenas y se escabullía. Pero, al poco, comenzó a buscarla. La acechaba, la seguía; necesitaba algo de ella, y la naturaleza de esa necesidad no tenía que ver exclusivamente con su belleza ni con esa aparente sofisticación. Ni siquiera estaba dispuesto a darle la razón a Martina.

—Tienes diecisiete años y no has echado un polvo en tu vida. Ella es una mujer madura y atractiva, con experiencia. Un pozo de sabiduría del que quieres beber.

Él se negaba a reducirlo a algo tan evidente. Por supuesto, había imaginado cómo sería hacer el amor con ella, pero desechaba esas imágenes por absurdas, sabiendo que tal cosa no sucedería. Lo que le atraía de Paola era otra cosa. En el fondo de sus apariencias compartían algo que los unía, estaba convencido. Se había propuesto saberlo todo de ella aunque a cambio hubiera de ofrecer algo de sí mismo.

Tal vez por eso decidió llevarla junto a las cenizas de su niñez.

—Me gustaría enseñarte algo.

—¿Ahora?

Daniel asintió muy serio.

Entre las ruinas calcinadas de la que fue su casa, Daniel cerró los ojos para abrazar la ilusión de una infancia feliz. Sobre ese lecho polvoriento habían crecido malas hierbas y cardos con espinas duras que durante años de abandono habían germinado lentamente, al abrigo de recuerdos inventados. Se inclinó y acarició una áspera baya silvestre y recordó los enfrentamientos con su padre, su chaqueta manchada de vómito, la santidad inútil de su madre, los pasos sobre el piso de madera de su hermano. También los rumores de la chimenea en las noches de tormenta, el armario de damasquino, el traje azul de domingo que su madre zurcía. Gracias a las llamas, ahora todo estaba en su lugar.

—Aquí estaba la cocina. —Y podía aspirar el olor de las naranjas en el frutero y del café molido—. Y allá, la puerta y el paragüero.

A la entrada había una alfombrilla de esparto donde había que descalzarse. Los pares de zapatos se alineaban junto al baúl de roble donde su madre guardaba las colchas gruesas para el invierno. En el perchero colgaba la bufanda verde que rodeaba la papada flácida de su padre. Su hermano fumaba junto a la ventana del salón, ensimismado. Echaba la ceniza fuera y el humo del tabaco volvía hacia adentro como el vapor de una locomotora.

—¿Y tú? —le preguntó Paola—. ¿Dónde estabas tú?

—Me pasaba el tiempo leyendo.

Cosido a las paredes —podría haber añadido—, contemplándolo todo y a todos con los ojos muy abiertos, como un niño algo bobalicón y ausente que leía las desdichas de Leda y el cisne. Cada vez más callado, cada vez más solitario. El dolor, constante e inalterable, se convirtió en un hábito. Se alimentaba de él, crecía cada madrugada al abrir los ojos con precaución y descubrir desolado que había vuelto a mojar la sábana o cuando Martina lo miraba como si fuese un ratón de campo asustadizo y se peleaba con los chicos de la escuela que lo martirizaban. La alegría era siempre momentánea, fugaz y fragmentaria, mientras que el dolor era fiable y seguro. Mejor la certeza de saber que la congoja de esperar. Como cuando su padre alzaba el puño enroscado en el cinturón para golpearlo. Durante aquellos segundos en los que mantenía el brazo en vilo, Daniel sufría anticipadamente, y solo se relajaba cuando, por fin, sentía la familiar consistencia de la hebilla en el rostro. Porque, al menos, ya sabía lo que vendría a continuación.

—Debiste de sufrir mucho —dijo Paola.

—El dolor es marcharse y quedarse a la vez —respondió Daniel, y dio un puntapié a una lata oxidada. Paola lo miró significativamente. Tal vez solo tuviera diecisiete años, pero Daniel había vivido ya muchas vidas.

Una semana después, Daniel saltó de la cama de madrugada. Clavó los ojos en la pared e inspiró profundamente. Martina abrió un poco los ojos y le preguntó desde la cama, somnolienta:

—¿Qué te pasa?

—Nada, solo es otro sueño.

En realidad, siempre era el mismo.

—Quiero que me lo cuentes.

—Te lo he contado muchas veces.

—Lo sé, pero me gusta escucharlo. —Por alguna razón, Martina se sentía identificada con aquella historia: la nieve, la niña etérea, el acantilado...

En el sueño, la niña corría descalza a través de un campo nevado bajo una luminiscencia tibia que podría evocar un amanecer. Nevaba y la niña llevaba los zapatos en una mano; a pesar de estar descalza no notaba el frío, como si los pies flotaran a pocos centímetros del suelo sin tocarlo; sin embargo, al mirar atrás podían verse sus huellas profundamente impresas en la nieve, como un goteo de sí misma dibujando nítidamente un surco curvilíneo. Él corría tras ella, aunque tenía la seguridad de que no escapaban de nada; más bien iban en pos de algo. El aire echaba hacia atrás el cabello negro de la niña, imposiblemente largo, terciopelo brillante que ondeaba como una bandera. A su alrededor se percibía una fuerza increíble, una luz de ser inmortal. El horizonte se hacía más concreto mientras corrían hacia un precipicio.

—Es el acantilado de Punta Caliente. Entonces veo, fugazmente, el *cruceiro* de piedra y mi casa, que no está en ruinas, sino entera. Ella se vuelve y me mira, como si supiera que aquel lugar está condenado a arder. Y de pronto sonríe, pero con una sonrisa diferente a su mirada, como si alguien hubiera cortado unos labios de persona adulta y los hubiera pegado a su rostro de niña.

Y de repente están al borde del acantilado. La nieve cae copiosamente y gira sobre sí misma en tirabuzones que tocan el suelo y vuelven a elevarse. No se ve el océano pero se escucha el rugido feroz de las olas que retumban como en una cripta. Pero ella no muestra temor. Se acerca hasta el límite de la tierra, cierra los ojos y abre los brazos como alas, convencida de que puede echar a volar. Los ojos verdes de la niña, muy profundos, se vuelven un momento hacia Daniel. «¿Tienes miedo?», le pregunta sin mover los labios. Daniel niega con la cabeza. Entonces ella hace un mohín gracioso, se concentra y mueve lentamente las manos para acariciar el aire. «Vamos.» El sueño acababa siempre igual. La niña saltaba, pero no era un copo de nieve ni la pluma de un pájaro; no era un ser ingrávido. La consistencia de la materia la empujaba hacia abajo, la tierra la reclamaba con avidez. Caía y se estrellaba contra la mortalidad, hecha para vivir pegada al suelo. Ni siquiera en sueños se podía transgredir esa evidencia.

—No debería haber despertado.

—Deberías pensar cosas menos tristes. Si el sueño es tuyo, ¿por qué no dejar que la niña vuele de verdad?

Daniel no se volvió para responder a Martina. Sentía una mezcla de remordimiento y angustia por haberle permitido pasar la noche con él. No habían hecho nada, apenas se habían rozado, pero mientras ella dormía a pierna suelta abrazada a la almohada, él no había pegado ojo, corroído por la incertidumbre de qué pasaría si el abuelo entraba en la habitación y la veía allí, tumbada a su lado con el pijama que Daniel le había prestado.

—No me gusta que te metas en mis sueños, Martina.

—Eso es como pedirle al aire que no se meta en tus pulmones, tonto mío. Solo tienes que cerrar la boca y dejar de respirar.

Tal vez, pero no era tan sencillo para Daniel.

—Deberías marcharte antes de que amanezca. No quiero que mi abuelo te encuentre aquí.

—El omnipresente abuelo —murmuró Martina, entre bostezos. Su respiración era tranquila, un ronroneo satisfecho. Daniel se inclinó un poco para despegarse de su presencia.

—Hablo en serio, Martina. Tienes que irte.

—Si no quieres que esté aquí, ¿por qué me llamas? Algún día tendrás que aceptar que formo parte de ti, y que no importa lo que los demás puedan pensar. —Martina acarició la cabeza de Daniel del mismo modo que hacía su hermano cuando se acercaba a preguntarle cómo había ido en la escuela—. ¿Te acuerdas de cuando éramos unos niños? Se te metió en la cabeza que tenías un ojo biónico y que podías ver a través de las personas para descubrir su verdadera naturaleza. Te pasabas el día mirando fijamente a todo el mundo y luego me contabas los secretos que tu ojo descubría. Pero nunca me dijiste lo que veías en mí.

—Son las cuatro de la madrugada, Martina. No estoy tan despierto como para mantener una discusión contigo.

—Eso suena a respuesta evasiva. —Martina salió de la cama y abrió el cajón superior del escritorio de Daniel. Cogió una bolsita de marihuana, papel de fumar y boquillas.

—¿De dónde has sacado eso? —preguntó él alarmado.

Ella sonrió con un papel pegado al labio mientras rasgaba un cigarrillo y vertía el tabaco en el cuenco de la mano.

—¿No lo adivinas? Se lo he robado a esa bruja de Dolores. Todavía es mi casa y sé cómo entrar y salir sin que se entere.

—¿Y lo escondes en mi habitación?

Martina puso los ojos en blanco.

—No seas mojigato. Lo guardé anoche en tu escritorio. ¿Qué otro escondite puede ser mejor?

—No fumes eso aquí. El olor alertará a mi abuelo.

Pero ya era tarde. Martina había encendido el canuto y fue a tumbarse de nuevo en la cama.

—A la mierda tu abuelo, a la mierda Dolores y a la mierda este jodido pueblo. Y si te pones coñazo, también tú puedes irte a la mierda. Solo necesito fumarme este canuto tranquila y luego me largaré por la ventana, como tus sueños. Será como si no hubiese estado aquí.

Daniel sabía que Martina lo estaba provocando. Estaba enfadada con él. Alguien debía de haberle contado lo de los paseos con Paola y las charlas en O Cafeto.

—¿No te da miedo que Dolores te pueda descubrir entrando en su casa?

—No puede descubrirme y tú lo sabes.

Daniel se acercó a ella y la estuvo mirando mucho rato con un punto de nostalgia en las pupilas.

—Deberías hacer las paces con ella.

En el rostro de Martina apareció una expresión de sorpresa.

—¿Qué has dicho?

—Ya me has oído. Deberías hablar con ella. A fin de cuentas, es tu madre.

De repente, Martina rompió en una risa hilarante que no tenía nada que ver con la alegría. Daniel se asustó tanto que le tapó la boca.

—¿Estás loca? Mi abuelo puede oírte.

A Martina se le saltaban las lágrimas. Bajo la palma de la mano, Daniel notaba los espasmos de su risa. Poco a poco se tranquilizó y se quedó mirándolo fijamente, hasta que él retiró la mano. Durante unos segundos guardaron silencio. Martina le dio una calada al porro.

—No hablas en serio, ¿verdad? Hacer las paces con la bruja...

—Ha pasado mucho tiempo. Todo se puede perdonar.

—¿En serio? Bueno, te propongo una cosa. Si esa zorra ricachona con la que andas encoñado te deja un rato libre, ve tú mismo a hablar con Dolores y cuéntale ese sueño con la niña que vuela. Daría todo el dinero del mundo por ver su cara.

Daniel se dio cuenta de que había abierto la caja de los truenos.

—Es suficiente, Martina.

Pero su amiga estaba fuera de sí.

—De eso nada. Tú has empezado esta conversación. Acabémosla de una vez por todas. Cuéntale lo que pasó en el acantilado cuando éramos niños. Diles a todos quién eres, Daniel. Háblales de mí, diles quién soy yo. Cuéntaselo a esa extraña con aires de marquesa. Veremos si son tan buenos y comprensivos como tú te imaginas... ¿Por qué te callas?

Daniel abrió la ventana de la habitación para que saliese el humo y contempló la oscuridad. A lo lejos, el cono de luz del faro batía las tinieblas. El frío era vivificante, le daba relieve a las estrellas. Daniel pensó en Paola y se estremeció. En aquel instante todo estaba conectado: las estrellas, el faro, Paola, Martina tumbada en su cama, el abuelo escuchando sus discos de Gardel, Dolores leyendo a Coetzee con una copa de vino... también el recuerdo de su hermano y la casa de sus padres ardiendo. Y, por supuesto, el sueño de la niña que no pudo volar.

Lo único que no encajaba era él mismo.

—Márchate, Martina. Ahora.

—¿Estás seguro de que eso es lo que quieres?

Él se volvió de medio lado.

—Es lo único de lo que estoy seguro. Quiero que desaparezcas de mi vida.

Martina recogió las rodillas sobre el pecho y lo miró detenidamente, apurando el canuto. Parecía una de sus propias esculturas de barro.

—Para que eso ocurra, pequeño cretino, debería ser tu vida la que desapareciera.

Aquella misma mañana, Daniel apareció en O Cafeto con el rostro cansado. Saludó a Paola desde la puerta mientras se dirigía a la barra para pedir un café. Ella le devolvió el saludo, guardando en el bolso el teléfono móvil. Acababa de leer el último mensaje de Otto: «Tu padre está enfermando. No sé qué te hemos hecho, Eva. Pero no creo que ninguno de nosotros merezca este castigo». Sabía que su padre no estaba enfermo; tal vez enfadado u ofendido, pero no enfermo. Sin embargo, el bastardo de Otto la conocía bien. Había sembrado la semilla del remordimiento, y ahora se sentaría a ver cómo crecía.

—¿Todo bien? Pareces preocupada.

Ella volvió en sí y se disculpó con una sonrisa. Daniel se sentó a su lado con la taza de café muy caliente.

—Sí; todo bien.

Aquellos encuentros se habían vuelto habituales. Era difícil definir la naturaleza de la relación que estaban alimentando. Tal vez era preferible no ponerle nombre ni objetivo. Charlaban de libros, de música, de cualquier cosa que les sirviera para conocerse un poco mejor, y de pronto se encontraban contándose cosas más personales —ciertas, pensadas, deseadas o inventadas.

Las mentiras y los silencios tejían la delicada barrera que Paola se empeñaba en sostener a toda costa. Una frontera interior que inconscientemente deseaba salvaguardar. Pero lo cierto era que sentía una alegría íntima y secreta al ver aparecer a Daniel y que las horas, a menudo, se escapaban sin que tuviera noción del tiempo ni de dónde estaba. Aquella mañana, le mostró a Daniel algunas de las fotografías que había estado montando para la exposición que tenía en mente. Punta Caliente ofrecía muchas posibilidades: los colores del paisaje, los matices de la luz, los rostros anónimos... Daniel las examinó concienzudamente, una por una. Sus ojos oscuros no revelaban si causaban en él emoción alguna. Por absurdo que fuera, esa contención ponía nerviosa a Paola, como si estuviera sometiéndose al veredicto de un experto.

—¿Qué te parecen?

Daniel se detuvo en una instantánea que Paola había tomado, noches atrás, de Dolores. No era ni mucho menos la mejor de la serie, pero por algún motivo, el joven la estuvo mirando mucho rato. Era una imagen tomada en fuga. Dolores estaba sentada en el sillón, la mano izquierda en vilo con los dedos abiertos, la derecha en la frente. La mirada perdida en algún lugar del salón, bajo una luz tenue que venía de una lamparita. Toda la fotografía respiraba de esa luz partida. Como si algo se estuviera terminando y otra cosa fuera a nacer.

—¿Cuándo decidiste atrapar a la gente sin su permiso?

Paola carraspeó, incómoda.

—¿Eso crees que hago?

Daniel le devolvió las fotografías.

—Tengo la impresión de que tomas de los demás algo de intimidad, pero no pones nada de ti.

—Pongo la mirada. ¿Qué otra cosa puedo poner?

El joven se quedó pensativo. Bebió un poco de café y observó la taza.

—Eso te convierte, más o menos, en una simple espectadora, ¿no te parece?

¿Era un reproche? Eso parecía. Un joven de diecisiete años que la juzgaba. Paola dejó ir una carcajada seca.

—Supongo que por eso no expondré nunca en el Guggenheim.

Daniel la miró sin concederle la escapatoria del sarcasmo. Paola comprendió que hablaba totalmente en serio, y que esperaba otra clase de respuesta.

—Cuando empecé a hacer fotos era muy joven, más que tú. Pensé que podría hacer lo que me viniera en gana. No sé, transformar lo que veía a través de un prisma distinto. Esconder la fealdad o resaltarla, enfatizar la belleza o desdibujarla... cualquier cosa. Pero un día dejé de inventar y empecé a sondear al extraño que tenía al otro lado del objetivo. Quería estudiar a la gente. Me preguntaba si puede ser alguien realmente libre del todo, absolutamente.

—Y ¿qué averiguaste?

Paola lo pensó un momento. Se miraba las manos.

—Descubrí que nadie es absolutamente libre. La gente dejó de interesarme cuando me di cuenta de que sólo somos espejismos.

—Todos tenemos vidas que no caben en un papel o en una instantánea —dijo Daniel.

Paola ladeó la boca y abrió las manos.

—La mayoría de la gente no es mucho más de lo que aparenta, Daniel. A cierta edad, todo resulta misterioso. Cualquier desconocida —lo miró a los ojos— parece tener una historia detrás. Pero la triste realidad es que somos bastante previsibles y aburridos. En general, los seres humanos resultamos decepcionantes. Ya lo entenderás.

—¿Cuando sea mayor? —preguntó él con ironía.

Ella asintió. Otro se habría ofendido con su condescendencia. Pero Daniel sonrió.

—Incluso los cuerpos jóvenes guardan miles de vidas pasadas en la memoria.

»Nosotros dos, por ejemplo. Podríamos haber sido esposos en la Antigua Roma, hermanos en la expedición de Hernán Cortés, enemigos en las guerras de religión, padre e hijo en la Revolución francesa, amantes en un campo de concentración en Polonia. Como los Orlando de Virginia Woolf, podríamos haber mutado nuestras condiciones, nuestros sexos, nuestras biografías, pero volveríamos a encontrarnos y nos reconoceríamos. Y así seguiríamos hasta el fin de los tiempos.

—¿Vidas pasadas? Yo sé algo de eso.

Sabía que se le notaban los hombres. Todos ellos necesitados de una guía o de una excusa, algunos deseando despertar de manera empalagosa su instinto maternal, casi todos con malformaciones sentimentales que creían poder curar conquistando su geografía de carne. Unos pocos habían llegado incluso a convencerse de que la amaban. Dandis, mequetrefes, galanes de cuarta, atormentados intelectuales, sucedáneos de Sade, filósofos de camisa abierta, animales primarios, barrocos civilizados, seductores incompetentes, niños sinceros en cuerpos de hombre. Todos y cada uno de ellos esperaban, suplicaban, pedían o exigían algo de ella.

Daniel no se dejó impresionar. Solo la miraba. Desconocía esa sutileza aceptable de la seducción.

—¿Y en qué categoría encajo yo?

Aquel joven era una verdad absoluta. El mundo todavía no lo había atrapado. Él solo estaba allí y se ofrecía sin ser consciente de ello. Paola se sintió desnuda ante él.

—No lo sé —admitió. De repente cayó sobre ellos un silencio de una naturaleza distinta, eléctrica. Paola carraspeó, desvió la mirada hacia la calle. Propuso salir a dar un paseo.

Caminaron hacia el puerto con la conversación inconclusa en el ambiente. Ambos tenían la sensación de que se acababa de agrietar la ligera membrana que les había mantenido hasta ahora a una distancia de seguridad. Quizá por eso Paola necesitaba acentuar la separación física, para ganar tiempo y reorganizar sus defensas.

—Me gustaría ir allí —dijo señalando el abrupto relieve sobre el que se alzaba el faro de Punta Caliente. Como todos los espejismos, parecía estar a su alcance.

—Puedo llevarte, pero hoy no hay buena mar para acercarse.

—Podemos ir en mi coche, por carretera —insistió ella con una sonrisa infundada.

—El viaje es más largo e incómodo —advirtió Daniel. En realidad no le apetecía la perspectiva de meterse en una carretera de curvas una vez comprobada la facilidad que Paola tenía para apretar el acelerador.

Paola dibujó una gran sonrisa, como si impostase la necesidad de ser feliz en aquel mismo instante y por cualquier motivo.

—Todos los viajes que valen la pena lo son.

La carretera bordeaba peligrosamente la costa esperando un descuido en cada curva para precipitarse al vacío. Paola conducía con una ferocidad inconsciente y jovial, como si fuera el auriga de cualquier dios inmortal. Se reía y hablaba muy alto para hacer llegar su voz por encima del rugido de los rompientes. Cuando se acercaba peligrosamente al abismo, las olas salpicaban el parabrisas y les rociaban la cara con una delgada cortina de cristales espumosos.

Paola simulaba dejarse ir, pero sujetaba el vuelo de la falda con las rodillas para proteger la coyuntura de sus piernas de la mirada intrusiva de Daniel. No podía negar, sin embargo, que esas miradas definitivas y sin miedo le causaban una efervescencia que no había vuelto a experimentar desde hacía mucho. La mirada de Daniel la envolvía en una burbuja, aliándose con los paisajes abiertos, el océano y aquel olvido de sí misma.

El ramal descendía en curvas todavía más cerradas hacia una cala virgen. Las embestidas del océano se detenían en los arrecifes formando grandes piscinas naturales entre rocas negras donde las algas morían. Miles de años habían horadado la montaña con galerías y tragaluces naturales hasta convertirse en una catedral que rezumaba agua. Paola detuvo el deportivo unos metros más arriba, donde acababa el sendero transitable. Se irguió sobre el asiento y contempló extasiada aquel rincón.

—Este lugar es asombroso.

Daniel sonrió al ver el rostro admirado de Paola.

—Es como asomarse a una dulce deriva.

Un pensamiento bonito, pensó Paola. Esa era la conclusión que extraía acerca de Daniel. Era un joven hermoso, una idea maravillosa y etérea que amenazaba con estropearse si rozaba el suelo.

—Me voy a dar un baño ahora mismo —dijo ella con una espontaneidad que hizo reír a Daniel.

—Esto no es el Mediterráneo. Es el Atlántico. El agua está muy fría y hay corrientes muy fuertes.

Pero ella ya había saltado del coche y se había quitado los zapatos.

«No lo hará», apostó consigo mismo Daniel, aunque esperando que lo hiciera.

Paola avanzó entre las rocas y alcanzó la quilla de una barca destrozada por los temporales. Comenzó a desnudarse como si estuviera sola. En aquel momento lo estaba: ella sola, frente al mar, para ser tomada por la inmensidad. Se quedó en ropa interior. Las nubes se desenredaban en las alturas y el faro de Punta Caliente se elevaba —a pocas pero engañosas brazadas— sobre el promontorio que no habían alcanzado. Desde el coche, Daniel la observaba: el sujetador y las bragas de color negro contrastaban vivamente con la piel blanca y los hombros pecosos. Paola entró lentamente en el agua, tiritando y con los codos muy pegados a las caderas, lanzando hipidos risueños de una infancia lejana de vacaciones en otras costas y otras playas, de helados de cucurucho de frambuesa, de texturas pegajosas de protección solar y yates amarrados en boyas amarillas frente a las playas de Niza. Cuando el agua alcanzó sus bragas, giró sobre sí misma formando una lenta onda al tiempo que flexionaba las piernas para hundirse, sintiendo el caracoleo potente del corazón y el estallido de frío y vida en el cerebro. Cerró los ojos y se sumergió por entero. Como en la bañera cuando era pequeña y esperaba a su madre.

El reflejo que le llegó a través de la superficie basculante del agua le parecía muy lejano. Sintió que todas las personalidades se desprendían de la esencia, unas de otras; que se duplicaban, se triplicaban y huían asustadas dejando el hueso de su conciencia desnuda. Podía quedarse allí para siempre, encoger las piernas, soltar amarras y dejarse llevar mar adentro. En aquel instante no le hubiera resultado extraño ni dramático. Huir flotando eternamente a la deriva sin memoria y sin sentimientos. Huir. Eso es lo que había estado haciendo todas estas semanas junto a Daniel. Huir del recuerdo de Amanda, del remordimiento por sentirse un poco feliz. Si salió del agua fue por instinto.

Daniel la esperaba junto a la barcaza. A Paola no le importó que él retuviera su mano más de lo necesario para ayudarla a salir. No le importó en absoluto. Se puso la camisa y la falda sobre la piel encarnada. El cuerpo mojado absorbió enseguida el tejido pegándose a su geografía y empapándose. La aturdió el olor de la sal en la piel y esa sensación de que se vaciaba a través de los poros para llenarse de algo nuevo. Se sentaron a fumar mirando a poniente. Paola tiritaba, incluso le costaba llevar el cigarrillo a la boca. El pelo húmedo le cubría la cara como una máscara. Alzó la barbilla hacia los rayos benefactores y suspiró.

—Hacía mucho tiempo que no me sentía tan bien —murmuró.

—Este lugar está lleno de imágenes para mí —admitió Daniel.

—¿Qué clase de imágenes?

Daniel se quedó pensativo. Luego señaló una gruta en dirección este.

—Yo tenía siete años, puede que alguno más, y había bajado a la cala en busca de cangrejos. Era un día plácido; esos días, los cangrejos rojos suelen asomar sus caparazones brillantes y se posan en las rocas. Hay un saliente en aquella parte que les gusta especialmente. Aquel día, el sol caía con fuerza y el mar estaba en calma. Fue entonces cuando vi a la mujer, de espaldas. El pelo negro le caía en una cascada que le tapaba la mitad de las vértebras. Tenía la cabeza alzada hacia el cielo y se movía rítmicamente, como si cabalgara. Entonces lanzó un gemido largo y hondo y luego se derrumbó hacia delante, sobre otro cuerpo tendido bajo ella. Tardé en ver la cara del hombre. Era mi hermano.

—¿Y quién era ella?

—Dolores. En aquella época era mi maestra.

Paola soltó una exclamación de sorpresa, más divertida que extrañada. Sin embargo, Daniel mantuvo la expresión muy seria. Sin duda, para él no se trataba de una cuestión trivial.

—Permanecieron unidos un instante, los brazos de él estrechados sobre ella, que le tapaba la cabeza con el pelo negro. Dolores le besó las pestañas mientras él se reía. Sentí que estaba viendo algo que no debía ver. Intenté retroceder pero mi hermano me descubrió con el cubo de los cangrejos en una mano y la boca entreabierta. Nunca había visto desnudos a un hombre y a una mujer. Y que fueran las dos personas que entonces más quería, me provocó una conmoción. Mi hermano me preguntó qué estaba haciendo allí. Quise responder pero no me salieron las palabras. Entonces Dolores se volvió. Tenía los pezones grandes y rosados y los senos muy pálidos... Ninguno de los tres habló entonces de aquello. Pero un día, pasadas varias semanas, mi hermano me llevó a pescar en el *Nicosia* y sacó el tema. Me habló de cosas que yo entonces no podía comprender: sobre el amor, sobre la pareja, sobre las cosas que no pueden ser pero es inevitable que sean. Era un lenguaje tan hermético para mí como el de ese poema de Juan Gelman que tiene el abuelo Mauricio.

Paola se preguntó si aquel joven podría comprender, ahora, el amor, el deseo, el impulso, la locura.

—Supongo que hay cosas a las que no se puede acceder a través de las palabras.

Daniel la miró como si hubiese lanzado una piedra a un lago y contemplase las ondas que dibujaba mientras se hundía. Su rostro se había vuelto sombrío, pero no con la oscuridad de un bosque en la niebla, sino más bien como la entrada de una gruta subterránea. Su mirada resbaló hasta uno de los pies de Paola, que asomaba bajo los pliegues de la falda. Tenía los dedos muy juntos y el quinto ligeramente montado sobre los otros. Pero lo que le llamó la atención fue el tatuaje del empeine.

—¿Por qué te tatuaste eso?

—¿El grifo? Me gustó. A veces se hacen cosas de manera irreflexiva.

Era el vestigio de un pasado que era cicuta, la consecuencia de una noche de orgía y drogas que terminó en un garaje. Recordaba a aquellos vikingos de cabeza rapada y quincalla en todo el cuerpo, incluso en sus pollas, de tatuajes de fingidos... esos fieros guerreros que se adueñaron de su voluntad medio ausente y la usaron porque era lo que necesitaba de ellos. La pistola de agujas punzantes, el piercing en el ombligo, y aquel parche en la chaqueta tejana colgada en el respaldo de la silla de uno de los que se la estaba follando. Un grifo. Sentía sus jadeos alcohólicos. Se turnaban para tomarla y ella no sentía ni un estremecimiento, aturdida; necesitaba descender más, caer más hondo.

«Quiero uno de esos», dijo luego, cuando todos se hubieron vaciado en ella. Quería tatuarse un animal como el de la chaqueta, mitad águila, mitad león. Metáforas imposibles de animales mitológicos como los que había en las cajas de cerillas que usaba su madre para encender las velas de su cuarto. Aquellas velas cuyo perfume inundaba el dormitorio mientras su madre se deslizaba como un fantasma en camisón diciendo «pobre niña mía».

Daniel notó que la frágil alegría de Paola se evaporaba. Siempre hay un instante en el que aflora toda la verdad en un gesto, en una mirada.

—El león, rey de la tierra. El águila, dueña del aire. El grifo, guardián de los dioses; el animal mitológico dueño de su destino. Extraño tatuaje para tenerlo en la parte más mundana del cuerpo.

Paola lo miró con la extrañeza que le provocaba escuchar aquel tipo de solemnidades en alguien tan joven.

— Solo es un tatuaje. No sabía que significase todo eso.

Apartó la mirada. Se negaba a aceptarlo, pero esa inmediatez sin promesas la excitaba. Daniel provocaba sin querer que el aire se arremolinara a su alrededor como una neblina que le quitara la sustancia superflua hasta que solo quedaba una evidencia sin atajos.

—Deberíamos regresar ya —dijo—. Empiezo a sentir frío.

Daniel no se movió ni dejó de mirarla de aquel modo tan directo y sin argucias.

Era ya demasiado tarde para los escondites. Él había comprendido —con una sabiduría que nada tiene que ver con el aprendizaje ni con la experiencia— lo que Paola pensaba. Lo había visto, y esa visión se había fijado en su retina.

—¿Qué estás haciendo?

Él no respondió. Tomó el talón del pie tatuado y sacó aquel animal mitológico, guardián de los tesoros y la fortuna, de la madriguera donde ella lo había escondido y lo acarició. El grifo, vigilante de los secretos que no pueden ser desvelados.

—Esto no tiene sentido, Daniel —dijo ella, tratando de convencerse a sí misma.

Él remontó lentamente la mirada. Sus ojos eran de una limpieza desarmadora.

—Todo tiene sentido. Siempre lo ha tenido. Los sacrilegios están en la mente. No en las manos, ni en los dedos.

Y sus dedos se deslizaron sin titubear entre las piernas de Paola.

—¿Estás loco? —Ella lo detuvo, sujetándolo por la muñeca.

—Me detendré si de verdad es lo que quieres.

Existían mil razones para no seguir con aquello. Y una sola para hacerlo, más poderosa que cualquier otra: el deseo; aquí, ahora.

Durante unos segundos, Paola le retuvo la mano. A continuación, muy despacio, la guió hacia el muslo, todavía salpicado con el agua del mar. Lo hizo, primero, con la lúgubre impresión de que aquella escena resultaba patética; luego, con un perverso interés cuando los dedos de Daniel se detuvieron en el muro de las bragas; y, por último, con incredulidad cuando esos dedos sortearon el obstáculo y entraron en ella.

No era posible que aquellos dedos la conocieran tan exactamente. Era como si hubieran dibujado muchas veces el mapa por el que ahora se deslizaban y supieran cómo interpretar esa música secreta. No había urgencia ni timidez, no titubeaban ni se precipitaban. Paola se abrió con un gozo involuntario cargado de negaciones, pero al mismo tiempo su sexo aceptó los dedos de Daniel con un gozo de bienvenida, de larga añoranza, con un júbilo de reencuentro. Un espasmo de asombro, seguido por una violenta sacudida que penetraba desde el útero y le tensaba la espalda, precedía cada gemido. Mientras la masturbaba, Daniel la miraba a los ojos sin rastro de caricatura, venciendo sin esfuerzo los prejuicios de las edades y el orgullo, convirtiendo en una gran farsa todo lo que Paola creía saber de sí misma. Ahora solo deseaba encontrar el camino hasta el centro de ella. La inflexión llegó en un arqueo involuntario, y un placer homogéneo, que solo se interrumpió con un grito del que Paola no fue consciente, inundó la mano de Daniel. Cualquier duda sobre aquel instante y sus motivos quedó eclipsada. Él aún permaneció unos segundos dentro, sin moverse, sintiendo el calor y las contracciones de la vagina que a través del brazo se instalaban como un recuerdo imborrable en su cerebro. Ahora la miraba de un modo distinto, con una avidez definitiva y segura.

—Quiero aprenderte —dijo con una voz extrañamente grave, que le hacía parecer otra persona.

Paola aflojó la presión de los muslos y se retiró de su mano con un pudor casi infantil. Asustada de sí misma y de aquella voz que la agarraba de la nuca para arrastrarla hacia un imposible.

—No sé qué me ha pasado.

—Claro que lo sabes.

Durante el regreso al pueblo, se había instalado entre ellos una tristeza que no se sabía de dónde surgía. Paola conducía muy despacio, en silencio. Las gaviotas volando en círculos quedaban atrás, bajo una nube polvorienta. Aparecieron los primeros muros de las casas, dos perros persiguiéndose cruzaron delante del coche, una anciana en chancletas tendía la ropa con dos pinzas en la boca. La campana de la iglesia daba los cuartos y un frío gris se levantaba en las calles.

Paola se detuvo frente a la sombrerería de Mauricio. El abuelo estaba dentro; la voz de Gardel traspasaba las paredes. Paola escuchó un momento. De pronto se preguntó qué hacía en aquel pueblo, en su coche, frente a aquella tienda, con la fachada de ladrillo y el toldo descolorido, escuchando una música aceitosa y lejana, junto a un chico —un muchacho de diecisiete años— que acababa de masturbarla.

Daniel bajó del coche. La miró como si ella, y no él, fuera la adolescente.

—No volverá a pasar —dijo Paola.

Él no dijo nada. Se quedó en la acera observando el deportivo alejándose. Al volverse, Daniel vio a Martina, mirándolo fijamente.

—Quiero que desaparezcas, ya te dije que no te quiero en mi vida.

Ella seguía allí, con la espalda apoyada en la pared, las piernas y los brazos cruzados, como si esperase una explicación que él no le debía.

—Vaya con el muchacho maldito; ha encontrado consuelo en el coño de una vieja. Esa es tu misión en el mundo: adueñarte de los tesoros que ya no le interesan a nadie. ¿Ser un hombre? Puede que la engañes a ella, pero no a mí.

—Eres una hija de puta, Martina.

—Soy la hija de puta que seguirá a tu lado cuando los espejismos se esfumen, imbécil.

El abuelo estaba escribiendo sobre el mostrador. Tenía un modo extraño de hacerlo, como todos los zurdos. Giraba el cuaderno de un modo que para un diestro resultaba inverosímil. Tarareaba *Volver*, las palabras de Alfredo Le Pera que Gardel hizo inmortales. Aquella canción era como un veneno que no podía dejar de tomar. Al ver a Daniel, colocó la pluma entre las páginas del cuaderno y lo guardó bajo el mostrador.

—¿Dónde has estado? Empezaba a preocuparme.

—Por ahí, dando una vuelta. —Daniel se dio cuenta de que encima del mostrador había un billete de avión—. ¿Te marchas otra vez?

El anciano se acercó al equipo de música y bajó el volumen hasta que la canción se convirtió en un lejano murmullo.

—No lo digas como si me fuera al fin del mundo. Solo voy a Barcelona un par de días, por asuntos privados. —El abuelo miró a través del escaparate. Desde allí tenía una buena panorámica de la calle. Había visto el coche de Paola—. Y tú, ¿has ido muy lejos?

—No. ¿Por qué lo preguntas?

Mauricio negó lentamente con la cabeza. Se volvió hacia su nieto y lo examinó cuidadosamente.

—A juzgar por el color de tu mirada, diría que has estado en algún paraíso remoto.

9

La Coruña, viernes, 20 de agosto de 2010
02.20 h

—Samuel ha tenido mala noche. Se ha pasado una hora entera tocando las mismas dos notas en el piano, una y otra vez. He intentado que se fuera a la cama, pero ya sabes cómo se pone. Al final han subido los vecinos a quejarse.

La voz de Carmela carece desde hace muchos años de poesía. Ibarra la escucha, al otro lado del teléfono, y no le cuesta imaginarla sentada a oscuras en el salón, contemplando con odio ese pequeño piano que el inspector le regaló hace un año y medio a su hijo. Samuel no compone música, pero es capaz de improvisar, sobre cualquier sinfonía, increíbles variaciones que luego olvida. Distingue los tonos de cualquier sonido, los matices más insospechados. Una tarde fueron a un centro comercial para comprar una aspiradora. Samuel se maravillaba con esos sonidos; incluso fue capaz de distinguir los diferentes modelos en función de cómo sonaban. El tipo de la tienda de electrodomésticos se volvió loco probando delante de él todos los modelos que tenía en exposición.

—¿Ahora duerme?

La oye exhalar un suspiro de cansancio. La imagina con el pañuelo arrugado en una mano secándose las lágrimas —solo llora cuando está sola— y el teléfono inalámbrico en la otra. Quizá se haya preparado una manzanilla que humea en la mesita donde está el retrato de su boda y la fotografía de Samuel el día de su bautizo.

—Le he dado una pastilla —dice Carmela, como si hubiese cometido el peor de los crímenes. El gurú de la vida sana y la meditación le ha metido en la cabeza que la química es el peor enemigo del ser humano.

—Está bien. No te preocupes.

—No, Germinal. No está bien, nada está bien.

Carmela no suele llamarlo en horario de trabajo a menos que esté a punto de estallar. Esa supuesta calma en la que aparenta vivir es un cristal muy delgado que vibra con cualquier contratiempo.

—Hablaremos por la mañana.

—Tienes que conseguir un cambio de turno. Samuel no soporta que estés fuera por las noches. ¿No eres un policía importante? ¿No te valoran tanto tus jefes? Pues debería servir para algo más que recibir anónimos en casa e insultos contra tu hijo.

Ibarra alza la vista al techo de la sala de espera. Ha oído lo mismo una y otra vez en los últimos meses.

—No es tan sencillo, mujer.

—Claro que lo es. Pero tú prefieres la noche para no tener que ver a nadie. Mi maestro dice que, después de un trauma, algunas personas viven como fantasmas.

—Carmela...

—Sé lo que te pasa. No soportas estar con nosotros, con tu hijo y conmigo. Duermes de día, trabajas de noche. Casi no te vemos. Si vinieras al menos a esas sesiones conmigo... mi maestro podría ayudarte y...

—¡Carmela!

—¡Qué!

—Tu maestro es un farsante. Lo único que quiere es meterse en tus bragas.

Se hace un silencio. La voz de Carmela regresa rota.

—A veces pienso que aquel hombrecillo te inoculó su veneno, Germinal. Creo que no solo mató a aquella niña. Creo que también te mató a ti.

Ibarra se queda mirando el teléfono. Respira fuerte para vencer la tentación de lanzar un grito. Pasea torvamente la mirada entre las personas que ocupan la sala de espera de urgencias. Algunas duermen entre las sillas como si fuera la terminal de un aeropuerto en día de huelga. Otras se acercan a la máquina de café. Unas pocas permanecen ausentes como si durmieran con los ojos abiertos.

Carmela siempre ha creído en su inocencia. Eso dice, y se obliga a resultar convincente. Su esposo es un buen hombre, un buen policía que jamás ha transgredido la ley. Lo defiende en la tienda de congelados, en la zapatería, en el trabajo... a pesar de las sospechas y en contra de las evidencias. Su esposo no es ningún asesino. Ella duerme con él; lo sabría. Y, sin embargo, prefiere no leer las cosas que aparecen en internet, finge no ver las pintadas en la fachada ni darse cuenta de las miradas que empiezan a regalarle ciertos vecinos.

—Carmela, si pudiéramos volver a empezar... si dejase la Policía y nos largásemos a las antípodas, ¿darías el paso?

—¿A qué viene eso?

Ibarra piensa en la oferta de Eva, en las cosas que pueden hacerse con el dinero que su padre ofrece. Acaricia la alianza de oro en el dedo. Antes le costaba encajarla y ahora debe andar con cuidado para que no se le caiga al lavarse las manos. Nunca pensó que acabaría casado con una mujer como Carmela. En realidad, nunca pensó que acabaría casado, ni que sería policía, ni que tendría que conocer a alguien como Eva Malher. Uno no piensa en la vida que tendrá cuando lo tiene todo por delante. Y cuando lo hace se suele equivocar.

—Tú contesta a la pregunta.

Él quería ser artista. No sabía de qué clase. No tenía ninguna habilidad especial para la pintura, para la música o para la escritura. Pero en su imaginario, el artista era lo más parecido a un nómada que, siempre en fuga, buscaba algo que le hacía feliz e infeliz al mismo tiempo. La culpa la tenía Cortázar. Leer *Rayuela* tan joven lo convenció de que la vida era pasar hambre —ensimismado entre pitillos baratos y libros—; pasear con un abrigo de segunda o tercera mano comprado en el mercado de pulgas de París —y si había pertenecido a un muerto de tuberculosis, mejor que mejor—; subir a Montmartre a dárselas de entendido en arte posmoderno; pasear por el Sena con una puta caritativa... sentirse solo y diferente.

—No lo sé, Germinal. Somos lo que somos, esta es nuestra vida.

No había cumplido los veinte años cuando conoció a Carmela cerca de los Jardines de Luxemburgo. Era otoño, por supuesto; los árboles empezaban a alfombrar los paseos con sus hojas doradas y los caños de las fuentes eran una canción melancólica. Ibarra llevaba en el bolsillo el *Ulises* de Joyce. Lo había comprado en una librería de lance cerca del Odeón hacía tres semanas y vivía traumatizado porque era incapaz de pasar de las treinta primeras páginas. Se sentía un absoluto fracasado, un figurante de bohemio que no estaba a la altura de sus amigos, quienes comentaban, discutían y elucubraban sobre aquella obra que ellos llamaban «la cumbre de la literatura» y que a él se le atragantaba y le parecía un auténtico disparate.

—Podría ser otra vida, Carmela. Una vida parecida a la que soñábamos cuando éramos jóvenes.

Ser joven... Ibarra invocaba un paraíso inventado.

—La cuestión es que ya no lo somos, Germinal. Tomamos nuestras decisiones y lo hicimos juntos. Y esas decisiones nos han traído hasta aquí.

Aquella mañana de otoño, a principios de los setenta, llovía en París y la postal era inhóspita. Hacía mucho frío y el amigo que acompañaba a Ibarra en el callejeo insistió en entrar en una exposición que tenía un nombre más literario que pictórico, «Cazadores de luz». La entrada era gratuita. Ibarra pensó que era una buena manera de refugiarse de la inclemencia del tiempo, pero cuando entraron en la galería ya no estaba tan seguro. La pintura flamenca no le interesaba —era, decían, «pequeñoburguesa»—, y, por momentos, la compañía del amigo, pedante y sabiondo, le resultaba cargante. ¿Te has fijado en el Vermeer?, dijo su amigo, apenas entraron. Ibarra visualizó el complejo lienzo. Su amigo le explicó que Vermeer era el pintor preferido de Marcel Proust. Concretamente, aquella tela, *Alegoría de la pintura*, le atraía especialmente. Ibarra no sintió una emoción tan evidente como la de su amigo, que seguramente aparentaba saber más cosas de las que realmente sabía. Durante un rato, se dedicó a pasear inspirando lentamente el aire caliente y húmedo de la sala, mientras observaba con atención detalles insignificantes, como las manchas sospechosas en las hojas de las rosas que decoraban la sala de las obras expuestas. Calibraba su aburrimiento preguntándose cuánta gente de la que había en la sala entendería realmente lo que examinaba con tanto interés. Echó un vistazo rápido a las dos docenas de pinturas y decidió que lo mejor era marcharse y tratar de acabar, de una vez por todas, el *Ulises* de Joyce.

—Podrías retomar la pintura. Hacer lo que quisieras.

—Ya no soy la misma, Germinal. No tengo ganas de empezar a serlo otra vez.

Y entonces la vio entrar con el chubasquero de charol y el paraguas goteando. Se detuvo en medio de la sala mirando a un lado y otro de manera decidida mientras se secaba la cara mojada con un pañuelo azul. Bajo el chubasquero asomaba una falda de vuelo ancho con cuadros blancos y rojos y unas piernas largas, algo curvadas hacia fuera. Calzaba zapatos de tacón bajo y puntera afilada. A Ibarra le pareció que toda la luz que debían de desprender, según había leído, aquellos cuadros emanaba en realidad de aquella chica del chubasquero azul. Incluso tuvo la sensación de que la luz artificial de la sala menguaba atraída por aquella muchacha que no debía de ser mucho más joven que él. Era como un imán. Fue a sentarse justo frente al Vermeer y abrió el macuto de paño que llevaba al hombro. Sacó un cuaderno de notas y se puso a escribir. De vez en cuando observaba la pintura muy pensativa, mordisqueando el cabo del lápiz. Cuando se inclinaba hacia delante, una amatista engarzada en un bonito collar rozaba las páginas del cuaderno. Su amigo también se fijó en ella.

—Parece Clío, el alma misma del pintor transmutada en un reflejo de sí mismo. Su parte más luminosa y gloriosa —murmuró, impresionado y nervioso.

Ibarra enarcó una ceja. Empezaba ya a desconfiar de las personas que utilizan tantas palabras. En todo caso, no le pareció que la chica fuese como Clío, la musa de la historia, ni la transmutación de nada. Solo vio a una chica preciosa de rostro concentrado que fruncía la nariz ligeramente. Y se enamoró de ella.

El amigo quiso impresionarla. Se sentó a su lado y empezó a explicar, en un francés trabado e incomprensible, la técnica de la cámara secreta que el pintor había utilizado, comparándola con la utilizada por Velázquez en *Las meninas*. Incitó a la joven a observar los maravillosos juegos de la luz sobre las baldosas y las medias del pintor, vuelto de espaldas hacia un modelo femenino.

—Representaba a Clío luciendo una corona de laurel y sosteniendo un instrumento musical en una mano y un libro en la otra. Vermeer —añadió con un punto retórico irritante— podría haberse inspirado en ti para pintarla.

Ibarra sintió vergüenza ajena y las orejas se le sonrojaron.

Mientras el amigo hablaba y hablaba, la joven le dedicó una de esas miradas que se guardan para los desconocidos que apenas si merecen unos segundos de nuestro precioso tiempo. Alzó la barbilla y examinó a Ibarra. «¿Tú no tienes nada que decir?», preguntaban esos ojos enigmáticos. Algo en aquellos ojos sacudió a Ibarra. Se trataba de un detalle que solo podía admirarse de cerca y que él nunca había visto antes: la chica tenía los ojos de color diferente. El derecho tenía un tono verdoso, casi amarillo y el izquierdo era muy azul. Ambos parecían tener independencia, como si mirasen cosas distintas y las mirasen de modo diferente.

Enseguida se cansó de escuchar al amigo de Ibarra, y guardó parsimoniosamente la libreta en el macuto y se puso en pie. Irguió la barbilla desafiante, esa expresión de seguridad inquebrantable que tantas veces repetiría para dejar claro que nadie podía adueñarse de ella. Contempló a los dos muchachos con un punto de ironía y dijo, en un español prístino:

—Trabajo como restauradora del museo que ha cedido los cuadros para la exposición. Y, durante los últimos años, he pasado diez horas diarias con la *Alegoría de la pintura* porque me han encargado un estudio sobre ella.

Ibarra sonríe al recordar el embarazoso silencio de advenedizo de su amigo, mortificado con la idea de que alguien hubiese venido a arrebatarle la gloria de su conocimiento. La joven se encaminó hacia la salida y él no lo dudó. Fue tras ella y la interceptó en la calle.

—Te lo has inventado, ¿verdad? No eres restauradora.

Ella inclinó ligeramente la cabeza hacia atrás, tomando distancia, y lo observó cuidadosamente, como había hecho con el Vermeer.

—No, no soy restauradora. Pero podría serlo, ¿verdad?... Me llamo Carmela —dijo como si quisiera grabar en la piel de Ibarra la presencia de su nombre definitivamente.

Fueron a un bar cercano. Germinal quería impresionarla, pero se dio cuenta muy pronto de que sus habilidades para beber o charlar no causaban el efecto deseado en ella. Carmela bebía la cerveza despacio, sin verdadero gusto. Detestaba la cerveza y cualquier tipo de alcohol. Ibarra ya se dio cuenta en aquella primera cita improvisada, bajo el toldo chorreante de un bistró. Percibió su mirada de desagrado mientras él apuraba la suya en apenas unos minutos y ya reclamaba la atención del camarero para pedir la siguiente. Estaba nervioso y se atrevió a mostrarle el ejemplar manoseado del *Ulises*. Repitió las frases escuchadas a otros sobre «la cumbre de la literatura», intercalando palabras balbuceadas en francés que hicieron reír a Carmela.

—He intentado leer esa novela al menos media docena de veces —dijo ella con aire divertido— y no entiendo absolutamente nada.

La risa, entonces libre, de Carmela la hacía parecer cercana e inaccesible al mismo tiempo; había que alzarse de puntillas para descubrir la intención de su boca, de su mirada, las cejas perfiladas con un trazo fino, los óvalos simétricos de sus ojos. Había que elevarse para admirar la nariz cortita y un poco respingona y sus deliciosos hoyuelos. Liberado por fin de la carga mortal del Joyce, tantearon con cuidado espacios comunes que poder compartir. Resultó que a ella le entusiasmaban Bill Haley and his Comets y su *Crazy Man, Crazy*, que Ibarra no conocía pero del que se declaró fan absoluto solo para complacerla.

Poco a poco, pero inevitablemente, aquella mañana la conversación comenzó a escorarse hacia lances de otro tiempo, cuando las cosas de la galantería importaban: un silencio lleno de miradas.

Cuando salieron de aquella cafetería, seguía lloviendo. Carmela había olvidado el paraguas, pero no se dieron cuenta o no les importó.

Todavía recuerda aquella primera vez, en la buhardilla del apartamento que Carmela compartía con otras tres jóvenes al final de la rue du Dragon. Dormían por turnos en una cama que siempre estaba caliente. Aquella mañana de otoño estaba tan asustado que decir que aquello fue hacer el amor es adornar el desastre de lo que en realidad fue: besos torpes, movimientos bruscos para abrir el corchete del sujetador y un tumulto que terminó, casi antes de empezar, con la blusa y la falda de aquella muchacha pringada de hombría incontinente. Tras aquella vergonzosa exhibición, ambos se quedaron atrapados en un silencio que Carmela rompió con una carcajada benefactora. Años después, aún se acordaban de aquel primer encuentro con una ternura que nunca iba a volver. A veces, sentados a la mesa almorzando, de repente cruzaban una mirada de aquel modo tan privado, ella se sonrojaba y los dos se echaban a reír. Samuel los miraba con extrañeza. Ese es uno de los privilegios de envejecer: guardar secretos y complicidades con quien amas.

—¿Sigues ahí?

—Sigo aquí, Carmela.

A Ibarra le gustaría regresar a aquella galería de arte, el día que se conocieron. Pero no se puede borrar el presente de un plumazo: las noches en vela, los cuidados... Todo el tiempo que destinan a Samuel y su necesidad insaciable de cariño y atención, a la medicación, a las visitas a la asociación de enfermos, a la búsqueda sin descanso en internet o en revistas especializadas de remedios milagrosos y de avances de la ciencia los está consumiendo de modo inexorable. A veces, Ibarra piensa que Samuel se da cuenta de todo, que a su hijo le pesa esa tristeza de flores pudriéndose en los bolsillos, la gravidez de su habitación siempre a oscuras. En su cabeza, cualquier sonido estalla como una caña rota. Y entonces grita, se tapa los oídos, pega la cara a la pared para acallar ese ruido que lo enloquece. Y, cuando Ibarra lo toca para consolarlo, se pone rígido como una barra de hierro.

Carmela tiene razón. Hay días en los que Ibarra no puede más. Por eso prefiere el turno de noche. No puede soportarlo.

—Ah, y olvida lo que te he dicho antes sobre lo de dejar la policía e irnos. Trata de descansar.

—¿Hablarás con tus jefes para que te cambien el turno?

—Mañana, Carmela. Ahora, intenta dormir.

La doctora aparece en la sala de visitas. Bajo los ojos tiene unas bolsitas que se inflaman como ganglios. Ramilletes de pelo se le escapan del coletero y los labios se entreabren sin tensión. Echa un vistazo a las personas que esperan, que la miran con una esperanza mortecina. Pero ella se acerca directamente al inspector, sumido en sus pensamientos con el teléfono móvil aún en la mano.

—¿Sabía que aunque Mozart murió a los treinta y cinco años tuvo tiempo para componer 17 óperas, 41 sinfonías, 27 conciertos y 17 sonatas? Era hiperactivo, un verdadero portento para la música. Y, sin embargo, era incapaz de atarse los zapatos sin ayuda, no sabía administrar el dinero ni podía planificar mínimamente su vida cotidiana.

La doctora lo contempla desconcertada.

—¿Cómo dice?

Ibarra le muestra la pantalla del teléfono.

—Es mi hijo. —En esa fotografía, Samuel tenía quince años. Vestía un traje oscuro y lucía una pajarita de topos. Fue su primer concierto. Antes de que Ibarra se fuera hoy a trabajar, Samuel ha entrado en la cocina, se ha quitado las gafas con cristal de culo de botella y las ha limpiado con el pico de la camisa. Luego ha cerrado la nevera, ha recogido el vaso de cerveza que Ibarra bebía y se ha sentado frente a él sin decir nada durante mucho rato. «Papá, todo está bien», le ha dicho finalmente su hijo cuando Ibarra se ha levantado. Esas palabras han estremecido al inspector, que se ha quedado quieto unos segundos, armando la expresión para volverse hacia su hijo. Samuel tiene la capacidad de empatizar con las emociones de los demás. A él no puede engañarlo. Es como si supiera lo que le pasó a su padre cuando era niño en el manicomio, como si hubiese visto a su padre golpear el cráneo del hombrecillo, como si sospechara que cada noche su padre se mete la pistola en la boca e intenta ir un poco más lejos. La doctora asiente, sin comprender.

—Un chico muy guapo.

—Lo es, ¿verdad? Padece el síndrome de Williams. Dicen que Mozart también lo sufrió. La gente se burla del aspecto de mi hijo. En cambio, nadie se burla de Mozart.

La doctora no sabe qué decir. Tiene demasiadas cosas de las que ocuparse. Brazos rotos, dolores en el pecho, altas fiebres, apéndices perforados... Y, para colmo, esa mujer de la que todo el mundo empieza a hablar.

—Me preguntó si el hospital tenía cámaras de seguridad.

Ibarra guarda el teléfono. Carraspea. Tiene un trabajo que hacer.

—Hace tres horas, más o menos, que se lo pregunté.

La doctora está crispada, no necesita la condescendencia ni el sarcasmo de este policía, por muy famoso que sea.

—Mire a su alrededor. El mundo no se parará por usted ni por esa mujer, inspector. Tengo muchos pacientes de los que ocuparme y solo dos manos... He hablado con seguridad. Parece ser que sí hay una grabación de la persona que ha traído a Eva Malher a urgencias. Si quiere verla ahora, puedo acompañarlo al centro de seguridad. Dispongo de tres minutos.

La sala de control es en realidad un cuartucho atiborrado de cajas y con poca iluminación donde un vigilante que no cabe en la silla languidece como un ratón disecado frente a tres monitores y un teclado. Solo hay una cámara que enfoque a la puerta, se ve parcialmente la rampa de las ambulancias en blanco y negro. Las otras cámaras están en la farmacia del hospital.

—Últimamente han desaparecido bastantes medicamentos sin justificación —dice la doctora. Ibarra piensa en el interino que le consigue las pastillas. Sabe que hay todo un mercado de abogados, médicos y profesores para los que el mundo resulta insoportable sin ayuda química. Le pide al vigilante que le muestre la imagen exterior de la hora en la que Eva ha llegado al hospital. El hombre se hace un lío. No sabe exactamente cómo funciona el sistema, ni si hay dispositivo de grabación o las imágenes van a la central.

—A mí me pagan para mirar los monitores y avisar si ocurre algo raro —se justifica, un poco molesto. Ibarra ve la revista pornográfica escondida apresuradamente bajo un montón de formularios y se fija en la cremallera bajada del vigilante.

—Utilice esa tecla. Es el rebobinado.

La imagen no es nítida y solo se ve parcialmente. La oscuridad se ilumina con los faros de un coche. Color oscuro, descapotable. Eva está tumbada en los asientos traseros, cubierta con una chaqueta. La puerta del conductor se abre y baja una silueta que queda casi fuera del encuadre. Pero se percibe que es un hombre.

—Pare ahí.

El vigilante se atolondra. Detiene la grabación tarde. Vuelve atrás.

—No se preocupa en ocultarse, así que probablemente no sepa que una cámara lo graba. Lástima que la imagen sea borrosa. Bueno, no importa; habrá que limpiarla en comisaría.

El hombre de la imagen no es muy alto, tal vez un metro setenta, algo pasado de peso. Tiene el pelo blanco y entre setenta y setenta y cinco años. Lleva puesto un sombrero.

—Siga adelante.

La puerta trasera del coche se abre. La cámara solo capta las manos del hombre agarrando los brazos de Eva y tirando de ella hacia afuera. Tiene fuerza suficiente para enderezarla y utilizar su cuerpo como muleta para llevarla hasta la rampa. Inconscientemente, Eva le hace de parapeto y lo oculta a la cámara. Las puertas se abren. Unos instantes después reaparece el mismo hombre, solo. Camina deprisa hacia el coche. Justo antes de desaparecer del enfoque se detiene. Mira en dirección a la cámara directamente. Ha descubierto que está siendo grabado. Pero no parece importarle.

—Amplíe esa imagen.

El vigilante encuentra la tecla del zoom. La cara del hombre ocupa ahora todo el monitor. Tiene restos de barba mal afeitada y lo que podrían ser unas cicatrices alrededor de la boca.

—¡Joder! —exclama Ibarra.

—¿Qué ocurre? —le pregunta la doctora.

Ibarra no contesta inmediatamente. Mira atentamente esa imagen.

—Conozco a ese hombre.

10

Barcelona, finales de julio de 2010

A medida que el avión perdía altura, Barcelona se dibujaba perfecta en el óvalo de la ventanilla. Lucía una mañana cargada de optimismo.

—Preciosa, ¿verdad? —dijo, entusiasmado, el pasajero que viajaba junto a Mauricio antes de enfocar con su móvil el horizonte marítimo de la ciudad.

Mauricio asintió, pero, desde hacía rato, solo veía el paisaje espeso de Alemania en 1955, diez años después de la guerra y el recuerdo de aquel viaje en tren cruzando Baviera junto a Oliverio y a la Pecosa; la sucesión monótona de postes eléctricos, el paisaje tan austero y frío contemplado como un veloz borrón de imágenes tras la ventanilla del vagón que lo llevaba al resto de su vida y la sensación de que el tiempo se detenía un momento antes de alcanzar el futuro, mientras escuchaba las risas optimistas de Oliverio y de la Pecosa en aquel tren alemán de posguerra repleto de emigrantes españoles, argentinos, polacos, turcos e italianos que habían llegado allí para labrarse un futuro. ¿Tuvo razón su padre? ¿Se equivocó siguiendo a Oliverio y a la Pecosa en aquella locura? No era necesario responder a esa pregunta.

—La hora de las añoranzas, Pecosa. ¿Será hacerse viejo vivir en el pasado? —murmuró, mientras el avión trazaba una larga curva sobre el mar para encarar el aeropuerto.

El pasajero del asiento contiguo lo miró con extrañeza.

—¿Habla conmigo?

Mauricio sonrió, negando con la cabeza y acariciando el sombrero en el regazo.

—Solo hablo en voz alta con mis fantasmas. A veces, me parece que con los años se vuelven un poco sordos.

El pasajero asintió con una mueca extraviada. Debió de pensar que aquel anciano que se había pasado todo el vuelo desde La Coruña mirando la misma fotografía en la cartera estaba loco. Un taxi lo llevó del aeropuerto al hotel. Consultó la hora. Todavía era temprano para acudir a la cita. Estaba nervioso. Decidió darse una ducha, cambiarse de ropa y salir a dar un paseo.

Ya en la calle, llamó a Daniel. Su nieto no respondió al teléfono. Probó con Dolores. Su amiga contestó cuando ya estaba a punto de colgar. Daniel había estado allí. Había recogido a Paola y se habían marchado de excursión con el coche de ella. Volverían antes de la noche.

—No te preocupes. Tu nieto está bien.

No, no lo estaba, y Mauricio lo sabía. Con el teléfono en la mano examinó la revista que acababa de comprar en un quiosco. Se había fijado en la portada por casualidad, como cuando se pasa fugazmente por un sitio y algo, un detalle, hace que nos detengamos y retrocedamos sobre nuestros pasos. Lo que había reclamado su atención era la fotografía de la mujer que aparecía en uno de los titulares inferiores. Hojeó las páginas satinadas del interior hasta dar con el artículo completo bajo un título inquietante: «¿Dónde está Eva Malher?».

Su primera reacción fue volver inmediatamente al aeropuerto y tomar el primer avión de regreso a La Coruña. Luego lo sopesó mejor, trató de tranquilizarse y recordó que llevaba más de veinte años esperando la cita que le había traído a Barcelona.

Prefirió ocultarle su preocupación a Dolores.

—Volveré mañana en el vuelo de las siete... ¿Podrías pedirle a Paola que venga a recogerme al aeropuerto?

Dolores protestó.

—Puedo irte a buscar yo, como siempre.

—Prefiero que lo haga ella.

—¿Ocurre algo, Mauricio?

—Nada. Tú díselo.

Colgó el teléfono. Había llegado andando a la boca del metro que iba a llevarle a la otra parte de la ciudad.

Según el dosier de los Amigos de la Memoria, Oliverio solía pasar las mañanas en un bar de la vía Julia. Mauricio apenas lo reconoció a través del cristal del escaparate. Oliverio era una sombra sentada a una pequeña mesa de madera, poco más que un saco de huesos arrinconado cerca de la puerta con los ojos adormilados. La mano derecha sobre la rodilla, la izquierda acariciando el borde de un vaso de whisky. El sombrero, un gamboa habano de paja con toquilla, sobre la mesa. No pudo evitar la fugaz visión de ese mismo hombre mil años atrás, cuando eran niños y como hermanos.

Mauricio había imaginado de mil maneras distintas aquel instante: lo que le diría, la mirada exacta a la cara, la posición de su cuerpo, las manos sueltas con los dedos a medio cerrar; nada de encogerse. Debía mantener las piernas separadas y los pies bien afianzados en el suelo para conservar el equilibrio en el instante en que se produjera el seísmo. El atolondramiento de Oliverio al verle plantado ante él, al escuchar a alguien llamarle «Comandante» después de tantos años le daría la victoria antes de empezar realmente la batalla. Incluso había calibrado la posibilidad de que Oliverio se pusiera a tartamudear y, por qué no, de que saliera de su boca un gemido, un grito entrecortado. Es lo que cabría esperar al encontrarse cara a cara con un fantasma.

Pero no fue así como sucedieron las cosas.

Mauricio entró en el bar y se colocó delante de Oliverio.

—Hola, Comandante.

Oliverio alzó la cabeza apuntándole con esa nariz parecida al pico de una corneja. Durante dos segundos sus pupilas se dilataron, como el eco de una lejanísima explosión en los confines del universo, pero inmediatamente se recompuso. Estiró las mangas de la camisa y torció ligeramente el cuello para acomodarlo a una incomodidad de la camisa.

Sin dejar de mirar a Mauricio, dibujó aquella risita de hiena que tanta rabia daba a la Pecosa.

—Nadie me llama ya así... Detrás de ese viejo tras el que te escondes eres Mauricio, supongo.

—El mismo.

—En realidad, tu voz sigue siendo lo que más se te parece; en cuanto me llamaste y la oí, supe que eras tú.

Mauricio apartó la silla y se sentó frente a Oliverio, cuidando el antiguo hábito de no tapar la visión de la puerta. Determinados automatismos a los que uno se acostumbra sin darse cuenta. Oliverio buscó con la mirada al camarero. A los tres minutos, Mauricio tenía delante un Glenlivet como el que apuraba su viejo amigo. En ese tiempo ninguno había dicho nada. Se observaban como dos piedras en las que rebotaba el reflejo del otro. Con la bebida delante, Oliverio le lanzó un dardo envuelto en sonrisa. Tenía una preciosa dentadura postiza que mostraba orgulloso a la menor oportunidad.

—Hace muchos años que vengo aquí. Me siento en esta silla mirando hacia la puerta, contando los minutos, a veces las horas, preguntándome quién aparecerá por ella. Nunca pensé que serías tú. Pero aquí estás. Me has encontrado.

—Hay cosas de las que uno nunca escapa lo suficientemente lejos.

—Nunca te imaginé en el papel de perdonavidas, Mauricio. Eras de los que siempre se quedaban atrás en las peleas. Y ahora, mírate. Un poco tragicómico, ¿no te parece?

De no conocer a Oliverio, a Mauricio le habría sorprendido su manera de hablar antigua, con una reminiscencia de artificio, arrastrando la cola de las palabras como si dejara un rastro arenoso. Probablemente estaba bebido, aunque no de modo evidente. Oliverio nunca alcanzaba la ebriedad pero tampoco estaba nunca del todo sereno. Esa ligera ebriedad perpetua era una de las razones por las que le faltaban cuatro dedos de la mano derecha a partir de la primera falange.

Mauricio le dio un trago al Glen observando esa mano mutilada.

—Hace un par de meses apareció por Punta Caliente una turista. Viajaba con Mercedes descapotable biplaza de 1963, un 190SL. Estaba impecable. Me trajo buenos recuerdos de nuestros años en Alemania.

Sin mucha convicción, confundido por esa repentina ascensión al primer plano de una época en la que no pensaba desde hacía años, Oliverio examinó sus dedos amputados como si todavía estuvieran allí.

—¿Encontraste alguno de estos entre la plancha? Porque lo único que yo recuerdo de aquel tiempo es que me quedé lisiado por culpa de una prensa, el olor agrio de pies y sudor en el cuartucho donde dormíamos y el estrépito de la cadena de montaje que me hacía enloquecer.

Mauricio acarició una vez más la imagen pretérita de aquellos tres jóvenes viajando en un vagón incómodo por Alemania. La derrota resultaba indisimulable, perceptible en los pequeños derrames en las mejillas de Oliverio y en el punteo de una barba canosa mal afeitada. Las pestañas larguísimas y tupidas como una concertina de púas impedían acercarse a su mirada. Ese fue siempre su punto fuerte, aunque quedara ya poco de aquella fiereza medida y suministrada como un veneno del Comandante que convertía esa mirada en un yunque que aplastaba toda esperanza.

—Estabas borracho. Por eso perdiste los dedos en la prensa, y por eso perdimos aquel trabajo los tres. En cuanto a los olores en el cuartucho que compartíamos, de todos los que allí dormíamos tú eras el que peor olía. No importaba cuantas veces te bañaras, a los veinte años ya olías como un muerto.

El Comandante aquietó la mirada. A pesar de ser viejo no era un hombre vencido, ni mucho menos.

—Tú y la Pecosa debisteis quedaros en aquella maldita fábrica. Todo habría sido distinto si hubierais criado a vuestro hijo en Europa en lugar de regresar a Argentina.

—Era nuestra patria y tú eras nuestro amigo. Confiábamos en ti. ¿Ya no te acuerdas de aquellas cartas tuyas invitándonos a volver? A ti te iba bien. Ya merodeabas cerca del poder y tenías mano en la administración. Me escribías todos los meses asegurando que podías agilizar los permisos para que yo montara la sombrerería y para que la Pecosa se colocara como conservadora en el Museo de Bellas Artes. Nos dibujaste un espejismo perfecto.

—La amistad, qué artificio. En contra de los románticos, diré que los amigos están para traicionarse, Mauricio.

Sacó una pitillera dorada del bolsillo interior de la americana, abrió la tapa con el pulgar de la mano sin más dedos, como queriendo demostrar que no había perdido la habilidad circense, y le ofreció un cigarrillo a Mauricio que este rehusó. Prendió una cerilla —seguía sin usar encendedor— y contempló el fósforo antes de aplicarlo al pitillo. Amasó el aire al respirar por la nariz.

—¿Qué quieres de mí, Mauricio?

—Ya lo sabes.

El Comandante se limitó a escrutar a Mauricio con aquellos ojos impasibles que tanto terror habían causado en el pasado. Unos ojos de mirada mecánica y evaluativa. Se echó hacia atrás y golpeó suavemente la mesa con la pitillera.

—Eres un melancólico, Mauricio. Nunca fuiste capaz de ver las cosas como son. Todavía eres aquel muchacho en Alemania que pasaba el tiempo leyendo los poemas de Luis Benítez, de Espel, de Picardo. Tú y tu mujer, capaces de ejercicios estériles de rebeldía como decorar las paredes de la fábrica con los versos de Sampaolesi. Los guardias de la fábrica te obligaban a borrar las palabras aunque no las entendían. Pero tú no le impedías a ella que volviera a hacerlo.

Mauricio recordó con tristeza aquellos tiempos.

—Éramos jóvenes. Románticos que creían poder ser distintos a lo que eran. Tú también lo eras.

—No. Yo no fui ingenuo. Los románticos se consumen en la duda sin actuar por lo que creen.

Pocas cosas podían intimidar ya a Mauricio, y, desde luego, no su antiguo amigo. Atrás quedaban los días en los que Oliverio aparecía por la tienda en Buenos Aires a finales de los setenta acompañado por aquellos tipos elegantes con trajes de americana cruzada, más dandis que funcionarios. Siempre pagaban bien por sus sombreros, billetes en fajos de goma arrugados, posiblemente robados precipitadamente a sus legítimos propietarios. Aquellos tipos sí podían intimidar a cualquiera porque tenían ojos que no eran más que prótesis para disimular las cavernas en su rostro.

Oliverio se había puesto de medio lado. Había algo todavía poderoso e inconcreto que brotaba de su modo de sentarse con la espalda muy pegada a la silla, las piernas abiertas, los brazos separados del cuerpo con las manos sujetando el borde de la mesa como si supiera que iba a producirse un terremoto que haría temblar el local.

—¿Tan viejo y acabado me ves que piensas que puedes conmoverme con tu palabrería? No seas estúpido.

—Solo quiero que me devuelvas lo que me pertenece.

La mirada de Oliverio se expandió. Movió la boca causando una impresión desagradable al hurgar con la lengua en las encías.

—¿Lo que te pertenece? Siempre has sido un arrogante cabrón. Dime, Mauricio, ¿qué es exactamente lo que te pertenece? ¿El pasado, el amor, el odio, la venganza...? ¿Qué?

Lo más desconcertante para Mauricio fue la expresión beatífica de Oliverio. Como si fuera solo el apacible anciano que fingía ser. Un hombre discreto que nunca le había causado mal a nadie.

—Tus juegos de palabrerías ya no me confunden, Oliverio. Ya no estamos en La Plata, ni me tienes a tu merced. Además, me lo debes.

—¿Te lo debo? —Oliverio necesitaba demostrar a Mauricio que todavía lo tenía en sus manos. Debía de resultarle insoportable este anonimato, sin posibilidades de reivindicar lo que fue en otro tiempo al que ambos pertenecían. Sin Mauricio, Oliverio no era nada. Nada que a él le interesara ser. Un día de estos desaparecería sin más. Sin la existencia de Mauricio, ¿qué le quedaba de su antiguo poder? Nada. Necesitaba prolongar lo inevitable. Únicamente le daría lo que había venido a buscar cuando Mauricio lo venciera.

Pero Mauricio no tenía fuerzas ni ganas de jugar aquel juego. Sacó un librito con las tapas amarillas de una bolsa y escribió algo en la primera página. Oliverio le vio hacer con cierto aire de superioridad.

—No todo el mundo sabe escribir con una de estas —dijo señalando la estilográfica.

—Es cierto, la estilográfica requiere de tacto y mimo, hay que tomarse su tiempo para que la tinta fluya armoniosamente sin forzar la punta. De algo sirvieron estos veinte años escribiendo cartas que nadie contestó. Aprendes a dominar la pluma como una extensión de los dedos.

Le tendió el libro.

—¿Qué es esto?

Por fin Mauricio pudo poner en práctica el teatrillo que traía ensayado. Acarició con el dedo índice la hendidura del sombrero y se puso en pie.

—Un libro. Un regalo. Las palabras que tendrás que comprender de una vez por todas.

Oliverio dejó caer una risita fatigada. Leyó la dedicatoria, arrugó el ceño y lo arrojó al suelo.

—¿Poemas de Juan Gelman? ¡Ve a otro con tu función, hijo de puta!

Mauricio no parpadeó. Lentamente, se agachó, recogió el libro y lo devolvió a la mesa.

—¿Sabes lo que tengo pensado hacer ahora? Iré a comprar narcisos blancos, unas flores preciosas, en una floristería llamada Ceibo.

El rostro de Oliverio se congestionó.

—No metas a mi hija en esto.

—No lo haré, si no me obligas.

—¿Qué vas a hacer cuando te dé lo que quieres? ¿Qué pasará después? —le preguntó Oliverio, mirando a Mauricio como si este fuera una hidra, sin saber a cuál de las cabezas darle el primer tajo.

Por primera vez, Mauricio vio en su viejo amigo la certeza resignada de los que ya saben lo que va a suceder antes de que suceda sin que nada pueda impedirlo.

—Ambos sabemos que para la gente como tú y como yo no existe un después, Oliverio.

II

Costa da Morte, finales de julio de 2010

Paola se había prometido que no volvería a ocurrir, aquella vez en la cala sería la primera y la última; pero allí estaban. Daniel dormía boca abajo, abrazado a la almohada con las sábanas enroscadas entre las piernas. Sentada a su lado, todavía oliendo a él, Paola contemplaba la línea de su columna vertebral y sus nalgas con la marca del calzoncillo. Un culo duro y hermoso que acarició con suavidad, entrecruzando los senderos de la realidad y la fantasía. Nada de preguntas. Solo el instante y sus certezas. Y, sin embargo, era inevitable cuestionar lo que estaba haciendo en aquel hotelito alejado de miradas indiscretas. Obviamente, esconderse y tener una aventura con un muchacho que podría ser su hijo. Ese era el propósito y así se lo había hecho sentir la mirada de la recepcionista cuando sacó el efectivo para pagar la noche, mientras Daniel esperaba junto a la escalera hojeando una revista. Paola había apartado la vista sonrojada. Debía de resultar risible para cualquiera.

Pero no se trataba únicamente del sexo, de sentirse joven y atractiva y con ganas de volver a vivir. Daniel despertaba en ella una curiosidad cada vez mayor que, al mismo tiempo, la obligaba a penetrar en su propio misterio. La manera que él tenía de amarla no era la de un joven inexperto o ansioso, y tampoco ella se comportaba como una amante adocenada. Era como si, al penetrarla, pretendiera coserse a ella. Nadie lo había hecho nunca, querer bajar a sus tinieblas sin miedo, rompiendo todos los sellos prohibidos, envuelto en una enigmática fuerza, revelando reacciones físicas y emocionales, sensitivas, de una veracidad absoluta e imposible. La piel le hablaba. Desvelaba partes de ambos a medida que avanzaban por el cuerpo del otro. El juego se había convertido en algo imprevisible, sobre lo que no tenía control. Daniel había logrado colarse entre las defensas y amenazaba con derrumbar las reglas lógicas de la estrategia. Buscaba algo en ella que Paola no creía tener. Y por absurdo que pudiera resultar, ella temía decepcionarlo. Daniel quería el absoluto y tal vez ella solo podía ofrecerle miseria.

Aun así, ¿por qué no beber otra botella de vino, hacer de nuevo el amor, sentirse otra en las manos de Daniel? ¿Por qué no tirar la llave del presente y quedarse para siempre enredada en las sábanas de aquella cama? Podían permanecer allí hasta agotarse, y besarse y callar o llorar y reír o dormir y no despertar.

Se tumbó a su lado y pegó la mejilla a su espalda. Respiraba despacio, pacificado. Quizá soñaba. Le hubiera gustado saber qué. El frío se le había metido debajo de la piel. Se recogió entre las sábanas, rodeada del silencio que ahora lo envolvía todo. Dio media vuelta y ofreció su perfil al espejo frente al tocador: la curva de la cadera, la pierna derecha, el pie enredado en las sábanas mostrando el tobillo, el hombro enrojecido por el roce con la barbilla de Daniel, la mitad de su rostro cubierto por el cabello, la otra mitad hundida en la almohada. ¿Quién era ella realmente? ¿La que se mostraba o la que se ocultaba? ¿Qué parte era más cierta y cuál menos? Ambas, habría dicho Daniel —con esa sonrisa que era la pértiga con la que saltaba cualquier dificultad—, aunque él no supiera nada de su otra vida. Se inclinó y acarició el hombro de Daniel.

—Tenemos que volver —le susurró al oído.

Dolores esperaba a Paola sentada al piano. En el aparato de música sonaba un aria de Vivaldi en voz de Jaroussky. Ya era noche cerrada, pero la estancia permanecía a oscuras, excepto por una lamparita de pie en un rincón que apenas alcanzaba a iluminar parte de la silueta de Dolores.

—¿Qué tal la excursión?

Paola dejó el bolso con la cámara de fotos y los objetivos en una silla y fue a sentarse junto a ella en la banqueta. Los dedos se llenaron de infancia al acariciar las teclas sin llegar a tocarlas.

—He hecho como doscientas fotografías —dijo sin mirar a Dolores. De repente tenía la impresión de que, pese a la ducha y al jabón, el olor de Daniel seguía en ella acusatoriamente.

Dolores cogió el pitillo que humeaba en el cenicero, sobre el piano, y le dio una larga calada. Se tomó su tiempo, perdida en la voz de contratenor que atacaba las notas álgidas del aria.

—Una voz portentosa... lástima que sea de falsete. —Aplastó el pitillo en el cenicero y, casi inmediatamente, encendió el siguiente. Sus ojos verdes permanecieron estáticos, mirando algo que estaba más allá de la estancia, algo que viajaba en la música—. Da la sensación de que esa voz puede romperse en cualquier momento. Las cosas que parecen más fuertes a menudo suelen ser las más frágiles.

Paola se quedó pensativa. La mirada penetrante que le dirigió Dolores la hizo sentirse triste, vieja y cansada.

—Creo que me retiro ya. Me muero de sueño.

Dolores suspiró y se puso en pie. La música tocaba a su fin.

—Por cierto, Mauricio llega mañana de Barcelona. Me ha pedido que vayas tú a recogerlo al aeropuerto de La Coruña, si no te importa.

A Paola le pareció una petición inusual. Aun así, asintió.

—Claro, no hay problema.

Ambas mujeres se miraron durante un instante. Querían preguntarse algo, decirse lo que sabían o intuían de la otra. A fin de cuentas, Dolores había sido amante de Julio, el hermano mayor de Daniel. Era absurda esa alianza inesperada entre ellas y los Luján. Pero no se dijeron nada.

Daniel entró en la casa a oscuras. Subió a su habitación y vio la puerta del dormitorio del abuelo entreabierta. Normalmente, cuando se marchaba a Barcelona, la dejaba cerrada con llave. Debía de haberse descuidado esta vez. A pesar de la ausencia, el cuarto seguía teniendo su forma: la ropa del armario, la camisa recién planchada y doblada con meticulosidad cuartelaria a los pies de la cama, el aroma fuerte de los cigarrillos, la respiración que no encontraba escape por ventana alguna, las zapatillas junto a la mesita... Incluso los discos alineados por orden alfabético, junto al aparato de música, y los libros que le había prestado Dolores parecían guardar su esencia. Nunca había estado en aquel cuarto a solas y su primera intención fue apagar la luz, salir y cerrar la puerta. Pero eso no fue lo que hizo.

Hojeó los libros y abrió los cajones con la urgencia de un espía.

—No deberías tocar eso. Te quemarás.

Daniel se volvió, asustado. Se sentía como un ladrón. Como aquella vez que se coló en el dormitorio de su hermano y se puso a hurgar en la caja donde escondía las postales que le escribía Dolores y los regalos que ella le hacía —la pulsera de cuero, un pequeño escapulario, dos fotografías en las que la maestra se le ofrecía sugerente entre gasas—. Fue así como descubrió que su hermano y la maestra iban a marcharse. Hacían planes para dejar atrás Punta Caliente, para dejarlo a él. Martina le habló mientras acariciaba la superficie suave de la camisa doblada en la cama. Le gustaba el orden con el que algunas personas se afanaban en lo cotidiano.

—A ciertas personas les aterra tanto el caos exterior que se empeñan en dotar su ínfima realidad de una falsa sensación de control. Yo nunca he sido capaz de mantener unas reglas mínimas. Me enfurecía cuando Dolores me obligaba a peinar y ordenar las muñecas de porcelana. Prefiero que las cosas ocupen el lugar casual que les asigna la voluntad del capricho.

Su presencia esta vez era distinta a la de otras veces. Como si fuera una guerrera a punto de partir a las Termópilas y supiera que no volvería de aquella última aventura.

—¿Cómo has entrado?

—Del mismo modo que salgo. Tú has dejado la puerta abierta.

—Yo no te he pedido que vengas.

Ella sonrió. Otra vez esa impresión de tragedia, de estar diciendo las últimas palabras. Se acercó a Daniel con un rodeo. Rozó su nuca y deslizó los dedos sobre la curva del cuello. De los dos, él siempre fue el ingenuo, la parte dulce que se niega a dejarse abducir por la oscuridad.

—¿Cómo desaparece uno de sí mismo? Solo hay una manera. Y ni siquiera esa es definitiva. Los pedazos que deben estar unidos se vuelven a encontrar, no importa en cuantas partes los rompas, ni cuán lejos arrojes unos de otros. Ahora, o dentro de mil años, todo vuelve a empezar.

Sin fuerza, pero con una determinación que no admitía discusiones, ladeó hacia ella la boca de Daniel y lo besó en los labios.

—¿Te acuerdas de la primera vez que nos besamos?

Él la miró a los ojos. Aquellos ojos de praderas segadas. Ojos que le sumían en un sueño narcótico, el nudo furioso de la pasión creciendo en la boca del estómago, el pelo de ella rozándole las mejillas como los filamentos de una medusa que le inoculaba un veneno paralizante.

—Éramos unos niños.

Ella asintió. Sí, lo eran, y ¿acaso no seguían siéndolo? Aquella primera vez estaban los dos solos, sentados en el acantilado. Ella con diez años, él con siete. En la equívoca luz del cuarto del abuelo, Martina empezó a desnudarse.

—Todo el mundo andaba buscándonos pero nosotros permanecíamos al margen, allí arriba. Contemplábamos el vuelo de los pájaros, estudiábamos con atención sus idas y venidas desde el faro, las caídas en picado sobre las olas y el modo en que remontaban el vuelo, las cabriolas alegres sobre los toboganes de aire. Estábamos fuera del mundo, por encima de él. Como ahora. Todavía caminamos por el borde del precipicio, en equilibrio, entre la llamada del aire y la certeza del suelo.

—¿Qué estás haciendo?

Ella no le contestó. Se tumbó en la cama del abuelo boca arriba con las piernas rectas y los brazos pegados al cuerpo. Un cuerpo de niña.

—Ven.

Daniel, al principio, se negó, apartando la mirada. Ella esperó con la mano en vilo hasta que él la cogió. Se tumbó a su lado, sin atreverse a mirarla. La cama olía al abuelo. Un olor de mortaja.

—Quiero quedarme contigo, Daniel.

«No la mires —se dijo Daniel—, ahora no.» Pero no pudo sustraerse a los ojos verdes de Martina.

—Es lo que siempre has deseado. Por eso no dejas que me vaya de tu lado. Bueno, ahora es el momento. Tómame.

No pudo defenderse contra sus manos, que le desabrocharon la bragueta y aprisionaron el pene. Tenía los dedos helados, como las algas que a veces se entrelazaban con su cuerpo.

—¿Cómo es? —le susurró Martina al oído con la voz prestada de dioses marinos, de seres milenarios que vivían en el fondo del océano—. ¿Cómo es hacer el amor con Paola? —le preguntó sin dejar de acariciarlo.

La respiración de Daniel se volvió ronca. El amor no se hace. «Amor» es una palabra que no significa nada, un matiz del verdadero sentimiento, imposible de circunscribir a unas pocas sílabas. Con Paola, mejor era hablar de libertad, de vacío, del desorden vertiginoso de gestos y tumultos que lo hacen todo irreal. Cada vez que estaba con ella era demasiado consciente de sí mismo, de lo que les rodeaba. Abría mucho los ojos y los poros de la piel. La olía, la tocaba, la lamía; la coleccionaba. Pero nada la hacía real. Al acabar —incluso antes—, Paola ya era pasado y añoranza.

—¿Mejor que yo? —preguntó Martina, lamiéndole el lóbulo de la oreja, acelerando los movimientos de su muñeca y la presión de los dedos sobre el glande.

Daniel sintió el calor del semen en el vientre, gotitas agónicas desperdiciadas en el vello púbico y entre los dedos.

Sintió deseos de llorar. Contempló la habitación del abuelo. Ahora era distinta a unos minutos antes. De algún modo, se había convertido en un templo profanado, en una conquista violenta sobre la que se enseñoreaba desde la cama con la colcha arrugada, con la camisa antes bien doblada y ahora tirada en el suelo, con los pantalones bajados y el pene en retirada. Ladeó la cara contra la almohada y sintió una vaga repulsa al mezclar su aliento con los sueños de su abuelo incrustados en la tela. Apretó el puño bajo la almohada y se encogió en posición fetal.

—A veces me gustaría vivir en una cueva con una gran losa a la entrada. Solo penetraría un haz de luz, lo suficiente para permitirme saber si es de noche o de día.

Martina sonreía a su lado, le siseaba como a un niño pequeño.

—Pobre Daniel... Todo el mundo se ríe de ti. Te empujan a la fuerza de un lado a otro y matan cuanto pudiera dar de bueno tu pensamiento, tu sensibilidad, tu arte. Te han convertido en una ramita a la deriva.

El joven negó con la cabeza. Pensaba en las tejas rojas de su casa la noche que todo ardió. Estallaban como fuegos artificiales y lanzaban esquirlas afiladas en todas direcciones, como la metralla de una bomba. Veía las manos de su padre aferradas a los barrotes de la ventana pidiendo auxilio. Se veía a sí mismo medio desnudo con la cara tiznada y el pelo humeante mirándolo fijamente, incapaz de hacer otra cosa que quedarse allí sin hacer nada, viendo como se abrasaba.

Apenas bajó del avión, Mauricio le pidió a Paola que lo llevara a la ciudad en lugar de dirigirse directamente a Punta Caliente. No estaban lejos, un desvío de veinte minutos. Quería mostrarle algo. Era temprano y no había demasiado tráfico. Paola adelantó un autobús de línea con una brusquedad innecesaria y volvió a situarse en el carril de la derecha.

—¿Podrías conducir más despacio, por favor?

Paola levantó el pie del acelerador.

—¿Mejor?

—Mucho mejor, gracias.

Paola observó a Mauricio de reojo. En las últimas semanas había envejecido.

—¿Qué tal tu viaje a Barcelona?

Los pensamientos del anciano estaban en otra parte. Encogió los hombros levemente y observó el velocímetro del salpicadero.

—Bien, supongo. ¿Te importa? —preguntó, tomando de la guantera abierta uno de los cigarrillos extrafinos que fumaba Paola. Aquellos cigarrillos no sabían a nada. ¿Para qué fumaba la gente aquella porquería si ni siquiera tenía gusto a tabaco?

Paola intuyó la pregunta en el gesto de desagrado del anciano.

—Fumo menos.

—La gente debería aprender a ponerse en paz consigo mismo y con sus vicios. Una persona que niega lo que es no puede ser feliz de ningún modo.

Paola le dedicó una mirada divertida e interrogante.

—¿Insinúas que yo soy mis vicios o que no soy feliz?

Mauricio no contestó. Desconocía los vicios de aquella mujer y en cuanto a su grado de felicidad... sospechaba a qué respondía el regocijo en su mirada mientras conducía el deportivo con la capota descubierta. La algarabía con la que tamborileaba sobre el volante de cuero marrón no tenía que ver con la melodía que sonaba en el equipo de música. «Zarabanda» era una composición más bien trágica y tampoco el cielo, bajo y plomizo, acompañaba su estampa de actriz italiana rodando una escena en la Toscana. Iba con un bonito vestido estampado de tirantes, a juego con las sandalias abiertas y las gafas de carey. Llevaba puesto el sombrero que Mauricio le había regalado semanas atrás y se había dado unos leves toques de maquillaje que realzaban el perfil de los pómulos y el horizonte fino de los labios. Parecía menos frágil que aquella primera noche en que la vio en casa de Dolores, como si algo bueno y distinto hubiera crecido en aquel pecho pecoso de clavículas bien definidas.

—Este motor suena como si el coche acabara de salir de la fábrica —se limitó a comentar. Ese sonido rítmico parecía hipnotizarle. Cerró los ojos como si así pudiera ver mejor los pistones y las válvulas funcionando, pero en realidad pensaba en un sucio café de Dusseldorf que olía a coles de Bruselas hervidas donde tres jóvenes amigos compartían el mismo pitillo hasta quemarse las uñas.

—¿Adónde vamos?

—Por el paseo marítimo.

A lo lejos se alzaba la Torre de Hércules. Aparcaron a la entrada del parque escultórico. Una quincena de esculturas de hierro y de piedra se dispersaban alrededor de una vasta pradera hasta la Punta Herminia.

—Podemos pasear un poco hasta la escultura de Breogán; era el caudillo celta que guardaba el acceso a la torre.

Un poco más arriba había un promontorio desde el que se veía la entrada de la ría y la costa de Dexo frente a la península. Apenas se divisaban algunos paseantes con sus perros o haciendo *footing* por los senderos marcados. El viento batía con fuerza rizando la hierba y los árboles recién plantados, todavía muy frágiles para resistir como lo hacían los menhires de Manolo Paz o las puertas de la Casa de las Palabras. Había algo enervante en aquellas figuras abstractas; una especie de callada virtud de temperamento romántico. Eran como gigantes petrificados en sus tumbas épicas. Héroes de una raza que los hombres no habían conocido.

Durante un rato el anciano caminó sin decir nada. Dieron un rodeo de casi un kilómetro contemplando en silencio el conjunto escultórico del lado noroeste hasta detenerse frente a una figura realizada en acero. Sus volúmenes eran sencillos y tridimensionales. Un homenaje a los años que Picasso pasó aquí en su infancia. *Guitarra.* A Mauricio le gustaba pasear entre estos gigantes silenciosos e imaginar que algunas de estas esculturas habían nacido de la mano y del espíritu de la Pecosa. La imaginaba rodeando con calma sus volúmenes, observando con los ojos entrecerrados cada detalle, deslizando las manos sobre la superficie metálica, pegando a ella el rostro, escuchando sus corazones de hierro.

Pero no era esa la razón por la que había traído hasta aquí a Paola.

—Pronto llegará agosto. Dolores empezará a preparar la casa, airear habitaciones, pintar paredes, reparar la caldera. Es molesto, se llena todo de polvo, de ruido y de operarios que pululan a todas horas.

Paola lo miró con un gesto de preocupación.

—Dolores no me había dicho nada.

El anciano intentaba abordar el tema de manera indirecta, pero no le salía. No era su estilo. ¡A veces echaba tanto de menos Buenos Aires! Su pequeño apartamento sin ventanas a la calle, el silencio de la soledad sin saludarse con vecinos ni conocidos, el anonimato y la falta de responsabilidades.

—Supongo que alguien te estará esperando en alguna parte.

Paola permanecía de pie junto a la escultura de la guitarra.

—En realidad, no. No me espera nadie —mintió.

Los ojos del anciano percutieron sobre ella sin un atisbo de duda. Tenía que reconocer que las vidas de todos ellos parecían haber mejorado desde su aparición. No solo la de su nieto Daniel, también la suya y, en cierto modo, la de Dolores. Días atrás había sorprendido a su amiga mirándose en el espejo con detenimiento. «¿Te parece que este cuerpo es digno de cierta admiración?», le había preguntado con una coquetería que hasta entonces Mauricio no había visto en ella. Dolores se había puesto los pendientes que el hermano de Daniel le compró en el mercadillo de un pueblo donde pasaron un fin de semana. Desde la muerte de Julio en el incendio, no había vuelto a usarlos. En realidad, no le quedaban bien, pero Paola la había convencido de lo contrario. Mauricio se había dado cuenta también de que últimamente Dolores utilizaba sujetadores más férreos para darle forma al abundante pecho. ¿Por qué? ¿Para quién? Le había preguntado, algo perplejo, Mauricio. «Lo hago por mí y para mí», le respondió Dolores, ofendida.

—Mira en la base de la escultura. Hay una pequeña placa de patrocinio.

Paola obedeció con un repentino sobresalto. Algo le dijo que ya sabía lo que iba a encontrar en aquella plaquita oxidada. «Con la colaboración de la fundación Alda F.»

La alegría de Paola se esfumó completamente. Ya no parecía una actriz italiana sino una impostora con una profunda arruga en el cuello y los pómulos muy pálidos. No podía ser casualidad que Mauricio la hubiese llevado allí por azar.

—Ya sabes quién soy.

Alda F. era su madre. Y al morir ella, su padre creó una fundación con su nombre. Aquella escultura, como algunas otras del parque, se había levantado con el dinero de los Malher.

—Al menos sé que no te llamas Paola. Te llamas Eva Malher, y parece que hay mucha gente buscándote.

—¿Y eso qué importancia puede tener para ti?

—No quiero entrometerme en tu vida. Me caes bien. Pero eso no importa ahora; dijiste que estabas de paso, y sea lo que sea que arrastrabas cuando viniste, parece haberse esfumado. Así que es hora de que sigas tu camino.

Un nudo de indignación se formó en la boca del estómago de Paola. El viejo resquemor que afloraba cada vez que alguien la juzgaba incompetente para tomar sus propias decisiones.

—¿A qué viene esto, Mauricio?

El anciano se limpió con el pulgar un resto de saliva seca en la comisura de los labios.

—¿Crees que no sé lo que estás haciendo con Daniel?

Paola se sonrojó. ¿Qué estaba haciendo? Ni siquiera ella lo sabía. Lo que le ocurría tenía que ver con bocas ansiosas, manos febriles y rastros de saliva en el cuello. Una savia joven en un tallo duro.

—No es lo que piensas.

No los había visto, pero no era necesario. Hay cascabeles que suenan de forma tan estruendosa como el repentino silencio que les sigue.

—Yo no pienso nada. Sé lo que veo y sé lo que oigo, aunque me finja ciego y sordo.

Paola estaba furiosa. Sobre todo consigo misma. Cuanto más lo pensaba, más se irritaba. Todo el mundo parecía tener la palabra adecuada en el momento oportuno. Todos emitían juicios directos y claros sobre ella.

—No voy a hacerle daño a tu nieto, si es lo que te preocupa.

El anciano observó largamente aquella guitarra

que no lo era. «Una firma te convierte en abuelo», pensó. De repente ese muchacho de ojos oscuros era su responsabilidad, una responsabilidad que él no había pedido.

—No estoy pensando en el daño que tú puedes hacerle a él. Sino en el daño que él puede hacerte a ti.

Paola negó con expresión anonadada.

—No seas ridículo.

Mauricio la observó con dureza.

—He sido ridículo muchas veces en mi vida, pero te aseguro que hablo muy en serio. Tienes que marcharte y olvidarte de este juego que has permitido empezar.

—No es ningún juego. Tu nieto... yo...

Mauricio esperó impertérrito. Ella no terminó la frase. El anciano se alejó hacia el coche. Se detuvo. Miró al suelo un instante y, lentamente, volvió la cabeza hacia Paola.

—Habla con Dolores. Pregúntale por Martina.

12

Barcelona, primera semana de agosto de 2010

Oliverio vestía un traje ligero de color crudo y cubría la cabeza con un fedora bastante usado. Le quedaba bien, pensó Mauricio, mucho mejor que el panameño; un poco deslustrado, pero eficaz. Iba calzado con unos zapatos de rejilla con una pulcra lazada doble en los cordones. Entre el bajo del pantalón y el calcetín asomaba una pantorrilla flácida y lechosa. Oliverio siempre tuvo porte, como los chulos de un tango, capaz de ponerse una corbata chillona y una camisa roja sin que por ello resultara menos elegante. En la muñeca izquierda lucía una imitación bastante aceptable de un reloj Chopard. Seguía dándoselas de hombre mundano.

Comparado con él, Mauricio solo era un anciano que apenas alcanzaba a mantenerse erguido y continuaba pegado a las cosas de siempre: el borsalino, el sobretodo, los recuerdos, las viejas canciones, el viejo porte, las mismas nostalgias.

Y, sin embargo, en aquel segundo encuentro, a pesar del aparente aplomo, el Comandante estaba inquieto. No dejaba reposar los ojos ni las manos. Había traído consigo el libro de poemas de Gelman.

—¿Lo has leído? —le preguntó Mauricio.

—Dos veces —respondió Oliverio, masticando el aire con una especie de rencor.

—Y ¿qué opinas?

—Palabras. Miles de palabras que se escriben. Tanta rebeldía que no es verdadera revolución. Fuimos nosotros, y no los poetas, los que dimos el paso e hicimos lo que debíamos. Esto —dijo señalando con asco el libro— no son más que oscuras obsesiones de burgués.

El odio seguía presente, tantos años después. Mauricio se preguntó cómo era posible desfigurarse tanto uno mismo. Debía de ser algo necesario para soportarse sin sentir terror al mirarse en el espejo. Freír los testículos a adolescentes, romper huesos, privar del sueño, simular ahogamientos, dar palizas... no era algo que sencillamente pudiera ser asumido a menos que se construyera una justificación superior que dejara en suspenso los escrúpulos morales.

—Los versos forman parte de un libro llamado *Hechos*; Gelman estaba en Roma cuando lo escribió y ya tenía más que cierta la muerte de su hijo y su nuera. Estos versos están dedicados a ellos... Os cebasteis con sus palabras y con su familia. Sabíais cómo destruir a alguien desde los cimientos.

—Yo no tengo nada que ver con eso. Solo cumplí mi parte.

Mauricio asintió, consciente de que tenía delante un cadáver que ya había muerto muchas otras veces.

Un pobre anciano, un hombre sin nada que esconder. Pero él no necesitaba pruebas. Las cicatrices alrededor de la boca que disimulaba con la barba le bastaban.

—¿Qué le cuentas a tu hija cuando te pregunta? ¿Le has hablado alguna vez del Grupo de Tareas?

Oliverio endureció la mirada. Mauricio casi sintió lástima por ese esfuerzo inútil.

—No hablamos de ese tiempo.

Mauricio negó con la cabeza. Eso no era cierto del todo.

—Pues a mí me ha contado una bonita historia en la que su papá es un héroe condecorado en las Malvinas.

La mañana anterior Mauricio había estado esperando a Laura Ojo de Agua. La vio aparecer al principio de la calle con pasos decididos, la mirada al frente, los brazos fuertes, desnudos bajo la camiseta de tirantes. El contorno de sus piernas se perfilaba entre los pliegues de la falda de tonos africanos que le llegaba hasta los tobillos. Las sandalias de tiras que dejaban al aire las uñas pintadas de rojo. Era una mujer atractiva. Mientras la veía acercarse, libre de todas las culpas de los tiempos pasados, Mauricio no dejaba de preguntarse qué sabía ella en realidad sobre el pasado de su padre. Hay gente capaz de entrar y salir de un disfraz sin problema, pero ella no parecía de esa clase.

Laura no lo reconoció hasta llegar a la altura de la floristería. Sus ojos se abrieron como un espasmo, una muestra de ligera sospecha que enseguida se difuminó con una sonrisa de abanico y bonitos dientes blancos. Una sonrisa de inocencia.

—Usted es el paisano que compró narcisos hace unas semanas. Lo recuerdo.

Mauricio se descubrió y la saludó esforzándose por parecer también inocente e inofensivo. Alzó la cabeza y se concentró un instante en el cartel del escaparate.

—Ceibo. Bonito nombre. Hace que evoque las novelas de García Márquez.

—El ceibo jujeño es el árbol nacional de la Argentina. No tiene nada que ver con Colombia...

Mauricio sonrió, condescendiente. Y ella se sonrojó.

—Usted ya lo sabe, claro.

Mauricio acarició el vuelo del sombrero y volvió a colocárselo. Laura tuvo la vaga sensación de que quería decirle algo importante, un secreto que no puede comunicarse sin más. Al final, Mauricio dejó la ambigüedad de sus gestos y dijo lo que había ensayado:

—La otra vez, usted me habló de su padre. Es el teniente de fragata Oliverio Pellegrini, ¿verdad?

Los músculos de la cara de Laura se tensaron como si todas sus defensas llamaran a zafarrancho de combate. Dio un paso atrás y examinó a Mauricio como una potencial amenaza.

—Así es. ¿Cómo lo sabe?

—Digamos que mi visita a la floristería no fue casual. Querría hablar con usted, si tiene un momento.

Laura miró al anciano con creciente recelo.

—¿De qué quiere hablar?

—De su padre.

Laura apartó la mirada hacia el otro lado de la calle.

—Mire, no sé quién es usted. Pero yo no tengo nada que decirle.

Mauricio se apresuró a disipar las sospechas. Necesitaba saber qué sabía ella de Oliverio. Qué le había contado el Comandante.

—La verdad es que estoy escribiendo un libro —mintió— sobre las Malvinas.

Durante unos minutos, Laura lo miró de manera sostenida. Mauricio pudo notar un alivio casi físico en los hombros de la joven, como si una sombra se alejara y con ella un peligro inminente.

—No entiendo la extraña voluptuosidad que causa hablar de las guerras.

—Para mí es importante, créame.

—Mi padre nunca me habló de aquella época. —Quizá esperaba disuadir con ello al anciano, pero Mauricio la contemplaba con una mirada penetrante, esperando algo más—. Solo sé que participó en la Operación Rosario del 2 de abril, y que estuvo en el ataque a Puerto Leith. Alguna vez le escuché hablar de aquellos muchachos con las botas agujereadas, de los cuerpos de marinos flotando en el agua, de los reclutas, cagados de miedo en las guardias, esperando el momento en que uno de esos nepalíes con la cara pintada apareciese en la noche para cortarles el cuello... Poco más. El silencio. Eso es lo que queda.

Laura Ojo de Agua era, en aquel 1982, una niña

de ocho años enamorada de su padre el héroe. Luego vinieron los agujeros sin zurcir en el calcetín, la ceja partida y el balbuceo del borracho que recorría los tugurios de Buenos Aires con la camisa llena de vómito perorando sobre el honor, la patria...

—Esa patria suya lo justificaba todo, y todo lo destruyó: los muertos, los monumentos, la memoria... Él se inventaba ese lugar, ¿sabe? «La Patria.» No quería ver que a la patria le faltaba lo fundamental, lo imprescindible: el amor. Amor por los hombres, por la tierra desnuda y virgen.

Todo aquello acabó con él, lo destruyó. Ahora, su padre no era más que un manto de miseria, un viejo asustado que empezaba a olvidar lo cotidiano. A cada hora se levantaba para ir al baño, los riñones ya no le funcionaban y, a veces, se orinaba encima y se tapaba con las manos el pantalón para disimular. Un viejo al que los demás rehuían cuando empezaba a recordar, y que seguía hablando y hablando sin darse cuenta —o sin querer dársela— de que se había quedado solo en un cerco de sillas vacías.

Mauricio pensó en su propia idea de Oliverio. ¿Qué había del sufrimiento que había causado? ¿De las vidas destrozadas? ¿Qué pasaba con los viejos que no podían permitirse el olvido y que también se meaban por las noches pero por causas muy distintas, por las pesadillas? ¿Qué había de los desaparecidos? ¿Qué podían hacer todas esas personas con el miedo, el asco, el horror y el rencor acumulados? ¿Debían compadecerse de él solo porque era un viejo acabado?

—¿Alguna vez le habló su padre de un hombre

llamado Horacio? Tengo entendido que fueron compañeros de armas.

Laura ni siquiera tuvo que hacer un esfuerzo para buscar ese nombre entre los recuerdos.

—Fue hace unos cinco años. Mi padre me pidió que lo llevase al hospital del Mar a visitar a un viejo camarada de armas que acababan de operar de un cáncer de garganta. Nunca antes me había hablado de ese hombre, y mucho menos de que viviera en Barcelona. No escuché lo que se dijeron, pero me di cuenta de que fue un encuentro difícil para ambos. Los dejé solos casi una hora. Al salir del hospital, mi padre quiso dar un paseo cerca del mar. Era invierno y la playa de la Barceloneta estaba desierta. Apenas unos jóvenes haciendo gimnasia y algunos paseantes con sus perros. Mi padre estaba triste, no como un hombre derrotado por la fuerza de sentimientos trágicos; no era esa clase de tristeza. Fue entonces cuando me habló de algo que pasó en aquellos meses del ochenta y dos.

»Aquel camarada suyo que convalecía en el hospital se llamaba Horacio Orellana, y fue infante de la Marina a las órdenes de mi padre. Durante la guerra en las Malvinas, fue el custodio de un oficial británico que habían apresado en los primeros días del conflicto. Horacio hablaba fluido el inglés y sentía aprecio por aquella gente. Era aficionado del Manchester United y le gustaban los Beatles, la Guinness y los uniformes de la Guardia Real. El oficial británico que debía vigilar era un muchacho pelirrojo que no paraba de temblar de frío y de miedo. Seguro que ni siquiera debía de saber dónde quedaban exactamente las Malvinas, esos islotes que llamaban Falkland. Bueno, pues allí estaba dos semanas después de zarpar, con su buque hundido y sus compañeros abrasados, ahogados o mutilados. Un horror que ardía en sus ojos mientras el tal Horacio Orellana lo custodiaba en un hangar levantado a modo de prisión hasta que llegasen los de Información Naval, que debían interrogarlo; y esos tipos de Buenos Aires se pasaban la Convención de Ginebra por el forro. Iban a torturarlo hasta sacarle lo último que le quedase de alma.

»Y vaya que lo hicieron. Los gritos del oficial se oían en todo el campamento. Horacio tenía que taparse los oídos para no escuchar al oficial llamar a su madre, allá donde estuviera, en un desapacible lugar de Gales. La última noche, el joven apenas respiraba. Cuando Horacio entró a llevarle el rancho, el oficial estaba masacrado. Escupiendo dientes, le suplicó que no permitiera que se lo llevasen. Dijo que no podría resistirlo más, y que iba a traicionar a sus compañeros, por más que, posiblemente, la información que le arrancasen no serviría para cambiar nada...

»A la mañana siguiente, cuando vinieron a buscarlo los de la policía naval, el oficial estaba muerto. Se había ahogado. Oficialmente lo hizo arrancándose la lengua a mordiscos y tragándosela. Al infante de Marina Horacio Orellana le hicieron consejo de guerra por negligencia en la custodia. El único oficial que salió en su defensa fue mi padre. Consiguió que no lo fusilaran.

Mauricio movió las manos, como si tratara de

encajar el puzle. Desde luego, el Horacio del que hablaba Laura era el mismo con una válvula en el cuello que él había conocido en la asociación de Amigos de la Memoria. En los anaqueles de la Armada había descubierto que él y Oliverio fueron camaradas. Además, desde el primer momento, el infante de Marina Horacio se negó a atender a Mauricio, como si de alguna manera pretendiera proteger a Oliverio. ¿Acaso no conocía su pasado en los Grupos de Tarea? Tenía que saberlo, y eso entraba en contradicción con su labor en la asociación. Mauricio tuvo la sensación de que aquel hombre odiaba y respetaba a partes iguales a Oliverio. La clave de esa contradicción acababa de dársela Laura. Oliverio salvó a Horacio Orellana de una muerte sumarísima.

—¿Cómo podía estar seguro su padre de que el tal Horacio no fue responsable en la muerte del oficial inglés?

—Yo no he dicho eso. En realidad, aquel oficial no se suicidó. Nadie puede someterse a una muerte como esa, excepto en una película. Todo fue más prosaico. Mi padre era el oficial al mando, escuchó la petición del oficial, lo oyó gemir toda la noche y, poco antes del amanecer, ordenó a Horacio que pusiera fin a su sufrimiento. Mientras Horacio ahogaba al muchacho con una guerrera, mi padre estuvo presente.

La puerta del bar se abrió y volvió a cerrarse. El refresco de Mauricio se había recalentado.

—¿Es cierta esa historia que le contaste a tu hija?, ¿la del suicidio asistido?

Oliverio observaba la máquina tragaperras y al chino de camiseta sudada que la estaba desvalijando. Asintió con desagrado.

—¿Un acto de compasión o de indiferente crueldad?

El Comandante le lanzó una mirada cargada de sorna.

—¿Y qué diferencia hay? Sabíamos que estaba demasiado quebrado para intentar una fuga. ¿Adónde íbamos a llevarlo? ¿Cómo hacer que alcanzase sus líneas?

Eso no contestaba la pregunta.

—¿Por qué, Oliverio? ¿Por qué dañar a un hombre tanto y luego ayudarlo a escapar del sufrimiento?

Oliverio negó con la cabeza. Inspiró con fuerza y se levantó.

—Tú estabas en una celda. Yo estaba haciendo la guerra. Y la lógica no tiene cabida en esa situación. Podría haber sido yo quien lo torturase si me lo hubieran ordenado. Pero ni siquiera el enemigo merece la crueldad de morir suplicando.

Mauricio se puso el sombrero y recogió la bolsa de viaje. En la mesa continuaba el libro de poemas de Juan Gelman.

—Para eso, para ser torturados, para suplicar y no ser escuchados, ya están los viejos amigos, ¿verdad?

—Era otra clase de guerra, mucho más peligrosa y dañina. No podíamos dejar que los hermanos y los amigos nos chantajearan para no hacer lo que debía hacerse. No lo entiendes, Mauricio. La clemencia solo puede mostrarse con aquel del que nada temes.

—¿Sabes una cosa? Hace cuatro o cinco años

reuní el valor para volver a la Escuela de la Mecánica. Mientras me acercaba a la cancela contaba los pasos, temiendo que las piernas se quedaran soldadas al suelo. Pero no lo hicieron, me llevaron hasta la puerta.

Oliverio lo miró con frialdad.

—¿Y qué, con eso?

—Ha cambiado todo, se ha «civilizado» por culpa de las visitas guiadas, los paneles conmemorativos, las columnas de la entrada remozadas y limpias de pasado. Una joven oficial nos hizo un recorrido por los «tubos», nos mostró las salas de torturas y la «leonera» donde nos metían al llegar, todos juntos. Cada pocos metros han colocado un atril explicativo y cordeles que separan al público de las paredes. Esos cordeles son un símbolo, una frontera insalvable entre ellos, los que miran, y nosotros, los que estuvimos.

Oliverio acarició el perfil de su sombrero fedora. Chasqueó los labios.

—Hay cosas que no pueden explicarse, y cuando se explican se convierten en literatura.

Mauricio asintió, lentamente, mirando al suelo.

—Las fotografías del almirante Massera, del capitán Acosta... reducen lo que hicieron esos hombres a pasado. Un pasado que cuanto más se aleja del presente más cuento parece. Creo que por eso me fui de Buenos Aires... Ya nadie se aterroriza con aquellos coches verdes sin matrícula que circulaban lentamente con cuatro sombras dentro, nadie se exclama cuando aquella oficialita guapa y seria muestra a los visitantes la galería de desaparecidos y asesinados célebres a manos del Grupo de Tareas: Rodolfo Walsh; Azucena Villaflor; Léonie Duquet, la monja francesa; el embajador Hidalgo Solá; la diplomática Holmberg... Para qué seguir.

—No sé adónde quieres ir a parar.

—Al salir de aquella visita a la ESMA era ya oscuro. Un hombre esperaba en el paso de peatones, atento a cada parpadeo del semáforo. Me pregunté qué esperaba. No había coches cruzando la avenida. Pero él esperaba, como si se concediese una prórroga. Me fijé mejor en él, y creí haberlo visto antes entre los visitantes. Era un hombre joven, demasiado para haber vivido en primera persona aquello. Pero, a pesar de su juventud, me dio la impresión de que estaba hecho de una pasta antigua, no sé si por la forma de vestir o de amasar el tiempo. Miraba el semáforo, como te digo, esperando que cambiara a fase de verde, y lo extraño fue que no sabía si anhelaba o temía ese momento. Vi en su expresión algo que le decía que todavía no era tarde para cambiar las cosas y algo que le decía todo lo contrario. Que ya no hay nada que se pueda hacer. No sé quién era ni lo que dejó atrás o en el porvenir. Tal vez el hijo de un torturado, de un desaparecido. O quizá el hijo de un carcelero, de un torturador. Lo único que sé es que hay venenos que te destruyen muy lentamente, desesperaciones de las que es imposible huir.

Oliverio se acordó de las noches escondido —antes de huir a Uruguay, primero, y luego a París, Londres, Madrid y Barcelona—, cuando empezaron los juicios, las llamadas de madrugada, las piedras contra las ventanas, las amenazas a su hija pequeña en la escuela, la muerte de su esposa por culpa de un infarto cuando la rodearon en un callejón varios estudiantes. Reaparecieron las pensiones baratas, los sumideros atascados de mierda, las ratas anidando tras los falsos tabiques; el odio y el miedo, nunca el remordimiento. Lo invadió de nuevo el amargo rencor de no ver reconocido lo que dieron, consumido por la hipocresía de los que miraron para otra parte cuando era necesario hacer lo que ellos no tenían escrúpulos ni cojones para hacer. Los mismos que luego los acusaban desde las tribunas.

—Deberías olvidarte de mí, Mauricio. ¿No lo comprendes? Lo que buscas ya no está aquí.

—Hay días en los que pienso que tienes razón. Podría quedarme en este lugar, en este tiempo, en este ahora, fundirme con él y apagarme despacio. Cuidar de mi último nieto hasta que los días se acaben para mí. Veo a tu hija, a Laura, tras el escaparate con flores de colores, las buganvillas, los útiles de jardinería, el expositor de semillas, y casi me convenzo de que ella merece seguir siendo feliz creyendo que su padre es un anciano indefenso que de alguna manera extraña tuvo su momento heroico.

—No necesito que me perdones si es lo que quieres decirme.

—¿Perdonar? No es tan sencillo. Miro el retrato de la Pecosa y entonces vuelvo a aquel sótano con los techos bajos y las paredes revestidas de cemento. Vuelvo a ver las ventanas alineadas a media altura, por debajo del nivel del suelo, y el Falcon aparcado cerca de la verja. Entonces me pregunto qué derecho tienes a esta calma, por qué tú puedes gozar de tus últimos años en una paz que a mí se me niega. Te escondes tras una muralla que revela de una forma insoportable su fragilidad de adobe, Oliverio. Todo está a punto de venirse abajo. Bastaría una palabra para que se desmoronaran todas las mentiras.

—No me amenaces, Mauricio. Todavía tengo amigos, buenos patriotas, gente con memoria. Podría hacer que te pegaran dos tiros.

Mauricio se encogió de hombros, sonriendo con tristeza.

—Ya no funciona esa estratagema de doblar las voluntades con el terror. No, esa afirmación no es suficiente. Te miro y es como ver un árbol que está enfermo, que no responde a los tratamientos. Año tras año sus frutos se pudren o no nacen, hasta que se hace evidente que el verdadero problema está en las raíces. Han crecido en una tierra muerta. Cenizas de verdades que ardieron para convertirse en un manto de embustes. Cuando eso sucede, el árbol no tiene salvación. Solo queda arrancarlo y plantar uno nuevo.

Mauricio cogió el libro de Juan Gelman y acarició la cubierta.

—Ella me escribía en los bordes de estas páginas. Su letra está ahí, entre los versos. Léelos otra vez, Oliverio. En parte, las palabras de la Pecosa también están dirigidas a ti. Tienes que entender; no basta con la ira, ni con el arrepentimiento. Tienes que decirme lo que hiciste con ella, Oliverio. Es mi esposa. Era tu amiga.

Oliverio cogió el libro. Lo sopesó, alzó la cabeza pero esquivó la mirada de Mauricio.

—No hay nada que decir. No sé lo que ocurrió con ella.

Mauricio tensó las mandíbulas y el ramillete de cicatrices se encarnó.

—¿Por qué no te creo?

Dos semanas después del encuentro entre Mauricio y Oliverio, Laura entró en la habitación de su padre.

—Dónde te has metido, viejo —murmuró.

La noche anterior habían hablado de la muerte. En realidad, fue su padre quien sacó el asunto de una manera bastante atropellada. No tenían ese tipo de conversaciones profundas o serias. Todo era hablar de la intendencia, de los médicos, de los recibos por pagar, de la lavadora estropeada o de los vecinos que no paraban de hacer ruido y que no le dejaban dormir la siesta. Fue extraño oírle decir que a partir de cierto momento la muerte empieza a ser un cálculo lógico y que es mejor irse haciendo a la idea. Lo dijo sin dramatismo, casi sin atreverse a mirarla, pero con una convicción definitiva. Laura se asustó y lo sometió a un duro interrogatorio: ¿se encontraba mal? ¿Había recibido alguna carta del hospital? ¿Dormía bien? ¿Había encontrado algo extraño en las heces? Rebuscó los cajones en busca de medicamentos o de alguna prueba que sustentara sus sospechas, por más que su padre trató de tranquilizarla asegurando que simplemente hacía una reflexión en voz alta. Después de eso se quedó silencioso y cabizbajo.

A Laura no le gustaban esa clase de reflexiones.

Su padre no podía morirse. Nunca. Así de sencillo. Sin embargo, al contemplar la habitación vacía, igual que siempre pero llena de su ausencia, sintió un estremecimiento.

Laura se sentó en el costado de la cama y observó con cariño las lentes manchadas con huellas. Limpiarlas fue como estar acariciando los ojos de su padre. Él se negaba a utilizarlas en público, como se negaba obstinadamente a utilizar el audífono que le había regalado. «Son cosas de viejo», protestaba, como si la vejez fuese algo que les pasaba a los demás. Laura dobló las patillas metálicas y las colocó al lado del folio escrito. No sabía que a su padre le había dado por escribir poesía. No. Se dio cuenta de que no era un poema suyo; había escrito a pie de página el título y el autor: *Carta abierta*, de Juan Gelman.

> Afligido de vos / todo un pueblo anda pidiendo verte / entendimiento que pierde sangre como vos / de vos / voluntad que no mira tu mirada / memoria que amarísima de muere amarillea al pie de tu otoñar / memoria que morís con cada viva recordación / dulce que fue tu mano apoyadita contra madrugadas que te oyeron crecer / niñando al mundo que desfieraba el duro acontecer por echarse a tus pies / suave de perro

Imposible penetrar en la verdadera intención de su padre al copiarlos. Bajo las páginas manuscritas encontró una vieja fotografía que no había visto nunca. Le llamó la atención porque su padre no era amante de los recuerdos. Apenas había retratos en la casa ni un álbum que enseñar en las noches de Navidad, salvo la fotografía adusta de su madre en un marco de plata, junto a la cabecera de la cama. Examinó con detenimiento la pequeña fotografía cuarteada, a punto de romperse: tres jóvenes a mediados de los cincuenta. Los dos hombres con trajes modestos, quizá de alpaca; en medio de ambos una joven con un vestido ceñido a la cintura, por debajo de la rodilla, con zapato de medio tacón. Destacaban los ojos de ella, perfilados en negro, y las cejas bien definidas y el rostro muy pecoso. Los labios pintados besaban a quien quiera que tomase la fotografía. Besaban a Laura desde el pasado. Uno de los hombres era su padre, no tenía duda alguna. Era más alto y elegante que el otro, con cera en el cabello peinado hacia atrás y un bigotito seductor y muy bien recortado, la mirada un poco maliciosa, juguetona. A la mano que posaba en el hombro de la chica le faltaban dedos. Al otro muchacho —porque eso eran todos, apenas unos veinteañeros— no lo conocía, pero había algo reconocible en los ojos hundidos, en la manera de mirar con gravedad y de torcer la boca anticipando tal vez un dolor venidero.

Laura se sintió desconcertada, como puede estarlo quien entra en los secretos de alguien sin ser invitado. Quería a su padre y sabía que él la quería, pero no necesitaban demostrarlo todo el tiempo. Él era más arisco, se le había quedado la rigidez de la vida castrense, las acciones casi marciales en lo cotidiano, la disciplina, la incapacidad de soportar que le llevasen la contraria. No siempre era fácil entenderlo ni él esperaba que ella lo hiciera. Hasta que se hizo mujer tuvo que obedecerlo en todo. Cada paso hacia la autonomía fue logrado tras batallas feroces que durante algunos años dejaron importantes heridas entre ambos. Pero, a regañadientes, su padre había terminado por aceptar lo inevitable: que los hijos crecen y que los niños se hacen adultos. Ya no se atrevía a preguntarle por sus novios, ni censuraba su vida. Entraba en la intimidad de su hija con tiento, pidiendo permiso. Si Laura no quería hablar de ciertas cosas, su padre fingía ignorancia. Debía de ser duro para él.

En el bar donde solía pasar las tardes tampoco lo habían visto desde el día de antes, miércoles. El camarero, un murciano que conocía incluso lo que los clientes no quieren contar, le dijo a Laura que últimamente andaba ausente, que bebía más que de costumbre, y eso era bastante. El día de antes había liquidado la cuenta, como si no pensara en volver.

—No es cosa mía, pero creo que su estado de ánimo empezó a cambiar cuando apareció ese amigo suyo a finales de julio.

—No sé quién puede ser. —Laura no le conocía ningún amigo a su padre.

El camarero se encogió de hombros.

—No es cosa mía —repitió—, pero ese hombre y tu padre parecían conocerse desde hacía mucho. Más o menos tendría la misma edad, y también usaba sombrero. Creo que eran paisanos. Se encontraban en esa mesa una o dos veces al mes. Tu padre parecía esperarlo con ansiedad y si, por alguna razón, el otro se retrasaba o no se presentaba, se deprimía bastante. Ayer se bebieron una botella entera de Glenlivet. Pero, a diferencia de otras veces, no tuve la sensación de que estuvieran tensos. Ayer sí parecían camaradas de verdad... Pero ya te digo que eso no es cosa mía.

Una sospecha honda y amarga empezó a zumbar en los oídos de Laura. Le pidió al camarero que describiera al amigo de su padre. Robusto, con un sobretodo viejo, barba mal cortada y unas extrañas cicatrices que se le agarraban a los labios como dedos crispados de náufragos.

¡Era él! El anciano que había pasado por la floristería, el mismo que había dicho estar escribiendo un libro acerca de las Malvinas y que tanto parecía conocer —y ocultar— sobre él.

Un instinto de gravedad, de peligro, la hizo acudir a la comisaría más cercana.

13

La Coruña, viernes, 20 de agosto de 2010
03.30 h

En el televisor que el vigilante de seguridad tiene en la garita dan una película de Clint Eastwood. Algo de una chica que quiere ser boxeadora y ganar un millón de dólares. El inspector Ibarra enciende un cigarrillo en el momento en que la chica, paralítica, decide suicidarse ahogándose con su propia lengua.

—Es buenísima —dice excitado el vigilante, como si fuese un crítico experto. Ibarra entorna los párpados.

Poca gente sabe que el hombrecillo estudió arte dramático. Le gustaban las cámaras y se quejaba amargamente de no haber tenido sitio en el mundo de la interpretación. Nada importante, claro que no; pero habría sido un buen secundario. Creía tener ciertas dotes artísticas como para aparecer entre una multitud que increpa al César o como un judío en el gueto de Varsovia que lanza una granada contra una columna de soldados alemanes.

Ibarra nunca ha entendido en qué consistía esa

particularidad que permite a ciertas personas vivir muchas vidas a través de múltiples personajes. Tal vez en la forma de mirar a la cámara, o en su capacidad para desenvolverse en un plató como si la invención de cables y *atrezzo* no estuviera allí. En cualquier caso, quizá si el hombrecillo hubiese tenido realmente ese don innato, las cosas habrían sido de otra manera. Si hubiese terminado haciendo anuncios de pasta o de detergente, o actuando en una obra de Tennessee Williams o en una película de Almodóvar, el inspector jamás habría conocido a Eva Malher y Amanda estaría viva.

Pero no todo el mundo puede fingir que se arranca a mordiscos la lengua para ahogarse con ella. La humanidad perdió a un actor mediocre pero ganó a un monstruo con múltiples recursos escénicos. No era ningún cínico, simplemente miraba al mundo y comprendía las extrañas reglas que ahora lo rigen. Ibarra recuerda esas lágrimas corriendo por sus mejillas cuando encontró el cadáver de Amanda en el páramo. Está convencido de que fueron absolutamente ciertas. Cuando se supo todo, a nadie le interesó por qué lo hizo, ni quisieron saber del mimo con el que estudió y preparó la escenografía de su crimen durante semanas, meses, de seguimiento, de dudas, de esperanza, de desvelo. Nadie se interesó en desvelar por qué Amanda y no otra, cuál era el patrón.

No. No existió un público que lo escuchase desconcertado cuando les hablase del amor, de la pasión por esa niña, del dolor y el sufrimiento que querría no haberle causado pero que, a la vez, deseaba causarle.

El hombrecillo quería a esa niña. La totalidad del amor, la admiración absoluta por esa muchacha no tenía ni un resquicio de maldad. Pero estaba podrido desde la raíz. No podía alcanzarla de otro modo que destruyéndola. Amanda ya no era una niña para los juegos, no del todo. Comenzaba a descubrir el deleite que se experimenta cuando alguien te admira. Y la admiración del hombrecillo era absoluta. No quería que esa devoción se alterase. Quería convertirla en un mito, hacer poesía con ella. Los dos sentados en un paisaje sin lluvia. El hombrecillo quería experimentar para sí solo esa euforia de poseer algo que nadie más ha tenido ni tendrá jamás. Los brazos de Amanda tendidos enérgicamente hacia él, sus manos como garras asaltándole la cara, sus rodillas luchando contra la pelvis. La naturaleza sucumbiendo a la naturaleza. Escuchar sus gritos, el nombre de una madre, cuando nadie más puede oírlo.

Ibarra lo comprende en su dimensión absoluta. Eso mismo es lo que sintió cuando era un niño bajo el peso corpulento de un loco que lo violó. El infierno aplaude por un demonio que nace y el cielo llora por un ángel que muere. Pero no existe tal cosa. Solo el poder incontrolable, la desmesura violenta de un instante en el que lo quieres todo y lo tomas todo.

Nadie, ni siquiera Carmela, alcanza a intuir el drama de esa destrucción absoluta, ni la total identificación de Germinal Ibarra con aquella chiquilla. El vacío infinito cuando el impulso de quien lo agredió lo abandonó, con los pantalones manchados, las piernas de saltamontes quebradas y el sol inmisericorde sobre la espalda. Nadie podría comprender la sensación que experimentó contemplando las moscas libando, con esos cientos de ojos ciegos, dispuestas a pegarse al sudor, a beber del hombrecillo, exhausto, y seguir zumbando sobre Amanda, muerta.

Ibarra recuerda que volvió a casa despacio aquella mañana. El conductor del autobús iba sin prisa, sin conciencia de que aquel chiquillo con los ojos pegados al paisaje sangraba por las nalgas. También el hombrecillo debió de volver a Málaga tranquilo, con las ventanillas de su auto bajadas, y el aire salado del mar, por fin, acercándose. Debió de sentir rejuvenecer en el corazón la esperanza de que aquella vez fuera la última. Ibarra lo ve entrar en la ducha mientras los ruidos del edificio se cuelan entre el chorro de agua. Enjabonarse y sentir que nace de nuevo. El sueño plácido de la noche en una cama grande, suficiente para imaginar que la luna lo quiere.

La película de Clint Eastwood acaba en funeral. El vigilante reprime las lágrimas de emoción mientras Ibarra aplasta el último cigarrillo en el cenicero. El sonido del fax escupe la confirmación que el inspector ha pedido a su comisaría. Coge la hoja con el retrato robot del asesino de Barcelona, el tipo que ha tiroteado en la calle a alguien capaz de llevar en el bolsillo un librito de poemas de Juan Gelman. Coteja la imagen con la impresión que el vigilante ha capturado en la cámara de seguridad. No hay resquicio para la duda. El tipo del sombrero que ha dejado a Eva en el hospital es el mismo que ha asesinado a ese hombre en Barcelona.

Al menos, la vida real le recuerda que todavía sirve para algo.

—Aquí tiene sus pastillas, señora —dice la enfermera.

Eva sonríe con tristeza en la cama, con el rostro vuelto hacia la ventana. Recuerda con qué facilidad se encarnan los pómulos altos y bien rasurados de Otto. Muy pronto, Otto vendrá a buscarla. Llamará a la puerta. Cerrará tras de sí acompañando el pomo y vendrá a sentarse a su lado en la cama. Estará guapo con el traje de verano de color hueso y su bronceado rostro de turista, como recién salido de una novela de Fitzgerald. Olerá a fragancia de manzana, un olor agradable que se extiende del cuello a las manos. Otto se inclinará a besarle el hombro mientras dos dedos se posarán en la elevación de su cadera. Instintivamente, Eva se echará hacia atrás y él, ofendido, carraspeará y se pondrá en pie. Lo primero que hará es asegurarse de que no va a montar ninguna escenita a su regreso. Como buen alemán, le cuesta acostumbrarse a la franqueza, a menudo brutal, de Eva. No entiende esa necesidad mediterránea de poner en blanco sobre negro lo que resulta obvio. También le aterra que la gente pueda pensar que su esposa es una loca depresiva. ¿Cómo pudo enamorarse Eva de alguien así? En realidad, la pregunta es mucho más turbadora:

—¿Cómo pudiste enamorarte de alguien como yo? —murmura en la oscuridad.

La muerte de Amanda solo había acentuado la necesidad de Eva de huir adelante.

Ambos habían empezado a tener amantes hacía tiempo. Que Eva sepa, desde que se casaron Otto ha tenido cuatro. Una de ellas, una tal Jane, de origen neozelandés, había sido su verdadero amor. La siguieron una sucesión de nombres y fisonomías que solo buscaban reproducir a esa chica que Eva nunca llegó a conocer. Otto se cansaba de las mujeres como lo hacía de los coches o de los caballos. Necesitaba saltar de una a otra como si ellas fueran piedras para cruzar un río negro y turbulento. Que su esposa quisiera entregarse a una tristeza implacable le parecía algo que necesitaba tratarse con la química y, en el último de los casos, con el ostracismo. Eva leía en su rostro que no le hubiese importado en absoluto enviarla a una clínica mental en Suiza o en cualquier otra parte donde no pudiese ser fuente de más habladurías.

Ya solo les queda el divorcio y tal vez salvar una cierta ternura y la camaradería de dos buenos amigos que, pese a ser tan diferentes, se profesan un sincero afecto. Pero tanto para Otto como para el padre de ella, esa solución es del todo impensable. Hay cosas que no se pueden medir desde el prisma subjetivo de las emociones. Su esposo es ya demasiado importante en la mecánica implacable de las empresas Malher.

¿Y ella? ¿Qué poder de decisión tiene ella? Tomarse las pastillas que la enfermera le ha tendido hace un momento. Eva las engulle una por una, acompañándolas de un trago de agua bajo la atenta mirada de la enfermera, que asiente con la cabeza, como si ella fuera una niña buena y obediente. Cómo ha llegado Eva a este grado de postración, de indolencia respecto a su propia suerte, es algo incomprensible. Pero ha sucedido. Otto sabe que se acuesta con otros hombres y no dice nada. Ella sabe que se acuesta con otras y calla. A esto han llegado. A la indiferencia.

Recuerda la última vez que se vieron, hacia mediados de abril. Todavía no existía Daniel, ni Punta Caliente. El padre de Eva daba una fiesta en la finca, y Otto vino a verla. Para entonces, ya no compartían dormitorio:

—Me gustaría que te pusieras el vestido de color crema oscura. Te queda muy bien.

—El vestido de color crema oscura —repite mecánicamente.

Con una maldad minúscula, el capricho de alguien que ya no sabe cómo rebelarse, Eva se presentó en la fiesta con una camisa malva de cuello ancho y unos pantalones de vaporosa seda a juego con unas bonitas sandalias tejidas a mano en la India. Sin maquillaje, con el pelo peinado hacia atrás, adornaba sus lóbulos con unos sencillos pendientes de perlas y el cuello con un colgante plateado con cordón de cuero. El impacto fue inmediato. Al aparecer en la escalera la intensidad de los murmullos descendió perceptiblemente y todas las miradas se volvieron hacia ella. Acostumbrada desde niña a ser el centro de atención, el escrutinio de los demás no la abrumaba. Sin embargo, esta vez era distinto. En las miradas observantes de aquellas personas había una intensidad incómoda, juzgadora.

Era la primera vez desde el entierro de Amanda

que aparecía públicamente. Se suponía que debía mostrarse dispuesta a ser aceptada de nuevo en el círculo de las viejas y rancias amistades familiares. Los demás estaban dispuestos a pasar por alto sus desvaríos y escándalos —así los llamaban entre susurros—, a pasar por alto sus desmanes con ligereza de espíritu con tal de que ella diera una muestra, sencilla pero evidente, de claudicación. Pero Eva paseó sobre aquellos rostros expectantes una mirada de desafío. Esperaban a una mujer apocada, una especie de dama que regresa transformada tras un largo retiro en un convento, una bestia domada al fin, y se encontraron por el contrario a una mujer cansada, sí, enflaquecida y algo titubeante a causa de la medicación, quizá sin el poderoso brillo que antaño irradiaba su personalidad, pero, ni mucho menos, dispuesta a flagelarse en público.

—Estás guapísima.

—Gracias, papá. —Eva buscó de reojo a Otto y topó con su mirada decepcionada. Aquel ridículo vestido crema oscura no volvería a verlo nunca posado sobre su piel y eso cabía interpretarlo como una declaración de intenciones.

El patriarca no sabe cómo afrontar la existencia de su hija. Esteban Malher es el maestro del subterfugio pero le desconcierta la actitud de Eva. Tal vez por esa razón organizó aquella fiesta.

Eva iba de un grupo al siguiente como si se deslizara por una pista de esquí con los ojos cerrados. A ratos podía resultar divertido, incluso estimulante. Estaba en el centro de todo y al mismo tiempo se sabía fuera de aquella pantomima. Vigilada alternativamente por su padre o por Otto, apenas necesitaba expresar opiniones; bastaba una sonrisa, un parpadeo, un leve movimiento de su cuello o una oscilación de su hermoso cuerpo para que todo volviera a su sitio. Pero por dentro Eva caía al vacío, tendía las manos e imploraba que alguien la salvase. Nadie escuchaba su desesperado grito, oculto bajo su preciosa y precisa sonrisa.

La fiesta se desplazó a la terraza. Alrededor de la piscina, cubierta de flores y velas flotantes, se habían dispuesto dos docenas de mesas con sus sillas, todo pulcramente cubierto con telas azules. Los jardineros habían traído todo tipo de flores, jarrones y cestos aromáticos: rosas blancas, azaleas, jazmines, calas, creaban una impresión de placidez a juego con la orquesta que tocaba bajo una pequeña carpa, de espaldas al mar. Eran tres, dos violinistas y un chelo. Interpretaban a Bach, aunque nadie les prestaba atención.

Pronto, todos se convencieron de que, por fin, Eva Malher había vuelto. Incluso ella, empujada por una euforia contenida y artificiosa, se sintió segura de sí misma.

Hasta que vio a Ibarra apoyado en la baranda. El recién ascendido inspector escuchaba ensimismado el trío de cuerda que amenizaba la velada. En aquel momento tocaban la Suite número 3, un movimiento etéreo de una gran intensidad que él acompañaba con un leve movimiento de la cabeza. La gente pasaba cerca, lo rozaba o se detenía ocultándolo a la vista, pero era como si fuese invisible. Eva intentó sortear a los invitados que se interponían entre ambos.

Hubo un instante en que sus miradas se encontraron. Ibarra se apartó de la baranda y salió por el lateral de la terraza, dirigiéndose hacia los escalones en piedra viva que bajaban hasta el embarcadero y la cala. No se dio la vuelta ni una vez, pero se alejó sin prisa para asegurarse de que Eva Malher lo seguía. Cuando Eva lo alcanzó, Ibarra ya había llegado a la orilla y observaba cómo la suave marea acariciaba sus pies desnudos hundidos hasta los tobillos en el agua. El sol, rojizo ya, un mero fulgor, dibujaba una capa de fuego sobre su silueta. Arriba la fiesta y la orquesta no eran más que un murmullo.

—No esperaba verte aquí.

Ibarra la contempló de medio lado.

—Recibí la invitación, pero no decidí aceptarla hasta última hora. Pensé que debía venir a despedirme.

—¿A despedirte?

—Han aceptado mi solicitud de traslado. Necesito alejarme de todo lo que ha pasado. Mi esposa y mi hijo no llevan bien la fama. Vuelvo a casa, a La Coruña.

Eva avanzó hasta quedarse a su lado. Sus pies, ahora descalzos, también entraron en el agua, de modo que ambos quedaron encadenados por aquel reflujo continuo.

—¿Y crees que allí podrás empezar de nuevo?

—¿Cómo se cuela el aire en las ventanas cerradas, Eva? —respondió Ibarra, sin mirarla todavía.

Eva se quedó muy quieta, luego alzó lentamente la cabeza concentrándose en el ocaso. El color de los ojos se deshacía en multitud de reflejos.

—Me dicen que hay que olvidar, como si se pudiera coger los sentimientos, estrujarlos y arrojarlos al mar. Eso es lo que pretende escenificar esta fiesta. Me perdonan, me abren los brazos y me acogen. A cambio, esperan que me divierta, que vuelva a ser la niña grande y caprichosa que era. Pero ¿qué hay de nosotros? ¿Quién nos acoge a «nosotros»? —Al pronunciar la primera persona del plural, Eva incluía a Ibarra. El inspector le acarició la mano. Después de la muerte de Amanda, nada sería igual para ellos. Estaban solos. Y lejos el uno del otro, esa soledad se haría definitiva. El inspector alzó la cabeza hacia la terraza. Por las escaleras bajaba Otto con evidente gesto de preocupación.

—Tu príncipe viene a rescatarte.

Eva esbozó una sonrisa rabiosa. Pero al segundo, sus labios recuperaron un horizonte plano, de estatua.

Ibarra la besó suavemente en la mejilla.

—Intenta vivir, Eva. Encuentra la manera de hacerlo.

La voz de Otto llamando a Eva cada vez estaba más cerca. Ella decidió ir a su encuentro; lo último que quería era que la viera a solas con Ibarra.

—¿Ocurre algo? Tu padre te está buscando.

Incómoda, Eva se apartó el flequillo de la frente. La mano le temblaba.

—No ocurre nada, necesitaba un minuto de tranquilidad.

Otto buscó con la mirada por encima de ella en dirección a la orilla.

—Ese que se aleja ¿no es el inspector Ibarra?

Eva se volvió. La espalda de Ibarra se iba convirtiendo en un punto diminuto, aunque sus huellas seguían en la arena húmeda, alejándose hacia las rocas.

Por la megafonía de la sala de espera se lanza una tanda de avisos y se genera una ola espontánea de movimiento. Los que siguen esperando se quejan, no de manera estentórea sino casi por obligación. Lentamente regresa la pasividad adormecida. Ibarra busca unas monedas en el bolsillo y va a la máquina de café. Contempla hipnotizado el goteo negro dentro del vaso de plástico. Se masajea el cuello agarrotado. Le apetece salir a fumar, pero no le quedan cigarrillos. El café está muy caliente. Lo siente en la yema de los dedos. Vuelve a sentarse, le da un sorbo al café a riesgo de quemarse la lengua, y estudia las diligencias con la fotografía en blanco y negro que le han enviado por fax desde Barcelona.

Según los investigadores, la víctima tiroteada se llamaba Oliverio Pellegrini. Setenta y siete años, nacido en Lihuel Calel, en la Pampa argentina. De no haber sido asesinado habría cumplido los setenta y ocho dentro de tres días. Según el informe no tenía antecedentes penales. Un jubilado tranquilo. Pero a ningún jubilado que se dedique a dar de comer a las palomas le descerrajan dos tiros en la nuca a plena luz del día y en medio de una calle céntrica de la Ciudad Condal. Ibarra piensa en la imagen de las noticias que han ido repitiendo machaconamente durante todo el día y parte de la noche en televisión.

—¿A quién has jodido para que te haga algo sí, Oliverio?

Según consta en el atestado, Oliverio tiene una hija. Ha sido ella la que ha dado el aviso a la policía de la desaparición. Laura utilizó su propia llave para entrar en el piso de su padre después de llamar varias veces a la puerta sin recibir respuesta. Las persianas estaban bajadas y la ventana del dormitorio, la única que daba al exterior, entornada. La cama estaba hecha de cualquier manera, y había un par de pantalones en la silla y una página manuscrita junto a sus gafas sobre la mesilla de noche.

Ibarra consulta la hora en el reloj de pulsera. Resulta irónico que mientras Laura ponía la denuncia por la desaparición de su padre, la mayoría de los canales de televisión estuvieran ofreciendo la imagen de su ejecución en plena calle barcelonesa. Y que unas horas después, el sospechoso de haberle disparado dejara en la puerta de urgencias de un hospital de La Coruña a una mujer masacrada, que resultaba ser Eva Malher, la madre de Amanda, la niña asesinada por el hombrecillo que convirtió a Ibarra en un asesino y en un suicida potencial. Irónico, sí. Pero quién comprende las ironías de la vida y el perverso sentido del humor del universo.

«Es ya hora —se dice, mientras camina hacia la habitación de Eva— de darle sentido al caos.»

Eva observa con aire distraído a la enfermera mientras esta comprueba el goteo de la sonda y le toma la temperatura.

—¿Se encuentra mejor? —Es muy joven. Se llama Ana, según reza en la plaquita incrustada en su pecho exageradamente pesado. La enfermera termina su trabajo con diligencia y se dispone a salir de la habitación. Se vuelve un instante y la traiciona el brillo curioso de la mirada. «Ya lo saben —piensa Eva—. Ya saben quién soy.»

Vuelve a quedarse sola. En el silencio de la habitación puede escuchar los quejidos del cuerpo dolorido. A pesar de todo lo que ha ocurrido, de lo que aún va a suceder, siente que la unen a Daniel infinidad de pequeñas membranas invisibles, parte de una misma esencia que no necesita palabras, solo gestos y miradas. No necesitaban más para sentir una comunión difícil de explicar, aunque hubiera en Daniel grietas que ella fingía no ver. Ahora advierte en la inocencia de sus gestos, de sus actos, algo más calculado y previsible. Un ser puro y nocturno que gritaba algo desde dentro. Pero también alguien que se solidificaba en el barro cuando le tocaba el sol de la mañana. Debió sospechar lo que pasaría cuando Daniel la llevó al faro de Punta Caliente y Eva vio aquellos bustos sin ojos. Su propia cara, sin mirada, el rostro descarnado, sin matiz, sin determinación; una desolada naturaleza muerta, áspera y dura. Un resumen de sí misma desprovisto de adjetivos que disfrazasen o escondieran todas sus imperfecciones y torpezas. ¡Cuánto talento desperdiciado! Qué cosas tan maravillosas pueden hacerse con las manos. Y qué cosas tan terribles con la mente.

Nota la presencia de Ibarra en la puerta. El inspector tiene rostro fatigado, la corbata floja y trae un montón de papeles bajo el brazo. Su mirada es de reproche, dolida; se siente traicionado. Traicionado por ella. Se acerca a la cama y le tiende el dibujo con el rostro de Mauricio.

—Es hora de dejarse de medias verdades y medias mentiras, Eva.

Eva observa el retrato de Mauricio. Apenas lo reconoce sin la barba, con esas raíces cicatrizadas que parecen nacer de los labios y extenderse como la hiedra muerta.

—Tendrías que haberme hecho caso, Germinal. Avisar a mi padre, tomar el dinero y marcharte a casa con tu hijo y tu esposa. Pero eres un hombre decente, ¿verdad?

—No sé a qué te refieres. No soy un hombre decente, ni un policía portentoso, ni un hombre extraordinario, ni siquiera he sabido ser un buen padre o un buen esposo.

Ibarra ha pasado la vida disputando con ferocidad el derecho a vivir el presente sin los traumas de la niñez con la única esperanza de hacerse viejo sin miedo, sin culpa. Pero apareció Amanda, y su cuerpecito le trajo el recuerdo de otras violencias sufridas por él mismo, de la maldad mancillando lo bueno que había en él. Y reaparecieron el odio y la rabia y, con ellos, el irrefrenable deseo de matar al hombrecillo y, al hacerlo, acabar con todos los hombrecillos del mundo. Y, más tarde, su incapacidad para soportar lo que ha hecho, en lo que se ha convertido; la imposibilidad para volarse la tapa de los sesos.

—Quiero saber quién es este hombre, qué tienes que ver con él y qué ha pasado esta noche.

—Lo que ha pasado esta noche empezó hace tres años, cuando perdí a Amanda. O tal vez antes, cuando decidí casarme con el hombre equivocado... Puede que incluso en aquella granja de Bolivia, cuando vi las manos cercenadas del Che Guevara. Uno nunca sabe cuándo empiezan las cosas, hasta dónde se remonta la raíz que las sustenta. Ni siquiera puedo saber si esto será el epílogo o solo un punto y seguido.

—No tengo tiempo para divagaciones, Eva. Y tú tampoco lo tienes —le advierte Ibarra.

Eva observa una vez más el dibujo de Mauricio. Tiene cierto parecido con Daniel, en los ojos, sobre todo. Ojos de pozo, diamantes oscuros de superficie infranqueable.

Durante la hora siguiente, Eva Malher le habla de Dolores, de su hija Martina, del incendio en casa de Daniel, de su hermano Julio, de Mauricio, de la Pecosa, de Oliverio. Habla a trompicones, mezcla momentos, descubrimientos, impresiones, certezas y sospechas. Pretende que el inspector, al menos él, la comprenda; se justifica, se regaña a sí misma y luego se alienta. Quiere ser honesta pero esa honestidad se traduce en titubeos y en razones que, a la postre, resultan ineficaces. En ningún momento dice estar arrepentida de no haber renunciado a ese torbellino y tampoco admite estar enamorada. Al final, concluye que no le es posible comprender la naturaleza de aquella relación —si así debe llamarla— ni sus causas ni sus consecuencias. Se reconoce impotente para dejar de sentir y al mismo tiempo de ensuciar esos sentimientos con palabras.

También le cuenta cómo sabía que Germinal estaba aquí, en La Coruña.

—Te vi un día, hace poco, paseando con tu familia.

»Había ido a pasar el día a La Coruña. Necesitaba estar sola y alejada de Punta Caliente para pensar. Ya sabes, Dolores, Daniel, Mauricio... Aparqué cerca de la plaza de María Pita y decidí pasear contemplando los miradores de cristal de las casas. Un rato después, me senté en un banco frente al paseo marítimo. Oí unas risas. Era una familia. Un hombre, su mujer y el que debía de ser su hijo. El chico reía de un modo extraño, sin vergüenza. Y entonces te vi.

—¿Por qué no me saludaste aquel día?

—Mi primer impulso fue ese, acercarme. Pero algo me detuvo. Ni siquiera sabía si me reconocerías. Una persona puede cambiar mucho en tres años.

Sin embargo, él parecía el mismo, aunque solo era posible decirlo juzgando su modo de andar o su perfil cuando se volvió para besar a su mujer en la comisura de los labios. Un beso rápido, como una carantoña que ella recibió como una compensación, tal vez por algo que la había hecho enfadar. Ella, la esposa, era algo más bajita que él, una mujer sencilla, de andares tranquilos, relajados. Tenía un peinado de peluquería como el que queda días después de ir a una boda, el flequillo en onda y encrespado por detrás, teñida de rubio. Era guapa, de una guapura desenvuelta, sin alardes ni necesidad de maquillaje. El chico revoloteaba alrededor de ambos como una mariposa revoltosa, llamaba la atención del padre o de la madre alternativamente, se colgaba de sus brazos, hablaba en voz alta atrayendo la atención de los que se cruzaban con ellos. También provocaba alguna sonrisa muda e irónica a causa de su aspecto de elfo.

—Pensé que lo habrías superado, que habrías encontrado razones suficientes para engancharte otra vez al tren de la vida. O, tal vez, que no quisieras que nadie te recordara lo que ocurrió. ¿Qué podía hacer? ¿Decirte «hola, Germinal, soy yo, Eva»?

Así que los dejó alejarse, sin inmiscuirse en aquel paseo que parecía hacerlos felices.

En algún momento, Eva deja de hablar. Se da cuenta de que está convirtiendo en literatura algo real.

—Pensarás que solo soy una mujer frívola que se deja llevar por un deseo que no debería haber abierto.

Ibarra merodea alrededor de la cama, vacilante. En una mano sostiene el atestado de la policía con el que da leves toques en la pernera del pantalón, como si tuviera que tomar una dirección en un cruce de caminos y solo pudiera guiarse por la intuición.

—¿Sabías que Mauricio Luján es sospechoso de haber asesinado esta mañana en Barcelona a Oliverio?

Eva niega lentamente.

—Eso es imposible. Él no haría algo así.

Ibarra la mira a los ojos, busca un resquicio por el que colarse en su mente.

—¿Cómo puedes estar tan segura?

—Porque lo conozco.

El inspector deja escapar una risita dañina.

—¿Como conoces a Daniel?

Eva encoge la mirada. El inspector se siente avergonzado y se disculpa con un gesto.

—Discúlpame... Pero es que resulta tan extraño lo que acabas de contarme...

Eva se remueve inquieta.

—Pues es la verdad, Germinal. Y ahora que la sabes, ¿qué vas a hacer?

Ibarra fija la atención en la ventana.

—Voy a ir a Punta Caliente. Quizá no sea demasiado tarde. Luego, tendré que dar parte a mis superiores. Intentaré no implicarte.

—No lo hagas, Germinal. No necesitas hacerlo.

No, claro que no lo necesita. Pero va a hacerlo.

—Aún sigo siendo policía...

Contempla a Eva de un modo diferente. La mujer que está postrada en la cama aparece a su lado, en realidad, como una silueta desconocida. Ibarra menea la cabeza. No hay censura, ni prejuicio. Solo curiosidad.

—Con todos los hombres del mundo dispuestos, ¿por qué a un muchacho de diecisiete años? ¿Por qué darle a él lo que les negaste a tantos?

Ella cierra los ojos. ¿Dónde comenzó a torcerse todo?

Cuando Ibarra se marcha, Eva observa la luz de la luna reflejada en la ventana. La oscuridad va perdiendo densidad. Todavía está ahí, compacta, pero el contorno de los edificios empieza a recobrar la vida. Se acerca el amanecer.

Pulsa el timbre de la cama y a los pocos minutos aparece la misma enfermera de antes. Ana, la de las tetas grandes y el acné en la cara, que apenas puede disimular la risita estúpida, ahora que parece estar segura de quién es la ilustre postrada. Quizá sueñe con su minuto de fama. «Sí, yo atendí las heridas de la señora Malher.» «Sí, claro que me hizo confesiones, pero eso queda para nosotras.» Tal vez sueñe con un programa de telebasura; a nadie le importará si lo que dice es cierto o falso.

—Necesito hablar con mi padre. ¿Puedes conseguirme un teléfono?

14

Costa da Morte, sábado, 14 de agosto de 2010

Algo recóndito se sacudió en Dolores al detenerse frente a la puerta cerrada. Las manos temblaron un poco y las abrazó para darles coraje antes de abrirla.

—Diez años... —musitó, y al hacerlo se le quebró un poco la voz, como si en cada palabra pesara la ausencia de los minutos y las horas, como si regresaran las noches soñando cosas terribles, los momentos en que el corazón se le sobresaltaba con un ruido en la casa, la intuición de que su hija estaba, de alguna manera, cerca, muy cerca, observándola. Esperanza, aceptación, negación, el olvido imposible, la mirada melancólica cuando veía pasar al cartero de largo... todas esas sensaciones había sufrido Dolores a lo largo de estos años. Las visitas a la policía que se fueron espaciando más y más hasta que un día comprendió la inutilidad de seguir yendo a preguntar si la investigación había avanzado.

Habían pasado diez años desde que Martina desapareció.

En aquella habitación se escondía el tiempo. Un

tiempo de matices violáceos, que suele ser el disfraz de la melancolía. Las paredes estaban empapeladas de papel rosado con elementos infantiles y la cama, de pino, estaba cubierta con una colcha de color azul. En una estantería se alineaba toda una colección de muñecas de porcelana que antes había estado sobre la cama. Cada noche, Dolores las cogía una por una, ordenaba los volantes de los vestidos, las peinaba y las dejaba de nuevo en su sitio.

Se sentó en el borde y acarició la colcha con una ternura inmensa, como si fuera el cuerpo de su niña, Martina, vuelta del lado izquierdo, con el hombro desprotegido bajo las sábanas, y si todavía pudiera entrar por las noches y sentarse a verla dormir, acariciarle el pelo negro, susurrarle una vieja canción en portugués y escuchar su respiración tranquila.

Era difícil recordar cómo era la vida antes, la juventud de Dolores, su puesto como adjunta del profesor Antunes en la Universidad Católica de Lisboa. Todavía no era su amante ni su esposa. La boda en Nuestra Señora de los Mártires y el banquete para ciento cincuenta invitados en el mirador de Graça fue más tarde, cuando estaba embarazada de Martina, un embarazo que no disimulaba el hermoso vestido de novia que le compraron su madre y sus hermanas. Quienes la conocieron en esa época decían que era una joven hermosa y con futuro en la docencia universitaria. Nadie entendió que acabase casándose con Antunes. Después de tantos años, Dolores tampoco lo entendía.

Su marido siempre vestía de oscuro, lo que iba muy bien a su aire pensativo y a sus ojillos escondidos tras unas gruesas gafas de pasta. El cabello raleaba en la base del cráneo y, en compensación, Antunes lo dejaba crecer hasta los hombros. Le gustaba alimentar la imagen de poeta maldito, de genio atormentado por las rutinas académicas. Era poco comunicativo, como si al sufrir interiormente hubiese desechado la esperanza de que alguien pudiera llegar a comprenderle. A veces miraba a Dolores como si solo viera el umbral vacío de un horizonte difuso. Tenía casi treinta años más que ella. Esa apariencia de genio desvalido, de artista injustamente condenado al ostracismo, fue la que la sedujo, y tardaría un tiempo en darse cuenta de que el desvalimiento no era sino una estrategia de Antunes. Le servía para soportarse a sí mismo. El supuesto tormento de su esposo no era el resultado de un alma grande constreñida en la imposibilidad de un mundo injusto con sus genios, sino una infelicidad vulgar, depresiva, doméstica e infructuosa. Y por tanto, exenta de romanticismo. Sus quejas eran vanidosas; sus dudas meramente materiales; su insatisfacción, puro complejo. En cuanto a sus silencios, aparentemente existencialistas, eran meros espacios de vacío irreflexivo. La vida con él se convirtió en un ejercicio de convivencia eficiente y ordenada de color óxido. Después de casarse, Dolores no tenía ninguna razón para irse pero tampoco la tenía para quedarse, y quizá esta hubiera sido la mayor razón para abandonarlo. El nacimiento de Martina fue lo único con sentido de aquel matrimonio. Dolores se sentaba a darle el pecho frente a la ventana mientras la música de Bach o de Händel llenaba el pequeño apartamento. Antunes trabajaba en su pequeño tabernáculo cargado de humo sobre la máquina de escribir Olympia; Dolores lo oía gruñir, maldecir y arrancar con rabia los folios del carrete, pero no le importaba. Se concentraba en su hija, en el dolor de su pezón atrapado entre sus labios, la olía y pensaba en el futuro de ambas.

En la plaza de los toldos había un árbol de tronco blanco donde las palomas zureaban y se lanzaban en incursiones de rapiña sobre las mesas de las terrazas repletas de turistas. Le gustaba aquel árbol de cinco o seis metros sin copa ni hojas que en Navidad el ayuntamiento vestía con luces y guirnaldas de colores. Cuando helaba, las guirnaldas amanecían rígidas como estalactitas que titilaban con brillos mágicos. El quinto año de Martina, la plaza amaneció con el estruendo de las sierras y los muebles del apartamento cubiertos por una fina capa de polvo de madera. Los operarios municipales estaban cortando el árbol en tacos que cargaban en un camión, dejando la plaza cubierta de aserrín y con un extraño vacío en el lugar donde había estado el árbol. Fue una señal. Decían que el árbol se había muerto por dentro. A la mañana siguiente Dolores cogió a su hija y una pequeña bolsa de viaje, y le dijo a Antunes que lo abandonaba. Él estaba escribiendo y apenas ladeó la cabeza con las gafas en la frente y los ojos acuosos por culpa del humo de sus cigarrillos.

—No puedes hacerlo —dijo después de lograr salir durante un segundo del ensimismamiento en el que vivía y comprender lo que estaba pasando. Dolores sintió pena por él y por los años perdidos.

Pasaron otros cinco años. En ese tiempo recorrió la península entera sin encontrar un lugar que poder considerar suyo. Ciudades y hombres pasaban sin dejar nada en ella que mereciera ser definitivo. En algunos lugares creyó poder empezar de nuevo, pero al final Antunes las encontraba y aparecía suplicándole.

—Soy un hombre nuevo, por fin he comprendido.

Pero no había nada que comprender, excepto lo que él se negaba a aceptar. Las denuncias por acoso y las huidas se sucedían, siempre procurando borrar las huellas de su paso para que él no volviera a encontrarlas.

Hasta que a principios del año 2000 vio aquel anuncio en una publicación local gallega que pedía una maestra para la escuela rural con conocimiento de idiomas en un pueblo de la Costa da Morte. Aquel lugar estaba en el fin del mundo y eso fue lo que la hizo decidirse. Se dijo que quizá allí tendría la oportunidad de encontrar un hogar y una vida.

Su llegada a Punta Caliente fue triste. Madre e hija en la parada del autobús al borde de la carretera comarcal, protegiéndose con un paraguas negro del agua nieve que empezaba a caer. Dolores vio partir el autobús y perderse entre la niebla y tuvo que reprimir la tentación de correr tras él arrastrando a Martina. Pasar al otro lado de la carretera fue como cruzar de una habitación a otra completamente a oscuras, palpando con las manos para no tropezar con algo inesperado. Pero aquella oscuridad era lechosa, y había que apartar tupidas cortinas de niebla que no permitían ver más allá de un metro. Detrás de la niebla se escuchaban las campanas de la iglesia y, en lo alto, el graznido de las gaviotas. Olía a mar y a pescado, a redes pudriéndose y a brea. A tientas, como una ciega que desconoce el tacto del entorno, Dolores estrechó el hombro huesudo de Martina y fue hacia su nueva vida. Y al otro lado la esperaba una silueta compacta y sólida con una gorra de lana y un abrigo manchado de aceite seco. Tenía las manos en los bolsillos y estaba apoyado en el capó de un viejo utilitario con la carrocería descolorida.

Aquel primer encuentro con Julio, el hermano de Daniel, fue extraño y silencioso. La gente del mar no habla demasiado, es todo mirada. Una mirada directa, dura y franca, como la mano que la estrechó y le cogió la maleta después de echarles a ella y a la niña una ojeada que no se tradujo en emoción alguna.

—Usted es la nueva maestra.

Esas fueron sus primeras palabras, inocuas; nada que ver con los susurros y las historias que llenarían un día sus noches en la cama, tapados los dos con las mantas mientras fumaban y afuera llovía o soplaba el temporal. Palabras tiernas, inflexiones de una inteligencia llena de emoción y vidas secretas que ella llegaría a conocer como nadie. Sin saberlo, Dolores llegaría a amar como a nada en este mundo aquella mirada penetrante, las manos callosas y el olor a pescado que no se marchaba ni siquiera con jabón y estropajo.

Subieron al coche. En el asiento trasero había un niño de unos siete años.

—Este es mi hermano, Daniel. —El niño y Martina se observaron como dos cachorros cuyos morros topaban de repente. Dolores recordó sus ojos grandes y las pestañas legañosas. Saludó con timidez, buscando la aprobación de su hermano mayor.

—Me gustan las canicas —dijo a modo de bienvenida, sacando del bolsillo un puñado de aquellas bolas de vidrio que debían de ser su tesoro más preciado.

Se las mostró a Martina y la invitó a coger la que más le gustara. Martina eligió una —la japonesa—, una canica blanca con manchas de color marrón y azul que recordaba la superficie de un planeta helado con manchas solares. Daniel parpadeó, quizá arrepentido de su generoso gesto. Su hermano asintió.

—Buen gusto, esa es la preferida de Daniel.

El pequeño esbozó una sonrisa tímida que Martina correspondió con una mirada de suficiencia. Desde ese momento, se hicieron inseparables.

Pasaron semanas, meses, el primer año, y no había noticias de Antunes. Con un sutil y lento aprendizaje Dolores fue entrando en las rutinas de su nueva vida, en la calma de Punta Caliente y en la convivencia con los vecinos que fueron dejando de observar a la recién llegada y a su hija con intrigado recelo y aceptando paulatinamente su presencia. Con su llegada, la vieja escuela cobró nueva vida: poblaron el campo que la rodeaba de frutales, trajeron una pizarra nueva, los estantes se repararon y se llenaron de libros, se pintaron las paredes y se reparó la caldera. Aquel lugar y los niños se convirtieron en el centro de su vida. En aquellos primeros meses, el hermano de Daniel fue su máximo valedor. Dolores lo veía llegar algunas tardes a la escuela con su andar peculiar, un poco inclinado hacia delante, y la mirada de soslayo que al principio ella confundió con un escepticismo que le resultaba extraño en alguien tan joven. Siempre traía algo bajo el brazo: un bote de pintura para la tapia, alambre para reparar la verja, un sifón para el desagüe del lavabo. Se arremangaba la camisa, guardaba en el bolsillo el gorro de lana y se ponía a trabajar con la energía de un colono que construye su casa en tierra ignota. Estaba lleno de una hondura tranquila que nada tenía que ver con los tormentos artificiales de Antunes. Sus conversaciones estaban pegadas al mundo real, y sus juicios sobre las cosas no tenían que ver con entelequias forjadas en el pensamiento, sino que estaban batidas en lo cotidiano. Las cualidades de la vida —su dureza o su amabilidad— se ceñían al tiempo, al paisaje, a la pesca, a una herida, a una red rota, a una buena mañana en el mar, a la muerte de un amigo en un naufragio, al alivio de escapar de las patrulleras de Aduanas con un cargamento de tabaco. El mundo lo era todo y él vivía sin filosofar al respecto. Se contentaba con formar parte. Cuando Dolores le leía un párrafo de cualquier libro o le pedía que escuchase una composición clásica, él apenas disimulaba su escepticismo y la llevaba a bordo del *Nicosia* a navegar y le hacía cerrar los ojos para escuchar el mugido del viento rizando las olas, o le enseñaba las puestas de sol más hermosas.

—La vida está aquí, no en los bocetos ni en los libros.

Se enamoró de él mucho antes de darse cuenta y solo entonces lamentó realmente los años perdidos en los que había estado sumida en un estado catatónico que no merecía el nombre de existencia.

Aun así, existían realidades en Punta Caliente que no respondían al fervoroso entusiasmo de los avances de los tiempos, de las redes sociales, que habitaban lejos de sus muros invisibles. Había claves secretas de convivencia que conformaban el sigiloso pero firme latido del corazón de aquella comunidad cerrada a lo exterior. Todo era escudriñado y todo era sabido, y una madre divorciada con una niña de diez años debía guardarse de las miradas irónicas, de los desengaños que a veces descubría en un gesto displicente al ir a hacer la compra y en los susurros malintencionados que asomaban en rostros ambiguos desde los bancos de la iglesia en misa. También en Punta Caliente existían monstruos ocultos que vivían en la ciénaga. Sin embargo, no le importaba esa clandestinidad medio disimulada, las escapadas furtivas a cualquier parte un fin de semana, los encuentros de madrugada cuando Dolores esperaba como una quinceañera ver a Julio saltar la cancela de su casa para pasar la noche con ella y marcharse antes del alba.

Lo único que enturbiaba a veces aquellos momentos era la repentina sospecha, como un pinchazo, de que Antunes actuaba desde alguna parte para cortar ese frágil hilo. A veces, Dolores despertaba con el hermano de Daniel a su lado y se levantaba de la cama para acercarse a la ventana con un dolor inconcreto en el pecho.

—¿Qué te ocurre?

—Es mi marido, su presencia. Tengo miedo.

Antunes estaba allí, la acechaba y se anunciaba como la brisa que presagia la tormenta que ha empezado a formarse y que viene.

—Tranquila, mientras estemos juntos no va a pasarte nada.

Dolores negaba con la cabeza y volvía a la cama caliente y al cuerpo del hermano de Daniel y se pegaba a sus hechuras para sentirse a salvo.

Daniel era muy distinto a su hermano. Dolores examinaba su cara helada en el pupitre de clase y trataba de comprender en qué sentido estaban unidos, porque la sangre y el linaje, como el innegable parecido, no bastaban para entender la naturaleza absoluta e incondicional del amor que unía a ambos. Daniel se escondía de su propia inteligencia, encerrándose en los libros y en la contemplación de un mundo privado que no compartía con nadie. Daba la sensación de ser una presencia evanescente, un pequeño espíritu herido que no encajaba en este mundo.

Dolores sospechaba que parte de aquel carácter de caracola tenía que ver con su padre, un parlanchín sin sustancia que eludía cualquier acercamiento al asunto de Daniel y siempre terminaba hablando de sí mismo, de sus miserias —inventadas o reales—, de un pasado en Buenos Aires, y de un padre en la cárcel y una madre desaparecida en la dictadura argentina. Lo hacía sin concretar detalles, en un tono de borrachín que acompañaba con la fetidez de su aliento. Culminaban sus peroratas con algún comentario sarcástico sobre la bondad supuesta y la maldad manifiesta de los seres humanos y a veces chapurreaba algún verso en alemán. Dolores acabó entendiendo que había nacido en Alemania a finales de los cincuenta, cuando sus padres emigraron allí desde Argentina para trabajar. En Buenos Aires, conoció a su mujer y la dejó embarazada del hermano de Daniel. Apenas eran unos críos. Tener hijos tan joven, casarse y emigrar a esta tierra que odiaba, lo había destruido. Pero, por alguna razón, tenía especial fijación con Daniel. Su mirada de ave de rapiña, adormecida por el alcohol, cobraba un vigor ominoso cuando se refería a su hijo menor.

—Usted no comprende la maldad de ese chico, maestra. Pero a mí no puede engañarme. Yo se la arrancaré a correazos, si hace falta.

Pero ella no creía que Daniel fuera ningún demonio, ni que hubiera maldad alguna que arrancarle. Era un niño que necesitaba perder gravedad de adulto y ganar ligereza de niño. Dolores pensó que Martina podría ayudarle. Ella era tres años mayor, pero se entendían muy bien. Aquella canica japonesa había sellado entre ambos una alianza inquebrantable. Martina tenía la inconsciencia y el espíritu rebelde que le faltaban a Daniel y, al menos, cuando estaban juntos, él simulaba ser un niño como los demás. Formaban un buen tándem. Daniel la ayudaba con las tareas escolares y Martina le ofrecía el mundo de su desbordante fantasía. Un día quería ser astronauta y, si a la mañana siguiente se despertaba con menos optimismo, se conformaba con ser cantante de ópera o princesa dueña de un castillo de porcelana con cien habitaciones. A Daniel le asignaba de común el papel de escudero leal o de porteador en sus descubrimientos por África. Pero sobre todo, ambos compartían el regocijo de subir hasta el *cruceiro* del acantilado y sentarse a contemplar las bandadas de gaviotas y de araos, los cormoranes moñudos, las pardelas...

—Un día nosotros también volaremos —se decían. Querían ser aves marinas.

Y el pasado fue desdibujándose como un lugar remoto que recordar ciertas tardes de invierno, cuando la lluvia caía sobre el tejado de calamina y los alumnos copiaban el dictado. Dolores incluso llegó a convencerse de que la calidad esponjosa de su felicidad era algo real a lo que aferrarse.

—«Platero mordisquea la yerba —ahí estaba la trampa, en la "hierba" o en la "yerba"— escasa de los vallados —segunda emboscada: la "valla" o la "vaya"— en sombra...»

Los alumnos, atraídos por el repentino silencio de la maestra a mitad de la frase, miraron también a ese desconocido que avanzaba despacio entre los pupitres, dejando un reguero de gotas de agua, como si hubiese pasado mucho tiempo merodeando bajo la lluvia, y la impronta de sus zapatos en el suelo de madera. Antunes había regresado. Estaba más viejo, más acabado, más oscuro que nunca. Se había dejado crecer el pelo y una perilla de chivo que le rozaba la nuez. Le había crecido una barriga blanda que le hacía parecer más bajito y ridículo de lo que en verdad era. Se detuvo en la tercera fila, dirigió su atención hacia el doble pupitre de madera más cercano y se le dibujó una sonrisa que goteaba, al tiempo que Martina buscaba desesperadamente con los ojos a su madre en el entarimado sobre el que se asentaba su mesa de maestra.

—Martina —dijo el hombre, que la niña recordaba vagamente, y le tendió una mano húmeda que le rozó el pelo. Martina se escondió tras la frágil muralla de Daniel, con quien compartía pupitre, pero poco pudo hacer el niño, salvo ver como ese desconocido venido de la tormenta alzaba a Martina en brazos.

—Soy su padre.

—¡Suéltala! —Dolores le había cerrado el paso, fuera de sí.

De repente, la maestra tranquila y amable que reprendía sin miramiento a quien usara vocabulario soez gritaba como una tabernera enfrentándose a toda la Marina norteamericana. Arañó con fiereza la cara del hombre, que aun así se negó a soltar a Martina. Forcejearon como perros rabiosos disputándose un despojo, cayeron pupitres y sillas. Algunos niños lloraban, otros contemplaban boquiabiertos lo que sucedía y los más mayores sonreían cuando no jaleaban como si estuvieran en una de sus peleas.

Daniel superó el pasmo inicial, saltó por encima

de sillas y mesas y se lanzó en una carrera desesperada en busca de la ayuda de su hermano. Tenía la esperanza de que, con aquella mala mar, no hubiera salido. Cuando el temporal no permitía salir, los pescadores solían reunirse en O Cafeto a jugar a las cartas o a ver pasar las musarañas con una copa de coñac. La escuela estaba a poco menos de un kilómetro del puerto.

Cuando los hermanos llegaron a la escuela, Antunes estaba arrastrando a Martina hacia su coche. Como un ancla que iba perdiendo terreno, Dolores tiraba de la cintura de su hija clavando los talones en el barro del pequeño huertecito pisoteado. Los niños contemplaban la escena asombrados por la ventana de la escuela.

—¡Suelta a Martina! —El grito de Julio retumbó.

Lo que ocurrió después forma parte de las leyendas que necesita todo lugar. Las patadas, los rodillazos y los golpes de cabeza que el hermano de Daniel le dio a aquel intruso, hasta dejarlo medio muerto sobre un charco que se tiñó de rojo aguado como cierta clase de arcilla o como esos arroyos que bajan a veces desde las minas de cobre. Tal vez el hermano de Daniel lo hubiera matado realmente si el pequeño no se hubiera agarrado a sus piernas para que dejase de pegar a aquel saco de huesos que ya ni gemía. Luego llegó la Guardia Civil, que no solía aparecer si no era temporada de contrabando; conocían a Julio, era de los que nunca habían atrapado, pero no le tenían ninguna inquina. Entre la gente de mar hay respeto, y la declaración de Dolores bastó para que un juez decretara libertad hasta la fecha del juicio. A

Antunes se lo llevaron al hospital, pero la cosa no era muy grave. Se dictó una orden de alejamiento y se le ordenó permanecer localizable para cuando el juez lo llamase.

Pero él tenía otros planes.

Cuatro días después, Martina desapareció. Había estado en el *cruceiro* jugando con Daniel y se separaron camino del pueblo. El hermano de Daniel fue el último en verlos juntos. Martina nunca llegó a casa. Hubo quien afirmó haber visto merodeando a Antunes por el pueblo, y alguno que aseguró haber visto como la niña subía a un coche de matrícula portuguesa. Pero a la hora de la verdad, cuando la Guardia Civil empezó los interrogatorios, todo fueron titubeos, meras invenciones, o ataques de amnesia repentinos. Nadie quería meterse en un asunto que, a fin de cuentas, afectaba a unos forasteros.

Antunes fue detenido e interrogado, pero aportó testigos que afirmaron que no se había movido de la pensión donde se alojaba a la espera del juicio, tal y como le había ordenado el juez. Examinaron su coche con perros y con todos los adelantos en investigación científica. El resultado fue concluyente: Martina no había subido nunca a ese coche. Antunes se mantuvo firme en su declaración de inocencia, los investigadores no encontraron ninguna incongruencia. Aun así, rastrearon sus llamadas y sus movimientos bancarios; examinaron las cámaras de seguridad de los alrededores de la pensión, pero, finalmente, tuvieron que soltarlo y el fiscal no presentó cargos. Legalmente era inocente.

Pero Dolores nunca lo creyó y siguió buscando a

su hija, convencida de que Antunes se la había llevado. Pidió un préstamo y se endeudó para contratar detectives privados que siguieran a su exmarido, sin ningún resultado. Siguió pistas falsas ofrecidas por gente que creía haberla visto en alguna parte. Hizo una web donde colgó todas sus fotografías, incluso un dibujante trató de prefigurar cómo Martina iba cambiando a lo largo de los años. Dolores, sencillamente, se negaba a aceptar lo que le sugerían, que su hija estaba muerta. Visitó más de una docena de veces a Antunes y este siempre le juró que no se la llevó aquel día. Ni siquiera un año atrás, cuando supo que Antunes se estaba muriendo de cáncer y fue a suplicarle por última vez que le dijese la verdad, su exmarido cambió la versión.

Dolores llegó a construir un mundo de posibilidades con la esperanza de poder encontrarse algún día con su hija. Se preguntaba qué tal le irían los estudios —era floja en matemáticas—, qué habría decidido ser por fin en la vida, astronauta o cantante de ópera. Imaginaba cómo serían sus novios, sus viajes en verano, los muebles de su casa, qué libros leía o qué música escuchaba. Y así llenaba las lagunas de su hipótesis, hipnotizándose con detalles inventados. Afilando los recuerdos con una piedra de esmeril, noche tras noche; esperando.

—¿Te encuentras bien?

Dolores giró la cabeza hacia la puerta entreabierta. Desde el umbral, Paola examinaba la habitación con un respeto reverencial.

—¿Cuánto tiempo llevas ahí?

Paola se disculpó.

—No mucho. —Y, sin embargo, suficiente para darse cuenta de que en aquella habitación de niña estaba la clave para entender la pasividad de Dolores, su inmovilidad, y la ausencia contra la que luchaba continuamente.

—Y ¿qué quieres?

Paola dejó vagar una vez más la mirada con deliberada lentitud sobre la colección de muñecas de porcelana de la estantería.

—Me marcho. Vuelvo a casa.

Un esbozo de sorpresa aleteó sobre la expresión de Dolores. Asintió lentamente, sin dejar de mirarla.

—¿Ha ocurrido algo? Ayer mismo parecías estar dispuesta a echar raíces en Punta Caliente. —Esto último lo dijo con evidente ironía, esquinando los labios para mostrar parte de la dentadura. De sobras conocía las razones de aquella decisión. Tal vez no fuera asunto suyo, pero no estaba ciega ni era sorda.

—Creo que Mauricio tiene razón. Este no es mi sitio.

Dolores la escuchó impertérrita.

—¿Y quién decide eso? ¿Ese viejo melancólico?

Paola negó con convicción.

—A veces hay que despertar y regresar a la realidad. Eso es todo.

Dolores contempló con calma las paredes de la habitación. ¿Volver a la realidad? ¿Dónde estaba el mapa con el camino de regreso? La gente sobrevaloraba la realidad. Y nadie tiene derecho a imponerla.

—¿Se lo has dicho ya a Daniel?

Paola se ruborizó, pero, después de todo, no había sido demasiado discreta en su relación con el joven.

—Todavía no. Primero necesito preguntarte algo. Tú lo conoces bien, mejor que su abuelo. A menudo me has hablado de él, de cosas de las que Daniel no habla...

Dolores se impacientó. No le gustaban los rodeos, sobre todo cuando eran tan evidentes.

—¿Qué quieres saber?

—Mauricio me dijo que te preguntase por ella.

El cuello de Dolores se puso rígido. Avanzó el mentón y sus ojos verdes se afilaron con precaución.

—¿Por ella?

Paola señaló con la mano abierta las muñecas.

—Por tu hija, Martina.

Dolores la fulminó con la mirada.

—¿Qué tiene que ver mi hija con vosotros dos?

Paola tragó saliva. No sabía exactamente en qué territorio se estaba adentrando, ni los destrozos que su torpeza podría causar. Eligió cuidadosamente las palabras y aun así no pudo evitar que sonaran como el ruido de una herradura de hierro al caer sobre un suelo de piedra.

—Mauricio me ha dicho que tu hija desapareció de Punta Caliente a los diez años. Me ha contado la historia.

Los ojos de Dolores borboteaban a punto de ebullición.

—Eso no es de tu interés, y no sé por qué ese viejo entrometido te lo ha contado.

Paola agitó con rapidez las manos. Era absurdo, pero pretendía justificar al anciano.

—Dice que Martina nunca ha vuelto a dar señales de vida, pero Daniel ha seguido viéndola todo este tiempo. Daniel me ha jurado que está viva. Todo este tiempo se ha mantenido escondida al otro lado de la costa, en el faro de Punta Caliente.

El rostro de Dolores palideció. Parpadeó un par de veces, con la boca entreabierta y las mandíbulas distendidas. Se volvió, dándole a Paola la espalda, mirando sin ver los muebles de la habitación, el papel, las estanterías. Negó lentamente y se revolvió furiosa.

—¿Qué majadería estás diciendo?

Paola resistió la carga a pie firme.

—Que tu hija está viva, Dolores. Y que siempre ha estado aquí, cerca de ti.

—¡Basta de idioteces! —gritó Dolores, negándose a seguir escuchando.

—No es ninguna idiotez, Dolores. Daniel me va a llevar al faro. Quiere que la conozca.

—Estás loco, Daniel. ¿Traerla aquí? Lo descubrirá todo.

El busto que Martina había estado moldeando se secaba en el alféizar de la ventana. Los ojos de piedra vacíos se dirigían hacia el horizonte gris. Océano adentro, se desataba una tormenta. Se veían las cortinas de lluvia y el resplandor mudo de las nubes al chocar entre sí. Daniel cogió un trapo sucio y se secó la cara. Todavía quedaba rastro de los dedos manchados de arcilla de Martina.

—No dirá nada, Martina. Confía en mí. Solo

quiero que te conozca, poderle hablar de ti sin tapujos. Y quiero que la conozcas tú. No es como te la imaginas.

Martina sacudió la cabeza con rabia.

—¿Y cómo la imagino? ¿Como una estúpida que se acobarda cuando tu abuelo le dice que se marche? Te va a dejar, Daniel. Como te iba a dejar tu hermano, como me iba a dejar a mí mi madre. Cuándo coño lo entenderás, estúpido: estamos solos, tú y yo. Siempre lo hemos estado. ¿O debo recordarte quién cuidaba realmente de ti?

Daniel sintió el peso de los ojos verdes de Martina, el pelo negro azotándole la cara. Aquella mirada de ferocidad loca:

—¿Otra vez te has dejado pisar por esos pequeños cabrones? ¿Otra vez me vas a avergonzar? —Su padre no comprendía que no se defendiera.

Lo peor era el hedor del retrete, que normalmente estaba atascado. Él era un niño muy pequeño y cuando le metían allí la cabeza lo que le aterraba no era la mierda con la que lo embadurnaban, la mierda de todos ellos, sus excrementos. Era no comprender qué había en él que los incitaba a odiarlo de aquel modo. Pensó muchas veces que lo acabarían matando aunque no sabía lo que era la muerte. Ni siquiera era capaz de contarle esas cosas a su hermano. Martina lo esperaba a la salida del colegio y lo llevaba a la fuente. No le daba asco el olor, ni las porquerías que colgaban en la ropa, en las orejas y en el pelo. Lo limpiaba con esmero, le lavaba la cara y las manos, la camisa, el cuello sin decir nada. Luego, Daniel se iba a casa y, en cuanto entraba, su padre arrugaba la nariz. El hedor le acompañaba como una cola de cascabeles acusadores.

—Eres un cobarde.

Daniel permanecía inmóvil con las manos a la espalda y la mirada clavada en el suelo. Había aprendido que eso era lo mejor, recogerse como una caracola para soportar lo que venía después, ese sonido de serpiente de cuero deslizándose entre las trabillas del pantalón de su padre y el cinturón enroscándose entre los nudillos. Todo se complicaba más por las noches. Daniel sabía que tendría pesadillas y no quería dormirse. Con el sueño volverían aquellas escenas y se orinaría, haciendo que su padre se enfureciese más. A veces su madre entraba de madrugada y lo despertaba, le cambiaba furtivamente el pijama y ponía sábanas limpias escondiendo al fondo del barreño las manchadas. Pero no siempre era así. Había días en que el despertar era un tirón de pelos furioso que lo arrojaba fuera de la cama. Y allí estaba su padre maldiciéndole.

Una mañana, al entrar en clase, la maestra, Dolores, lo llamó a un aparte. Le preguntó a Daniel si tenía algo que contarle. El chico dijo que no, pero ella insistió:

—Puedo ayudarte, Daniel, pero tienes que contarme la verdad. Esta vez la cosa es grave.

Daniel no entendió a qué se refería hasta que, al regresar a su pupitre, vio el espanto con el que lo miraban los que hasta entonces lo habían martirizado. Luego supo que uno de ellos, el cabecilla de aquella horda de pequeños torturadores, estaba en el hospital. Le habían roto los dientes con una piedra. Seis piezas perdidas y una hinchazón que le había cerrado incluso el ojo. Cuando se incorporó a la escuela, días después, temblaba con solo ver a Daniel.

Martina lo esperaba, como siempre, a la salida de la escuela. Aquel día sonreía con una mirada de triunfo.

—Hoy no hueles a mierda. —Ella siempre fue capaz de hacer lo que Daniel no podía imaginar siquiera.

—¿Has sido tú?

Ella negó con la cabeza.

—No. Has sido tú. Yo solo estaba ahí, contigo. Como siempre.

Tal vez Martina tuviera razón. Paola podía hacerles daño, separarlos, destruir lo que habían construido allí estos años. Pero, por otra parte, si la traía al faro de Punta Caliente y le mostraba los bustos sin ojos, si Martina y ella se veían cara a cara, entonces podría contarle la verdad. Y Paola lo entendería. Tenía que entenderlo. De ningún modo debía ceder a las presiones de su abuelo. Daniel no pensaba volver a la clínica y no permitiría que Paola desapareciera de su vida sin más. En cuanto a Martina, ella no era alguien que se plegara al deseo o a la voluntad de otros. Ni siquiera a la suya. Estaría allí siempre, como una sombra cosida a su espalda.

Podían compartir este paraíso de fantasía los tres. Para siempre.

15

Entre La Coruña y Punta Caliente,
viernes, 20 de agosto de 2010
04.00 h

Ibarra conduce hacia Punta Caliente y sus pensamientos se retuercen del mismo modo que sus manos sujetan el volante; se obliga a avanzar, en contra de lo que la lógica le dice. Sonríe con desgana, buscando inútilmente un cigarrillo en la guantera. Nunca ha sido una persona lógica. Cualquiera en su situación haría lo que cabe esperar.

«Deberías coger el maldito dinero de la recompensa», se dice.

Si no estaba dispuesto a coger el dinero de Esteban Malher y correr, entonces tendría que dar la vuelta, volver a la comisaría y sacar a sus jefes de la cama antes de que la prensa llegara al hospital. Otra medalla pendiendo del uniforme le aguarda. Dos por uno: detener al asesino de Oliverio P. y acabar con el misterio de la desaparición de Eva Malher. Un héroe de nuevo, la posibilidad de alejar por un tiempo a los perros que ladran en su puerta reclamando que le abran juicio por la muerte del hombrecillo y la falsificación de pruebas. Quizá esté en disposición de hacerse perdonar. Pero le abruman los actos de generosidad falsa, le desconciertan las muestras de cariño y de altruismo. No busca el perdón, ni lo quiere.

Un perro escuálido, uno de esos pobres animales domésticos abandonados que termina por morir o asilvestrarse, cruza la carretera y se detiene asustado ante los faros del coche. Parece un coyote. Ibarra frena en seco y detiene el coche en medio de la carretera desierta. El animal pasa al otro lado y se pierde entre la espesura.

—¡Puta mierda! —grita el inspector. Nadie lo escucha, no hay eco que regrese hasta él. Golpea con furia el volante.

Le duele todo el cuerpo. Hace una semana se dejó convencer por Carmela para hacer una sesión de acupuntura. El acupuntor tiene las paredes de la consulta forradas con diplomas en chino. Con una sonrisa sádica, y bajo la mirada testimonial y condescendiente de Carmela, lo martirizó con alfileres diminutos en los pies, las muñecas y el cuello. Desde la muerte de Amanda, Ibarra tiene problemas gástricos y las dos hernias discales lo mortifican sin tregua. Lo único que esperaba era contentar a Carmela, y su única esperanza era que el acupuntor le ofreciese un poco de alivio, pero el cretino se empeñó en buscar el origen de sus dolencias estomacales en su infancia, en un trauma —un «principio disociativo», esas fueron sus palabras— que le ayudase a entender que, en realidad, solo somatizaba a través del dolor físico un dolor mucho más profundo, del alma. Todo ello dicho con música relajante de fondo y el asentimiento bien intencionado de Carmela.

—¿El alma? —Ibarra se levantó de la camilla con impaciencia—. ¿Y qué coño es eso del alma? —preguntó, furioso. Quería estrangular a aquel tipo, y probablemente lo hubiese hecho de no estar presente Carmela.

—Todo está en la infancia —balbuceó el acupuntor con su bata blanca de cuello maoísta, buscando con la mirada el apoyo de Carmela pero a la vez retrocediendo prudentemente.

Vuelve a pensar en el pobre chucho que hace un segundo estaba aquí. Recuerda que, en el cuaderno del hombrecillo, este escribió que siendo chiquillo vio morir a uno.

En realidad, ayudó a matarlo. Era un perro pastor lleno de garrapatas que dormitaba debajo de una higuera. Apenas se inmutó cuando lo rodearon; se limitó a olisquearlos y se dejó caer con una pata sobre los ojos legañosos. Los conocía, cada día se cruzaban con él, incluso el hombrecillo le daba de vez en cuando un chusco de pan duro. No había nada que temer; solo eran niños con el alma limpia. Pero, en menos de un minuto, el perro estaba en vilo, colgando de una soga pasada por una gruesa rama. Se debatió al principio con esa fuerza desesperada de quien se da cuenta de pronto de que va a morir; gruñía con fiereza, pateaba con el lomo erizado y sus ojos se inundaron de una ira pavorosa. El niño que entonces era el hombrecillo y sus amigos tiraban de la soga agarrándose unos a otros por la cintura para que los coletazos del perro no les hicieran caer como arponeros solidarios luchando contra Moby Dick. Y el hombrecillo era el capitán Ahab. El animal tardó una eternidad en morirse, movía las patas delanteras como si nadase en el aire. Al final lanzó un gemido largo, algo parecido al llanto de un bebé pero mucho más antiguo, primitivo —ese gemido ahora le parece a Ibarra un reproche de incomprensión—; luego estiró espasmódicamente las patas traseras, a pocos centímetros del suelo, y dejó de luchar. Durante muchos minutos, aquellos críos contemplaron su obra con los ojos desorbitados, el pecho quieto, la boca entreabierta llena de saliva y la lengua asomando entre los colmillos. Nadie se atrevió a quitarle la soga. Tenían miedo de que el perro solo estuviera haciéndose el muerto para arrancarles un brazo de una dentellada en cuanto alguno quedara a su alcance. Uno le lanzó una piedra, otro le propinó un puntapié, pero el perro no reaccionaba. El hombrecillo niño fue el último en marcharse. Permaneció junto al perro ahorcado, asombrado por lo que había hecho y asustado —al principio— pero enfervorizado poco a poco por el poder que acababa de descubrir que tenía. Nunca logró entender por qué eligieron a aquel pobre animal que no les había hecho nada, ni por qué participó en aquella especie de linchamiento.

El hombrecillo se convenció durante un tiempo de que solo había sido un niño capaz de crueldades de las que muchos eran capaces: ahogar un cachorro de gato, cortarle las extremidades a una lagartija, poner un obstáculo en el camino de un ciego, darle una paliza al débil del grupo, prenderle fuego a una rata, crucificar a un pájaro muerto, mear sobre un borracho somnoliento... Solo había que seguir la cronología de sus recuerdos escritos. El catálogo de mezquindades era inacabable y, aun así, a ojos del mundo, la maldad de un niño siempre será más justificable. El hombrecillo concluía en sus páginas manuscritas que incluso los cabrones más grandes que pueda parir una madre son perdonados si tienen apariencia de querubín. Y él, se congratulaba, la tenía:

> Los graznidos que un niño escucha en su cabeza son fáciles de confundir con voces angelicales, se les perdona todo con la condición de que al hacerse adultos olviden. Y la mayoría reduce a anécdotas aquellas maldades que serán recordadas entre risitas de comprensión e indulgencia para consigo mismo, pero con un brillo evocador en el fondo de las miradas. Solo unos pocos alcanzamos el umbral en el que comprendemos con extrañeza que aquellos sonidos eran, y siguen siendo, cuervos que hablan de lo que somos. Algunos permanecemos atentos y afrontamos ese momento de revelación con estupor y coraje. Aquel perro colgando en la rama de la higuera como un andrajo podrido fue mi primer acto de embriaguez absoluta. Recuerdo aquella tarde de neblina como la de mi despertar a lo que soy. Los olmos enmudecidos, el silencio estático de un cielo cubierto sin el refugio siquiera del trino de los pájaros, el mal aspecto de las casas de la aldea y mi camisa sudada por el esfuerzo, la tierra empapada como un pan blando, mis manos con la marca rojiza de la soga... Yo no soy ningún

demonio, a menos que la esencia del demonio sea estar exento de moral. Mi drama es ver lo que veo y no apartar la vista ni dejar que mis ojos se conviertan en piedras. Mienten los que añoran la infancia y su supuesta inmortalidad. O lo que es peor, se engañan. Yo he palpado la piel reseca del mundo, y sé que es fría y áspera. Toda esa gloria de la vida, la generosidad, el bien, se desvanece cuando los gusanos se deslizan sobre el cabello de una niña muerta. Los niños deberían ser solo eso, niños. Príncipes y Princesas —en mayúscula, únicos—, y hadas que nada temen porque nada puede penetrar en su poderosa magia. Sus vidas deberían estar rodeadas de serpentinas y estrellas de coral, de paisajes de colores extraordinarios. Los niños deberían ser seres buenos en un mundo de bondad. Pero el mundo no es bueno, ¿verdad? El cuento se termina cuando las flores pisoteadas se marchitan.

Ibarra recuesta la nuca en el reposacabezas del asiento y cierra los ojos. Se pregunta qué habrían podido descubrir las agujas del acupuntor en el hombrecillo, cómo habrían sanado su «trauma», o dónde está el alma del demente que lo violó cuando era un niño. Le repugna toda esta miseria de las almas carcomidas por la sensatez, detesta los ojos prístinos que sienten un pánico terrible cuando solo encuentran el barro seco en un lecho muerto. Desprecia los corazones jubilosos e inmaculados, porque nunca fueron tales; solo tienen miedo.

No tardará en amanecer, y a la luz del día, esa luz grisácea y admonitoria, todas sus decisiones dejarán de tener sentido. Sus actos serán utilizados, interpretados y manipulados por los que todavía duermen. Pero ellos no están aquí ahora, rodeados por la oscuridad. Solo esperan que Ibarra dé el primer paso para apartarlo con un gesto desdeñoso. Las bestias de la noche no tienen nada en común con las del día, viven en mundos distintos.

Le cuesta respirar. Se sujeta la sien. La cabeza le va a estallar. Le vienen las imágenes en oleadas: Samuel en casa, muriendo un poco con cada respiración; Carmela en vela, mirando por la ventana, preguntándose a qué ha venido eso de querer marcharse y empezar de nuevo, asustada; la pistola Beretta esperando en la guantera con una bala en la recámara y una sonrisa burlona en el gatillo; el cuerpo de Amanda flotando sobre las páginas manuscritas del cuaderno del hombrecillo... Y, mientras tanto, la noche se acerca a la agonía y el mar, a lo lejos, empieza a dibujar una cúpula de dudas grises. No le quedan cigarrillos. No le queda alcohol. No le quedan pastillas. Solo tiene este zumbido impenitente en los oídos.

Cuarenta minutos después, siguiendo las instrucciones que le ha dado Eva Malher, Ibarra encuentra el desvío en la carretera que desciende hacia la casa de Dolores. El sendero sin asfaltar y cerrado por la maleza apenas se distingue. Todavía es de noche, pero entre las copas de los árboles empiezan a intuirse grandes claros de un azul inquieto que viene del mar.

El inspector abre la guantera y comprueba que la pistola sigue allí, esperándolo. Al empezar la noche, quería quitarse la vida con ella. Ahora se pregunta si no la necesitará para salvarla. Nunca ha disparado contra nadie. Ni siquiera lo hizo contra el hombrecillo. Comprueba que apenas tiene cobertura en el teléfono. Si las cosas se complican no va a recibir ayuda. Y aun así, toma el desvío.

«Solo es un viejo», se dice, pensando en Mauricio Luján, a quien ha venido a detener. Olvida que él tampoco es ya un jovencito.

La casa de Dolores asoma en un claro. Parece cerrada. Ibarra estaciona el coche junto al deportivo de Eva, que sigue aparcado con la capota echada. Sale del coche y camina sin prisa hacia la casa estudiando el entorno. Pasea la lengua por los labios resecos. Un cigarrillo o un trago le vendrían bien. Cualquier cosa con tal de calmar este ridículo temblor en las manos, impropio de un héroe.

Un ruido que viene de la espesura hace que se vuelva. Seguro que será algún pájaro nocturno que se ha asustado con su presencia. Aprieta la pistola en el bolsillo. Tal vez debería esperar a que amanezca, o volver al pueblo que ha atravesado y pedir refuerzos. Joder, quizá lo mejor sea que vuelva al coche y conduzca a toda velocidad hasta su casa y se olvide de una vez por todas de Eva Malher, de Amanda y del maldito diario del hombrecillo. Debería abandonar de una vez para siempre este trabajo y dedicarse a pasear por la montaña con Samuel.

No importa lo que sea más conveniente. Ya está subiendo los escalones desvencijados del porche, que crujen pese al cuidado que pone en cada paso. Si esperaba sorprender a alguien dentro, mejor que sean sordos. La puerta de entrada está entornada. La empuja con lentitud con una mano mientras saca la pistola con la otra.

—¿Hay alguien aquí?

No hay respuesta más allá de su respiración alterada y bronquítica. Penetra a oscuras en un largo pasillo, rozando con el hombro marcos de cuadros que se balancean en la alcayata. Se clava en la cadera el pico afilado de una cómoda y cae al suelo una figurilla que se hace añicos. Ibarra se detiene. Está sudando. Se recrimina violentamente su torpeza.

Al final del pasillo está el salón. Abigarrado de objetos que lo miran como cientos de ojos en la oscuridad. Puede intuir el volumen de los muebles, los sillones junto a la chimenea, el piano, una mesa grande y rectangular, los estantes repletos de libros y de fotografías. Da un paso adelante y pisa cristales rotos. Con la puntera del zapato empuja una botella que rueda, vertiendo las últimas gotas de vino. Huele a marihuana. A la derecha hay una escalera con pasamano de madera que va al piso superior. A la izquierda, detrás del piano, hay una puerta. Está entornada y, dentro, una luz tenue, como si fuera un candil de aceite, emite destellos intermitentes. Por momentos, parece que va a extinguirse; pero luego se reaviva, como si la empujase una corriente de aire.

—Policía. ¿Hay alguien? —repite, esforzándose para que la voz salga segura de su garganta seca.

Empuja con el pie la puerta y esta cede sin dificultad. Es la habitación de una niña. La candela es en realidad una vela asentada en un platillo de café a la izquierda de la cama. Una silueta, sentada en el borde y de espaldas a él, se inclina hacia delante. Se balancea como un muñeco impulsado por una mano invisible. Murmura algo ininteligible.

Ni siquiera reacciona cuando Ibarra da un respingo y lanza el brazo con el arma hacia delante.

—¡Policía! —grita—. No se mueva.

Y, como si respondiera a esa voz de mando, el balanceo de la silueta se detiene un instante. La cabeza se vuelve lentamente y el rostro de una mujer desdibujada por las sombras que proyecta la vela lo mira. Aunque mirarlo es mucho decir. Percibe la presencia del inspector, sus pupilas se concentran un instante en el arma que la apunta, pero enseguida le da de nuevo la espalda, despreciándolo.

Ibarra da un paso lateral y se sitúa al lado derecho. Ahora está seguro, es una mujer. El pelo largo le tapa el rostro y se derrama sobre el hombro, que escapa de una manta con la que se cubre. Acaricia algo entre las manos y el regazo. Muñecas de porcelana. Tiene las uñas manchadas de tierra reciente y un feo arañazo en el antebrazo derecho.

—Señora, ¿puede oírme?

La mujer detiene de nuevo el balanceo, y su mano manchada de barro se queda quieta sobre la cabeza de una muñeca con el pelo muy oscuro. El vestidito se ha manchado de tierra.

—Baje esa ridícula cosa —dice con una voz embebida, a medio camino entre la embriaguez y la indiferencia.

Ibarra da un paso más hacia ella, relajando el brazo, pero todavía sin intención de dejar de apuntar a la mujer.

—Soy el inspector Ibarra.

La mujer sonríe sin abrir la boca. Solo frunce los labios y asiente.

—¿Dónde estaba hace diez años, inspector? ¿Dónde estaban todos ustedes, malditos hijos de puta?

—¿Cómo dice?

La mujer lo mira con los ojos, muy verdes, abiertos y estáticos.

—Diez años buscándola. Y todo el tiempo estuvo aquí. A un brazo de mar —dice al fin, y sus palabras suenan a derrumbe. Se cubre la cara con las manos y llora. El llanto crece y se convierte en un movimiento convulso de hombros y en una letanía de sollozos, murmullos y palabras que el inspector no comprende.

Ibarra asiste a la escena con la sensación de caminar sobre un alambre, sin saber dónde termina todo esto, de qué lado va a caer y qué le espera al final de la caída. Saca la precipitada conclusión de que la mujer está borracha o drogada, y de que, sea lo que sea en lo que se haya visto involucrada Eva Malher, es algo que él nunca ha visto antes.

—Estoy buscando a Mauricio Luján.

La mujer recupera la serenidad despacio. Las lágrimas no se han acabado —ese caudal que ha acumulado a lo largo de los años tardará en agotarse—, pero la mujer logra imponerse al desconcierto y la desolación absoluta en la que se ha sumido en las últimas horas. Remonta sus ojos de piedra hasta los de Ibarra y se detiene en él con una intensidad que cobra brillo por momentos. Ladea la cara y mira de reojo detrás del inspector.

Demasiado tarde, el inspector nota la presencia de alguien a su espalda. Intenta volverse pero solo lo logra parcialmente. El arma se dispara. Un gatillazo a ciegas que resuena en la oscuridad como un petardo inofensivo. Se oye un aullido animal, e Ibarra siente que la cabeza se le cae de los hombros, rota en mil partículas de dolor. Algo le ha golpeado con fuerza, algo muy sólido.

El mundo se vuelve borroso, pero sabe que no debe caer. Si dobla las rodillas, estará perdido. Prueba a incorporarse, pero un nuevo golpe —esta vez más feroz— lo derrumba. Nota cómo la pistola se escapa de entre los dedos. Cae, y al hacerlo se golpea con el pico sólido de la cama.

Un hilo de consciencia lo mantiene unido al instante. Ni siquiera en las peores resacas, cuando olvida el camino de vuelta a casa y amanece tirado en un cajero automático, ha sentido algo semejante. La realidad se bifurca, su mirada ve lo que se oculta a los demás. Reaparecen viejos sonidos, imágenes tridimensionales del doloroso pasado, la lucidez absoluta de la que quisiera escapar. Y piensa en el hombrecillo, en aquella mañana en el secarral. Los golpes pasaban a través de sus piernas como el eco de un presentimiento, la carne se aplastaba hasta dejar de ser sólida para volverse esponjosa. Los gritos del hombrecillo pasaron a ser gemidos y, por último, se deshicieron en un silbido que acabó en silencio. Los cuervos sobrevolaron su cabeza, recorrida por un sudor de hormigas abrasándolo. Y, así, ante él, apareció el silencio de todas las muertes. La muerte del muerto a sus pies. La muerte de Amanda, apartada y semioculta entre las cañas. La muerte de un niño violado hace tanto tiempo: su propia muerte.

Lo último que ve Ibarra es una bota cubierta de barro estrellándose contra sus dientes.

16

Costa da Morte, lunes, 16 de agosto de 2010

El hombre que esperaba sentado a una mesa de O Cafeto tenía un aspecto contrito, incómodo, sin duda, en un medio que no era el suyo. Tendría, más o menos, la misma edad que Mauricio, el pelo blanco y cuidadosamente peinado, las patillas cortas y la piel pálida, y una cara cuadrada y austera de la que sobresalían unos ojos muy azules bajo las cejas espesas. Vestía como viste alguien de ciudad que decide hacer una excursión al campo, de estreno e incongruentemente. Llevaba un pantalón de pana y un jersey verde de pico con camisa de seda y botas de senderismo con la suela inmaculada. Acariciaba la pantalla táctil del teléfono móvil, un artefacto diminuto y de apariencia cara, sin mirarlo.

—¿Señor Malher?

El hombre respondió con un parpadeo. Escrutó con inteligencia a Mauricio y asintió sin dibujar señal alguna de simpatía o de lo contrario. Se medio levantó dándole un apretón de manos rápido y formal y volvió a sentarse invitándole a hacer lo propio.

—¿Es cierto? ¿Eva está aquí?

—Aquí se hace llamar Paola. —Mauricio le mostró los recortes de revista donde aparecía ella. Eran un poco antiguos, de cuatro o cinco años atrás. Las fotografías mostraban trajes de noche, preciosos broches de brillantes, encajes de seda y pajaritas blancas para los hombres. La orquesta de cuarteto tocaba en un escenario bajo la carpa iluminada, y los camareros con bandejas de canapés. Gente de la alta sociedad.

El señor Malher contempló los recortes con un gesto impenetrable. Como si analizara un documento mercantil antes de decidir si estampaba su firma en él. No parecía un padre aliviado, sino más bien un hombre ocupado que necesita resolver un imprevisto cuanto antes.

—¿Dónde está ahora? En cuanto me la lleve a casa, ordenaré que le hagan una transferencia con la recompensa.

—No lo he llamado por eso. No quiero su dinero. —Tal vez, si Paola hubiese mostrado la voluntad de hacerle caso y de alejarse de Daniel, Mauricio no habría llamado al señor Malher para delatarla. Pero no podía arriesgarse a permitir que aquella locura entre ellos dos fuese a más.

—Entonces ¿qué quiere?

—Lo que quiero es que se lleve a su hija de Punta Caliente cuanto antes.

Esteban Malher inspiró con fuerza alzando el mentón. Luego dejó caer la mirada sobre Mauricio, examinándolo meticulosamente. Le pareció que había algo triste y al mismo tiempo arrogante en aquel desconocido. Dos días antes, su secretario personal había entrado en el despacho con el teléfono en la mano.

—Creo que tenemos algo sobre el paradero de Eva, señor —anunció, conteniendo apenas la emoción.

Al principio, Esteban Malher se mostró escéptico. En los tres meses que Eva llevaba desaparecida se habían producido decenas de llamadas, que en ningún caso habían conducido más que a una pérdida de tiempo, de energías y de dinero. Sin embargo, el secretario le acercó el teléfono con la esperanza de que esta vez fuera la definitiva. Por teléfono, Mauricio había sido tan escueto como lo era ahora. Ningún detalle que permitiera aventurar qué interés tenía él en todo esto o por qué lo había llamado cuando resultaba más que evidente que le disgustaba hacerlo.

—Lo he investigado, señor Luján. Una investigación precaria, desde luego; pero, teniendo en cuenta el tiempo que he tenido, más que suficiente.

—Muchas molestias.

—¿Le sorprende? No debería. He recorrido mil kilómetros, tal y como me pidió, y no podía arriesgarme a hacerlo sin una razón sólida. Debería ver la cantidad de kilómetros, dinero y tiempo que he gastado inútilmente antes. —El señor Malher esperó que sus palabras provocaran algún tipo de reacción en Mauricio. Pero este no se inmutó—. Tiene usted una biografía, digamos... interesante. Sé que estuvo en la cárcel, en Argentina, desconozco si por razones políticas, aunque su causa no fue revocada con la llegada de la democracia, lo que me hace pensar que esos asesinatos que cometió tuvieron que ver con algo estrictamente personal.

Mauricio esbozó una sonrisa. Le resultaba irónico que hubiese personas que consideraran que un asesinato no es siempre una cuestión estrictamente personal.

—Maté a dos hombres, pero no soy un asesino.

La voz salió de una gruta sin vida y podría ser la de cualquiera. Pero era la suya. Parecida a aquella otra vocecita que, entre salivazos de sangre y con el tabique nasal roto, confesó lo que sus torturadores querían escuchar cuando lo detuvieron y lo encerraron en aquel sótano del que solo saldría —semanas después y con la cara desfigurada— para cumplir condena. Lo que allí dijo, esposado a un tubo de la calefacción mientras aquellos tipos lo golpeaban, podría repetirlo ahora palabra por palabra. A fin de cuentas, ya estaba todo redactado, y solo tuvo que leer en voz alta cuando lo quebraron: no utilizaba la tiendecita en Belgrano solo para vender sombreros, sino también para pasar información a los terroristas; estaba a sueldo de los montoneros, y les proporcionaba cobertura y alojamiento en el taller; repartía panfletos contra la Junta entre los estudiantes. Y, probablemente, había sido responsable de la muerte de Jesucristo, y de Mahoma y de lo que tuvieran a bien achacarle. Todo lo firmó, también que el arma con la que disparó a los policías uniformados, una vieja escopeta de caza de doble cañón, se la proporcionó otro desgraciado al que ni siquiera conocía y que chillaba como un cerdo en el calabozo contiguo, hasta que una noche ya no gritó más y Mauricio vio sus pies descalzos arrastrando por el suelo y dejando tras de sí un reguero de sangre y un lamento que llamaba a su madre.

—¿Matar a sangre fría no le convierte en un asesino?

Mauricio negó con la cabeza.

—La verdad no le importa a quien busca otras cosas.

—Sabemos que tu padre era marxista, que tú eres montonero. —Aquellos dos policías dedicaron a Mauricio la mirada asqueada de las otras veces, docenas de ellas, cuando entraban al caer la noche en la tienda y, con desfachatez de bárbaros, merodeaban entre las cosas, se probaban sombreros, tiraban las revistas y echaban mano a lo que querían—. Que tu mujer es una putilla que ensucia el cerebro de sus alumnos de Bellas Artes... Podemos detenerte cuando queramos, podemos hacerte lo que queramos. Quemarte la tienda con tus sombreros y contigo dentro.

—¿Qué hay de lo nuestro? —Y lo de ellos era lo de todos en esa época: buscarse la vida, robar lo que no podían o no querían obtener por otro medio; la extorsión, la amenaza continua. ¿Cuánto tiempo puede soportarse algo así? A veces, toda la vida. A veces, ni un minuto más.

Si aquella noche no hubiese entrado en la tienda para llevarlo a cenar porque tenía algo que celebrar —nunca pudo decirle el qué—, la Pecosa no se hubiera topado con aquellos policías, ni los hubiera desafiado con una mirada que nadie achicaba. Tuvo que pasar que uno de los policías, el más joven —Mauricio lo recordaba con bigotito encerado y ceja depilada—, lanzara mano al bolso de la Pecosa y cayeran al suelo, como malos augurios, aquellas octavillas rojas con el tampón del sindicato de estudiantes. Y tuvo que pasar que el policía más viejo, calvo, que sudaba por la nariz dejando una gotita colgando del labio, la llamase «putita subversiva» y dijese que se la llevaba detenida. La Pecosa se revolvió cuando quisieron agarrarla, los insultó y les arañó en la cara.

Y Mauricio, plantado allí en medio, horrorizado sin saber qué hacer cuando los policías empezaron a manosearle los pechos a la Pecosa con la excusa de registrarla. Les gritó que se detuvieran, pero no quisieron pararse.

—¿Qué se hace con las subversivas? —Se retaban entre risas—. Se las viola y se las reeduca.

Esa fue la peor amenaza. Las manos velludas que resbalaban sobre el pecho de la Pecosa y la risa que prometía continuar con aquello. Mauricio vio la dureza de su expresión cuando se volvió a mirarle, desde el umbral de la puerta, con el vestido manchado por la zafiedad de esos hombres. «¿No vas a hacer nada?», clamaban sus ojos. Mauricio se sintió menos que nada al ver la caja registradora abierta, los sombreros tirados por el suelo. Tantos años de sacrificio, de espera, de humillaciones... Cómo tranquilizó su conciencia el tacto caliente de la escopeta y el estruendo de los cartuchos rompiendo el pecho de aquellos hombres, saber que todo había terminado mientras, en la radio, el locutor cantaba un gol como si el mundo hubiera alcanzado la perfección. No sintió ni un ápice de remordimiento, solo una extraña calma que lo esterilizó contra lo que había de venir después. Fue un crimen pasional. Un delito de macho, de orgullo herido, de vanidad tardía. No tenía nada que ver con la política ni con la patria.

—Yo era el más patriota de los argentinos. Creía que el orden era la paz y que la paz exigía silencio.

El señor Malher había escuchado atentamente, con las manos cruzadas sobre la mesa, el relato de Mauricio. Calibraba cada uno de sus gestos.

—¿Por qué tiene tanto interés en que me lleve de aquí a Eva? Intuyo que ella no le va a agradecer que me haya traído hasta aquí.

Mauricio se arrellanó en la silla con expresión de acidez.

—Sencillamente, este lugar no es para ella.

El señor Malher miró alrededor y asintió con desdén, como si le diera la razón. De todos los lugares imaginables, este era el último donde se le habría ocurrido que su hija pudiera esconderse. Había cosas en ella, rutas de fuga, idénticas a las de su madre.

—Resulta curioso que usted diga algo así.

—¿Qué le parece curioso?

—Usted vino desde Buenos Aires para hacerse cargo de su único nieto. Y diría que en este tiempo no se ha mimetizado excesivamente con el paisanaje.

—Eso no es asunto suyo.

La conversación se escoraba inevitablemente hacia la aridez y la antipatía. Pero eso no le importaba al señor Malher. Por el contrario, lo ayudaba a sentirse cómodo.

—Lo es si afecta de alguna manera a mi hija. Tengo entendido que usted es la única familia que le queda a su nieto, Daniel.

—Mi hijo, mi nuera y mi nieto mayor murieron en un incendio accidental. Daniel se salvó por poco y quedó traumatizado.

Esteban Malher asintió, observando un cerco de café seco encima de la mesa.

—He leído el informe de los bomberos y el atestado que hizo la Policía: llamar accidente a aquel incendio es un eufemismo. Por supuesto, usted conoce perfectamente lo que pasó en realidad.

—Se supone que eso es confidencial.

—Le sorprendería el poder de convicción que tiene el dinero. No hay nada confidencial, señor Luján, excepto aquello que cerramos obstinadamente a la luz. Lo que no quieras que se sepa, entiérralo en lo más profundo de tu corazón.

Mauricio pensó que el corazón de aquel hombre debía de estar lleno de muertos. Un cementerio silencioso y oscuro.

—Empiezo a arrepentirme de haberlo llamado.

—En cualquier caso, ya es tarde para esa clase de lamentos. Le diré, sinceramente, que su actitud me parece encomiable.

—Es mi familia... lo que queda de ella.

El señor Malher chasqueó los labios como si le aburriera soberanamente el papel que trataba de interpretar Mauricio.

—Por supuesto, todo esto es una mera conjetura, pero creo que no vino aquí solo por el muchacho.

—No le debo ninguna explicación. Vaya a casa de Dolores, convenza a su hija y desaparezcan de una maldita vez. Vuelvan a su mundo.

El señor Malher entornó los párpados. Su boca tardó unos segundos en abrirse como una gruta. Se puso en pie lentamente y observó con indiferencia a Mauricio.

—No dude de que lo haremos, Luján. Le enviaré un cheque. No me gusta deber favores.

Esteban Malher se alejó de O Cafeto observando las calles. Aquel era el típico pueblo del que se habría enamorado la madre de Eva. Pequeño, infinitamente vulgar, con sus casuchas bajas, las calles estrechas que bajaban hacia el puerto y el relieve de la costa a lo lejos. Apenas había coches aparcados y la gente que pasaba tenía un aspecto triste, atrapada en pensamientos que —a su modo de entender— debían resultar mezquinos. Comer, vestirse, ocuparse del ahora sin mañana.

Le recordaba desagradablemente su infancia. Durante el bombardeo de Dresde, hacia el final de la guerra, él y sus hermanos bajaban al refugio y escuchaban temblar la tierra sobre sus cabezas durante horas. Apiñados unos contra otros, adultos, soldados, viejos, mujeres y niños sollozaban y eran presa del pánico tras cada explosión. Pero él mantenía la mirada fija en la boca del túnel con una calma extraña. Miraba a los policías encargados de mantener el orden con esos ojos impasibles hasta que, avergonzados, se hacían cargo de la situación. Esa misma determinación fue la que mostró el día del armisticio, cuando un oficial aliado lo llamó pequeño nazi y le hizo desfilar como si fuera un miembro de las SS, con el brazo en alto, entre las carcajadas de los soldados del carro de combate que había destruido su casa. El señor Malher desfiló, harapiento y descalzo, entre los escombros humeantes de su hogar, entre los cascotes donde asomaban los cuerpos de los que fueron sus vecinos, sus amigos, sus familiares, sin derramar una sola lágrima, hasta que las risas de los soldados se diluyeron en un tenebroso silencio culpable. Nunca olvidó el rostro de aquel oficial, ni el nombre por el que lo llamaron sus camaradas. Muchos años después, aquel niño, convertido en un joven con éxito en los negocios, viajó hasta Michigan para presenciar en persona el desalojo de unos granjeros cuya finca acababa de comprar. No necesitaba aquella tierra para nada, excepto para ver cómo ardían desde los cimientos la casa, el granero y el molino frente al granjero y su familia. Solo cuando quedó todo reducido a cenizas se volvió hacia aquel hombre entrecano y lo miró a los ojos hasta que le hizo recordar aquel día en Dresde.

Entendía a ese viejo del sombrero que acababa de dejar sentado a la mesa. Había visto la punta de sus cicatrices y podía imaginar cómo se las hicieron. No hay ningún perdón que pueda satisfacer tanto como la venganza. Pero para cumplir con ella es necesario el coraje del recuerdo. Alda, su esposa, nunca entendió eso. Y no habría aprobado que encubriera al inspector que acabó con el asesino de su nieta. Si no hubiera sido Ibarra, habría sido cualquier preso en el patio de la cárcel. El señor Malher no hubiese permitido que alguien que le había robado algo tan precioso siguiera respirando en el mundo.

A veces pensaba que Eva había heredado la misma enfermedad que su madre. No se trataba de un tumor que pudiera extirparse con cirugía, y los fármacos —los mejores en aquella época— tampoco lograron salvarla. Los especialistas de medio mundo visitaron durante años a su esposa, la sometieron a tratamientos innovadores, la torturaron como a una cobaya de laboratorio. Todo fue inútil. Alda nació demasiado pronto para que la ciencia pudiera hacer algo por ella. Los terapeutas dijeron que su cerebro era una caja de resonancia llena de múltiples ruidos y que todos sonaban al mismo tiempo como una orquesta enloquecida, a todas horas, en todo momento. La única manera que tenía de calmar aquella jaula de grillos era pegar el oído a la pared de su dormitorio con todo a oscuras. El muro le devolvía un ruido distinto en forma de murmullo. Solía quedarse dormida de ese modo, sentada en la cama con las piernas cruzadas y la mejilla apoyada en la pared. Al final, antes de marcharse de casa y desaparecer para siempre, ni siquiera soportaba el sonido de pasos en el vestíbulo. Los empleados del servicio doméstico tenían que andar descalzos por la casa y estaba terminantemente prohibido alzar la voz más allá de un susurro. La música, en determinados instantes, también la ayudaba a camuflar el sonido de fondo de su cabeza. Especialmente Debussy; *Claro de luna* la sosegaba.

Esteban Malher vio un mendigo y se detuvo frente a él. Dijo que no tenía para medicinas, que su esposa estaba muriendo... la retahíla habitual de desgracias. El señor Malher recordó una esquina en Dresde a principios del verano de 1946.

Había un hombre arrodillado, como una estatua de cera derritiéndose bajo el sol. Podría haberse desplazado unos metros para protegerse bajo la sombra de un balcón o de un platanero, pero no se movía, como si tuviera que purgar con penitencia su vergüenza. Tenía un pequeño cartel de cartón colgando sobre el pecho. Había escrito, con el único brazo que le quedaba, tres palabras en pulcra caligrafía germana: «No tengo nada». Llevaba la manga del brazo perdido unida a la hombrera de la guerrera militar con un alfiler. Aquel hombre que sacudía un cacillo con dos monedas era su padre.

—Deme algo, señor.

El señor Malher observó al mendigo de ahora. Recordó el aguachirle humeante que su padre se llevaba a la boca. Sacó un billete de cien, lo dobló y lo puso en el bolsillo de la mugrienta chaqueta del indigente. Probablemente se lo gastaría en bebida. Poco le importaba, lo único que quería era borrar el recuerdo de su padre.

No fue difícil dar con la casa de Dolores. Todavía dentro del coche, Esteban Malher cerró los ojos. Escuchaba el rumor lejano del océano y, más cerca, el graznido de las gaviotas. La mañana pasaba sólida y lenta, pegajosa.

El muro del jardín era macizo y, sin embargo, daba la impresión de que se escapaba el aire. Las horas corrían sobre la superficie encalada. Paola fumaba un canuto de marihuana contemplando los tirabuzones de nubes. Mecánicamente, sin enfocar apenas, disparó un par de fotografías en dirección a la loma donde tantas veces se había encontrado con Daniel. Él la esperaba, pero no iba a acudir a la cita. No después de hablar con Dolores.

Escuchó pasos y se volvió en dirección a ese sonido, resignada, antes de escuchar la voz profunda de su padre. Detrás de él estaba Dolores, algo apartada, apoyada en el quicio de la puerta. Observaba con un interés distante la escena.

—Hola, papá. Te has dado prisa.

El señor Malher avanzó hacia ella con un titubeo inusual en él, que siempre hoyaba los lugares con la arrogancia de un conquistador invicto.

—Me tenías muy preocupado. —Tomó la mano de Eva con una ternura dificultosa, casi tímida. Eva miró esa mano que todavía, tantísimos años después, seguía luciendo la alianza de matrimonio. Le sorprendió el calor infantil que le subió por la garganta, la necesidad de llorar y de esconderse entre los brazos de aquel hombre entre los que jamás encontró refugio. Se sobrepuso.

—¿Te ha llamado Mauricio? ¿Ha sido él quien te ha dicho dónde estaba?

Él movió la cabeza afirmativamente.

—Me lo ha contado todo.

—¿Todo?

—Lo que necesito saber.

Eva estaba segura de que eso no era suficiente. Su padre era un hombre pragmático, le interesaban los hechos y los resultados. Su mente se estructuraba en las seguridades de la evidencia. La fascinación que otros pudiesen sentir por las emociones le resultaba indiferente. Eva tuvo la sospecha de que su padre la observaba como un zoólogo que estudia con incomodidad los movimientos rotatorios de una lombriz, sin entender su naturaleza.

—¿Y qué es lo que necesitabas saber?

Una crónica que describiese fielmente lo ocurrido desde hacía tres años hasta este instante y que arrojase un culpable al que castigar.

—Tu aventura con ese muchacho —dijo con un involuntario reproche.

«Ahí está, por fin aflora el hombre que conozco», pensó Eva, casi con alivio. El temor a la vergüenza y el ridículo era más poderoso, una vez que sabía que ella estaba a salvo, que cualquier otra circunstancia. Ahora le preocupaba lo que dirían los medios de comunicación, los murmullos de los amigos, lo que pensaría Otto cuando se conocieran los detalles. Una mujer adulta que ha perdido trágicamente a su hija mantiene un romance con un chico menor de edad, un chico desequilibrado. No verían nada más, como no lo veía ahora su padre. Otro episodio más en la vida azarosa de la incorregible Eva Malher, ese juguete roto que todos se creían con derecho de manosear. Digna hija de la loca de su madre.

—Mi «aventura con ese muchacho», *como tú la llamas*, es mucho más que una aventura. Hay fuerzas tan arrolladoras que no pueden evitarse, aunque no te convengan. ¿No era esa la justificación que esgrimías para haberte casado con mamá? Tú, el hombre que nunca se equivoca, que traza con firmeza su destino y el de los que le rodean... Primero te abandona tu mujer y, años después, lo hace tu heredera. Tal vez alguien empiece a preguntarse qué pasa en el mundo idílico del señor Malher, el hombre hecho a sí mismo, comedor de patatas podridas y azote de su padre miserable. ¿Por qué todo el mundo se pone en fuga de ese paraíso?

El señor Malher torció un poco el cuello hacia atrás. Dolores seguía atenta, fumando con expresión circunspecta. Él hubiera preferido estar a solas con su hija, lejos de este lugar miserable.

—Eres injusta. Yo también sufrí con la pérdida de mi nieta. Pero no salí corriendo.

—Tu nieta era mi hija. La parí yo, la amamanté yo, tenía mis ojos, mi pelo, mi carne. No pretendas compararte conmigo. A ti solo te preocupa el odio, papá. Que ningún agravio quede sin respuesta. Por eso tus abogados defendieron a Ibarra cuando mató al hombrecillo. Te dijiste a ti mismo que todo quedaba corregido. Y decidiste seguir adelante. Para mí no sirve nada de eso. ¿Qué puede importarme que el asesino de mi hija esté muerto o vivo? Y tengo la sensación de que tampoco te importa Germinal.

El señor Malher se echó la mano a la nuca, nervioso.

—No necesitamos hablar de eso aquí y ahora

—dijo bajando la voz—. Tienes un esposo del que ocuparte —insistió con terquedad.

—¿Un esposo? ¿Y dónde está ahora? ¿Tal vez buscando refugio en una zorrita de tetas postizas? ¿O ganando dinero para el insaciable Malher?

—No sabe que he venido. Quería estar seguro de que volverás conmigo. Tenemos tiempo para pensar de regreso en lo que dirás.

Eva contrajo el rostro.

—Pensar en lo que diré... Nunca dejas nada al azar, ¿verdad? Para eso utilizas a tus ventrílocuos. Para mantener a salvo tu trasnochado sentido del honor. Y por eso nunca admitiste que mamá estaba enferma, que necesitaba ayuda.

Eva tenía razón. El escándalo, la comidilla habrían sido insoportables. ¿La esposa de Malher loca? No; prefirió que ella se consumiera en aquella casa, en el silencio, ocultándola a los demás, disculpando sus ausencias con viajes inexistentes, con indisposiciones que nunca respondían a la verdad. Hasta que un día dejó aquella nota de despedida mientras Eva la esperaba en la bañera. Apareció meses después, flotando en un canal de Venecia. Con las venas cortadas y los ojos de vidrio. Su madre volvió al origen para finiquitar su vida. Allí había conocido a Esteban, frente a la tumba de Dante. Alda lo vio entre los cipreses, joven, apuesto, turbio. Notó esos ojos azules que la atrapaban de un modo irresistible. Consciente de ser observada, Alda, todavía una muchacha, se quitó la camisa y con el torso desnudo se tumbó sobre la tierra caliente. Hasta que, poco a poco, el cuerpo se fue haciendo de piedra, como si los muertos del campo santo la atrajeran hacia abajo. El joven se acercó y se tumbó a su lado, sin decir nada. La cubrió con su propia camisa y contempló el perfil transparente de sus pestañas. Entonces la locura no lo asustaba, lo fascinaba.

—Siempre te ha dado tanto miedo sentir algo. Lo que fuera. ¿No te abandonó por eso mamá? ¿No fue aquel encuentro en la tumba de Dante un preludio de vuestras vidas?

Esteban Malher contuvo la respiración.

—No tienes ningún derecho a hablar así; tú no sabes nada de tu madre y de mí. No puedes ni siquiera imaginar cuánto la amaba.

Tal vez. Pero lo que ella recordaba era su silencio, sus escapadas con el pretexto de cualquier negocio para marcharse de casa. Su ceguera absoluta, su hermetismo y su arrogante y vano orgullo. Las horas de soledad oscura en la casa, el baño caliente cuando su madre entraba con una toalla y Eva sentía que estaban solas en el mundo.

—Lo que yo sé es que nunca la mereciste.

Sin previo aviso, como un rayo, el brazo del señor Malher salió disparado de su cuerpo y le cruzó la cara a Eva con un violento bofetón. Eva retrocedió, perpleja. Se tocó la cara como si aquello hubiera sido una intención, algo impensable. Esteban Malher contempló su propia mano como un enajenado. Asustado de sí mismo. Alzó una mirada triste, profundamente perdida.

Caía la tarde en el margen del muro inacabado. La tierra de Punta Caliente se ensombrecía y las primeras estrellas punteaban, todavía sin brillar, el cielo. Y aquellos dos seres, padre e hija, se miraban en silencio.

—Me alojo en un hotel de La Coruña. Esperaré hasta el sábado. Si no vuelves conmigo, no te pondré más obstáculos. Pero olvídate del apellido que llevas.

Eva Malher vio alejarse a su padre. Este apenas cruzó un saludo con Dolores, quien se lo devolvió con un leve movimiento de cabeza. Arrastraba los pies, y los hombros lo empujaban hacia delante. Pensó que su padre volvía a ser un niño de la guerra, esa clase de niños que se convierten en hombres inacabados, feroces y melancólicos que nunca lograrán ponerse en paz con sí mismos. Le entraron ganas de llorar. Y dejó de ser Paola.

17

Costa da Morte, viernes, 20 de agosto de 2010
04.40 h

Lo primero que Ibarra siente es la soga que le aprieta las manos a la espalda. Lo segundo es la humedad en la cara que resbala hacia la boca desde la nariz. Su propia sangre. Bajo la mejilla, siente la dureza de la tierra y algo que se mueve entre el barro y su piel. Quizá una hormiga o una araña. Mueve los dedos de los pies, liberados de los zapatos ¿Para qué lo han descalzado? Para que no intente escapar.

—Voy a ayudarlo a sentarse. No pruebe a hacerse el gallito.

Unas manos lo aferran por la chaqueta y tiran de él como un fardo hasta dejarlo apoyado en una pared de piedra informe. Escucha el rugido del mar, no muy lejos. Oye el clic de un encendedor, una larga inspiración. Abre el ojo derecho —en el izquierdo tiene una fuerte hinchazón—. Hay algunas velas repartidas por la estancia que trazan sombras alargadas. La techumbre está derrumbada casi por entero; hay vigas de madera y puertas en el suelo y sus pies descansan sobre cascotes y tejas partidas. Sin embargo, observa restos de una presencia permanente: cierto orden, algunos muebles desvencijados, un colchón en un rincón, latas de conservas por abrir y restos recientes de una fogata. A la derecha ve un largo tablón apoyado en caballetes; parece una mesa de trabajo con cuencos, cuñas metálicas, trapos sucios y bloques de arcilla envueltos en plástico transparente. Percibe el volumen de algo que debe de ser un busto a medio moldear, pues tiene la forma de un rostro pero le faltan los ojos. Se da cuenta entonces de que hay docenas de ellos, por todas partes. Algunos están acabados y otros en diversas fases de elaboración. Todos son el mismo rostro, y todos tienen la misma peculiaridad. Eso les confiere un rictus tétrico.

—Procure no moverse. No debería haberle golpeado tan fuerte.

La voz viene de la penumbra, a la izquierda. Ibarra logra, a duras penas, ver a Mauricio Luján. Lo reconoce por las cicatrices que le rodean la boca. Se ha afeitado la barba. Fuma, sentado en un sofá desvencijado.

—Se ha metido en un buen lío, abuelo.

Mauricio le devuelve la mirada con indiferencia.

—En uno mucho más grande del que pueda imaginar, inspector. Pero su situación, ahora mismo, no es mucho mejor que la mía.

—¿Dónde estamos?

—En la vieja casa del farero de Punta Caliente. Lo he traído en el coche de Eva. Un bonito trasto. —El anciano desliza el humo del cigarrillo por la nariz. En la mano izquierda sostiene con desgana la pistola del inspector. Le ha quitado el seguro.

Ibarra se agita con las manos atadas a la espalda.

—¿Por qué me ha golpeado?

El anciano se quita el sombrero y lo acaricia, pensativo. Se pasa la mano por el cabello grisáceo con un gesto de honda preocupación.

—Usted apuntaba a Dolores con esta pistola. Y parecía bastante dispuesto a usarla, conmigo al menos. Porque es a mí a quien ha venido a buscar, ¿no es así?

—¿Va a matarme? —le pregunta Ibarra, mirando la pistola.

El anciano parece realmente sorprendido.

—¿Por qué tendría que hacerlo? Usted no me debe nada.

—¿Y qué le debía Oliverio?

Mauricio mueve la cabeza. Juega con la ventaja de su rostro invisible, el recorte del sombrero y de su silueta que puede parecer cualquier cosa. También un fantasma.

—Usted no entiende nada, inspector.

—Lo que sé es que ahora mismo lo busca la policía de todo el país por haber matado a un hombre en Barcelona.

Mauricio se rasca con la uña las cicatrices ramificadas que descienden del labio inferior hacia el mentón.

—Paola, o debemos llamarla ya Eva, dice que usted es un hombre decente. Que deberíamos confiar en usted. La decencia no es la menor de las virtudes en estos tiempos que corren. ¿Lo es, inspector? ¿Es usted un hombre decente? —Un hombre decente no mata a otro a golpes. Ni siquiera al hombrecillo. Eso parece decirle el anciano con los ojos, ocultos bajo sus frondosas cejas.

Ibarra mira hacia el lado contrario. Dolores ha permanecido todo el tiempo fuera del círculo de luz que dibujan las velas. Apenas se mueve. El inspector la ve fugazmente, cerca de un montículo de tierra recién removida. Recuerda las uñas y las manos manchadas de tierra húmeda. Cuando Eva ingresó en el hospital —solo hace cinco horas y parece que haya pasado una eternidad— también tenía las manos y la ropa manchadas.

—Oigan, no tengo ni idea de lo que ha pasado aquí, pero no lo compliquen más. Suéltenme. No tardarán en llegar refuerzos —miente. Excepto Eva, nadie sabe que está aquí, a merced de estos dos locos.

Mauricio entorna los ojos. Lanza una bocanada hacia arriba. Contempla la espiral de humo deshaciéndose sobre su cabeza; vuelve al inspector.

—¿Cómo se encuentra Eva? Parecía grave cuando la dejé en la puerta del hospital.

—La doctora dice que tardará semanas en recuperarse de las heridas más superficiales y algunos meses de las fracturas. Pero no tiene dañado ningún órgano vital.

Mauricio parece alegrarse de escucharlo. Se pone de pie y se acerca al inspector sin soltar la pistola, que cuelga lánguidamente en la mano.

—¿Y qué es lo que le ha contado ella, inspector?

Ibarra le sostiene la mirada. Él cree que, ayer por

la mañana, Mauricio Luján mató a Oliverio en Barcelona y ha venido aquí a esconderse. Por alguna razón, Eva lo ha descubierto y, probablemente, entonces el viejo ha intentado asesinarla. Pero hay algo que descompensa esa lógica.

—Si ha intentado matarla, ¿por qué la ha llevado al hospital?

Mauricio sonríe y se rasca la frente con el meñique, por debajo del sombrero. La luz basculante de las velas se mueve con la corriente de aire. Ibarra descubre el montículo de tierra oscura, atenuado por los juegos de sombras, junto a Dolores, y un par de palas usadas recientemente en un rincón. Le recorre un escalofrío al darse cuenta de que han estado cavando una fosa.

Tensa todo el cuerpo cuando el anciano se inclina sobre él y le apunta con la pistola a la cabeza.

—Voy a ayudarlo a levantarse. Si intenta algo, le pego un tiro.

Habla completamente en serio. Y ya ha demostrado en dos ocasiones al menos que no le tiembla el pulso. Ibarra asiente con la cabeza. El anciano lo coge por las axilas y tira de él hacia arriba. Pese a su edad, tiene una fuerza considerable. Ibarra percibe el aliento cálido en la cara. Bebe, el viejo bebe whisky en cantidad. Su ropa huele a viejo, como olía su padre en el manicomio, y como aquel viejo que abusó de él. Un mundo rancio y doloroso cuya memoria es el olfato.

Mauricio le hace una indicación para que camine hacia el agujero.

Dolores se ha apartado hasta el borde y mira el

fondo, donde asoman raíces muertas. Sus ojos verdes están cavando más profundo. Ibarra traga saliva. Finalmente, la noche acabará como ha empezado. Esa bala en la recámara de la Beretta, que rondaba su boca como una mosca verde zumbando con la idea del suicidio, encontrará después de todo su utilidad. Pero no así, se dice. No atado y apaleado, no en una zanja, a manos de extraños. Nadie quiere morir como un perro, sin elegir el momento y la manera.

Piensa en Samuel removiéndose inquieto en la cama, quejándose entre las sábanas, moviendo los párpados espasmódicamente. «Duerme, hijo mío», dirá Carmela a su lado, sin poder pegar ojo, con la taza de infusión humeante en la mano y el libro entre las piernas, mientras mira cada dos minutos por encima de sus gafas hacia la puerta, con los oídos atentos al rumor intranquilo de la respiración de su hijo... Debería haber dejado este trabajo hace mucho. Presentarse en el juzgado y reconocer que tienen razón los que le acusan de haber matado al hombrecillo. Asumir esa carga, liberarse de ella para siempre y vivir lo que le quede por delante sin este miedo y esta pena. Dejar tranquilo al niño que lleva dentro, acariciarle la cabeza una última vez, besarlo en la frente y subirle los pantalones. Acompañarlo de la mano hasta el olvido.

Todo eso cabe en dos segundos, los que tarda en llegar al borde del agujero y ver, espantado, que ya vive alguien allí desde hace tiempo. Un amontonamiento de huesos medio oculto bajo una manta roída y apelmazada. Restos de trapo, del vestido de una niña pequeña.

Dolores, que está mirando lo mismo, ni siquiera parpadea. Sus labios se mueven sin emitir sonidos, como si soltara una letanía de misa. Tiene los puños cerrados, herméticos y pegados a los costados. Sus piernas se doblan hasta caer de rodillas, y sus puños se abren hacia aquellos restos humanos sin acabar de tocarlos, como si una esfera de incredulidad los protegiera.

—¡Qué coño es esto! —Se revuelve Ibarra.

Dolores vuelve la cabeza como un resorte y lo mira con odio. Por fin las lágrimas ruedan gruesas como piedras desde sus ojos verdes.

—«Esto» es mi hija, Martina. Mi niña. —Dirige la mirada a Mauricio y su odio se hace de fuego—: «Ellos» la mataron.

Mauricio no responde. Tampoco se defiende cuando Dolores, lanzando un aullido, se lanza contra él y le golpea repetidamente el pecho. Deja que ella se agote en un llanto espasmódico y luego echa un poco hacia atrás el sombrero y se mira la punta de los zapatos.

—La policía dio por desaparecida a la hija de Dolores hace diez años —murmura—. Todos creíamos que su exmarido se la llevó a Lisboa... pero nos equivocábamos.

—¿Qué significa todo esto? —pregunta Ibarra.

Mauricio contempla la pistola en su mano con incredulidad, preguntándose de repente cómo ha llegado allí. La tira al suelo.

—Usted quiere saber lo que le ha pasado a Eva, inspector. Nosotros también queríamos saberlo. Y ella nos trajo hasta aquí.

Mauricio coge del tablón de trabajo una de las cuchillas que Daniel utiliza para moldear la arcilla y corta las ataduras de Ibarra. El inspector lanza un suspiro de alivio al liberar la presión de los hombros. Se aparta un paso, mira de reojo la pistola en el suelo y la coge con un gesto rápido. Al moverse, siente un zumbido en la cabeza, como si tuviera piezas sueltas chocando entre sí. Apunta al anciano y le ordena poner las manos a la espalda.

Mauricio no se inmuta.

—No importa lo que crea, inspector. Yo no he matado a Oliverio. Ojalá hubiese tenido el valor de hacerlo. Deténgame si quiere; pero ahora tenemos que encontrar a Daniel. Y yo sé dónde está.

Martina va y viene entre las ruinas de la casa. Está furiosa y asustada.

—No seas idiota, Daniel. No podemos quedarnos aquí. Nos descubrirán enseguida. Este es el peor sitio para esconderte.

Daniel apenas le presta atención. Se ha tumbado entre los cascotes de su vida pasada y, con las manos en la nuca, contempla los tonos cambiantes del cielo y las últimas estrellas entre los jirones de nubes.

—El tiempo camina sin nosotros, no nos espera. Es como si las horas tuvieran su propio horizonte, el amanecer; esa luz que va llegando para destapar los errores, los excesos, la inutilidad de los sueños nocturnos; una luz que llega para mostrar la evidencia desnuda de las cosas sin espejismos ni artimañas.

—Daniel, ¿me estás escuchando?

Él asiente con un parpadeo tranquilo. Su corazón late con calma. Si se lo propone, puede detenerlo todo, congelarlo. Puede escuchar a un roedor entre las malas hierbas, el crujido de la tierra bajo la espalda o la música de las olas. Cada ola es diferente a la otra, trae su propio mugido y cuenta distintas historias. Daniel puede mirar el firmamento. Y cuanto más mira, más estrellas se ven: las constelaciones, los sistemas, las galaxias... el principio. El final.

—Ven, túmbate a mi lado. Como cuando éramos niños. Todavía veremos las lágrimas de San Lorenzo.

—¿Estás loco? ¡Nos han descubierto, Daniel! ¿No lo entiendes? Si nos atrapan, nos separarán para siempre.

Daniel lo entiende perfectamente. Por fin ha abierto los ojos, y ya no está asustado. La deja hablar, no niega su presencia. La comprende.

—No nos separarán. Tú lo dijiste: estamos cosidos a la misma piel. Somos lo mismo. Hace diez años, en el acantilado, nos convertimos en uno.

Martina se interpone al contraluz entre la visión de Daniel y la lluvia de estrellas, que se derrama como en espasmos de luz.

—¿Por qué hablas de eso ahora?

Daniel cierra los ojos para seguir viendo el mismo sueño: la niña que volaba. Pero esta vez no es un sueño, es real. Algo real que está, a pesar de ello, desgajado del presente.

No solía nevar tan cerca del mar. Pero aquella nevada de diez años atrás fue antológica. Los niños y los adultos de Punta Caliente amontonaban la nieve recién caída como si quisieran acapararla para llevársela a casa. La nieve había caído como un maná festivo y alegre que convirtió las laderas y las calles más empinadas del pueblo en toboganes improvisados, los parques en galerías de muñecos al aire libre, y los barcos amarrados en el puerto en bolitas de alcanfor flotantes. Incluso las gaviotas y los perros corrían detrás de los copos rizados por el viento. Aquella nevada se convirtió en el tema de conversación en O Cafeto, desplazando casi al olvido los acontecimientos recientes vividos en la escuela del pueblo entre Antunes y Dolores, con Martina y el hermano de Daniel de por medio. Ya se comentaba poco la paliza que Julio le había dado a ese portugués que había venido para llevarse a la niña. La nieve, alegre al principio, empezó a convertirse en inconveniente cuando reventaron las primeras cañerías, o cuando una anciana se rompió la cadera en un resbalón. Los coches se quedaban atascados y las faenas de pesca se demoraban.

Pero Daniel y Martina vivían en un paraíso sin escuela y con aquel manto blanco para sus juegos. Aquella mañana subieron hasta el *cruceiro* y Martina, siempre tan hombruna, trepó hasta los brazos de la cruz para tirar las cuatro pulgadas de nieve que se acumulaban. Reía feliz, dispuesta a coger una pulmonía corriendo sin zapatos por la nieve. Daniel no podía arriesgarse a cargar sus pequeños pulmones con más frío. Se limitaba a recoger pedazos de aquella cosa esponjosa y ver como brillaba en sus manos. Fue entonces cuando Martina quiso subir hasta la parte más escarpada del acantilado. Las aves marinas solían anidar en las repisas más meridionales y defendían con ferocidad a los polluelos. Daniel había sido testigo de crueles combates entre las pequeñas pardelas y las voraces gaviotas; no se daban tregua. Daniel sentía predilección por el págalo rabero. Distante, veloz y ágil, se dejaba ver poco y siempre llegaba como si viniera de un lugar maravilloso con mil historias que contar.

—Siempre quise volar. Tener alas, desplegarlas, saltar desde lo alto y alejarme hacia el amanecer. Huir de esta casa, de mi padre, de las sábanas mojadas, de las burlas y de la crueldad de los otros. No estaba preparado para este mundo.

Martina abre los brazos, cierra los párpados y se deja caer a su lado, como si fuera real. Nota el leve aliento en su oído.

—Y sigues sin estarlo. Sabes lo que hará tu abuelo en cuanto te encuentre, ¿verdad? Te encerrarán otra vez, Daniel. Adiós a tus alas.

Daniel no la escucha.

Les gustaba acercarse al precipicio hasta que la puntera de los pies quedaba suspendida en el aire. Las ráfagas de viento los zarandeaban y ellos, risueños, extendían los brazos y le ofrecían el rostro al viento y a la humedad que venía de las olas rompiendo abajo. «Yo puedo volar», recuerda que dijo Martina.

No sabe por qué lo hizo. No concibe cómo pudo

mirarla de aquel modo tan extraño una décima de segundo antes de que ella comprendiese lo que iba a hacer. Quiso dar un paso atrás, pero la mano de Daniel ya la había empujado hacia el vacío. Martina cayó agitando las manos en el aire como si buscara asideros inexistentes.

Y durante un momento, Daniel pensó que lo lograría, que alzaría el vuelo.

Pero Martina se estrelló contra las rocas mucho antes de llegar al final del acantilado. Daniel la vio rebotar como una cosa insignificante sin voluntad contra la pared, arrastrando tras de sí el alboroto de las aves anidadas, hasta quedar suspendida con los brazos muertos y las piernas torcidas entre las rocas, mirándolo.

Durante unos minutos, Daniel esperó que ella dejara de fingir. Estaba convencido de que se burlaba de él solo para enrabietarlo porque él no se atrevía a seguirla. Entonces, una violenta ráfaga de viento levantó el vestido azul de Martina y le cubrió la cara.

Y al volverse, Daniel vio a su hermano Julio que subía a la carrera y lo llamaba a gritos. «Me van a castigar por esto», eso fue lo primero que pensó.

—Yo no quería hacerte daño.

Martina le acaricia la frente, pero él no nota sus dedos.

—Lo sé. Pero deberías haber venido conmigo. Ese era el trato. Todavía te espero, Daniel. Yo te he ayudado muchas veces, como la noche del incendio...

La noche del incendio, hace dos años, Julio Luján, el hermano mayor de Daniel, estaba acabando de abrocharse los pantalones. Dolores había encendido un cigarrillo y fumaba recostada en el asiento, todavía con la camisa abierta y los pezones duros, el pelo revuelto y los ojos apagándose lentamente.

—¿Ocurre algo, Julio?

Él trató de sonreír pero aquella noche no lograba sostenerle la mirada. Dolores no dijo nada, pero ya hacía tiempo que notaba ese estar sin estar de Julio, negándose a mirarla a los ojos en determinados momentos, las excusas y las ausencias, cada vez más prolongadas. Julio se incorporó en el asiento del coche. Limpió con la palma de la mano el vaho de la ventanilla. Normalmente, agradecía alejarse del pueblo, cuyas luces se veían a lo lejos, y quedarse a solas con Dolores. Aquellos ratos a media voz con la música de la radio de fondo, las caricias íntimas entre el freno de mano y el cambio de marchas, le parecían lo mejor que podía tener. Pero aquella noche la soledad fue distinta, individual.

—No deberíamos seguir follando en el coche como críos asustados —gruñó taciturno.

—¿Eso es lo que te parece que hacemos? ¿Follar como críos asustados? —Dolores supo que una parte de él estaba mintiendo, quizá la parte más importante.

Guardaron silencio. Eso era mejor que las palabras, ataduras que escocerían más tarde y dejarían una fea marca.

Julio puso en marcha el viejo Peugeot de su padre y volvieron a la carretera, sin prisa. Como si ninguno de los dos quisiera regresar a lo inevitable. Sonaba algo en la radio, pero aquella vez no tararearon a coro la canción, cogidos de la mano. Cada uno iba enfrascado en miradas diferentes. Pensar en los otros ayudaba a Dolores a concentrar la atención lejos de aquel silencio que le hacía daño. Tal vez por eso preguntó por Daniel. Julio parpadeó como si se le hubiera metido una mota en el ojo.

—Está bien —dijo secamente.

—Hace tiempo que no va por la escuela.

Julio torció el gesto. No quería hablar precisamente de Daniel.

—Ya sabes cómo es. Escondido en su mundo. A veces pienso que es un autista.

Dolores asintió. Probablemente lo era, sin diagnosticar. Por otra parte, ¿qué otra salida podía quedarle para huir del ambiente que se respiraba en su casa, con un padre que lo golpeaba y lo humillaba con cualquier excusa?

—Daniel necesita ayuda, Julio. Ayuda especializada —lanzó al aire, con una leve esperanza.

Julio aferró con fuerza el volante.

—¿Podemos dejar de hablar de Daniel? —gritó.

Dolores dejó aflorar el malestar creciente que venía sintiendo desde hacía rato.

—¿Y de qué quieres que hablemos?

Julio apretó las mandíbulas.

—¿Es necesario que hablemos?

Aquella noche, tras dejar a Dolores en casa y escapar de su abrazo con un beso hiriente por su fugacidad,

Julio bajó al puerto para comprobar el estado de su pequeña embarcación. El *Nicosia* seguía en el amarre de reparaciones, como un viejo amigo que aguantaba en pie solo por lealtad. Julio sacó la botella de vodka del maletero y subió al puente. En realidad, solo se sentía feliz cuando notaba bajo los pies la cubierta oscilante. Acarició la grúa de remolque oxidada como si lo hiciera con la grupa de un caballo dócil y amigo. Aquel era su mundo, sobre todo cuando se alejaba de la costa y se dejaba llevar por los bancos de peces mar adentro. El mar no te exige pensar, solo actuar. Y, a veces, quedarse quieto en la popa, viendo la estela de espuma, era lo mejor.

Bajó al camarote y se tumbó en una de las cuatro literas que estaban soldadas, en bloques de dos, a las paredes revestidas de madera oscura. Dio un largo trago a la botella. El vodka le quemó la garganta y le hizo toser y que se le saltaran las lágrimas. Inspiró con fuerza y volvió a la carga. Se había propuesto emborracharse lo más rápido posible.

Al menos, si estaba borracho, los recuerdos flotaban como algo que quizá no hubiera sucedido.

Habían pasado ocho años desde la nevada, pero Julio continuaba viendo a su hermano pequeño aquella mañana en el borde del acantilado, con los ojos muy abiertos y llenos de extrañeza después de empujar a Martina por el precipicio. Al principio los vio como dos puntitos oscuros en la nieve. Correteaban el uno tras el otro, trazando caminos de huellas confusos e imposibles de seguir. Julio sonrió. Su hermano parecía más feliz desde que aquella niña de ojos inmensos había llegado a Punta Caliente. Poco a poco ganaba seguridad y autonomía, se comportaba como se esperaba de un niño de ocho años. Él también era más feliz. Enamorarse de una mujer como Dolores era algo increíble, impensable unos meses antes. La maestra le había abierto las puertas al vasto mundo con su manera de besar y de hacer el amor. Quizá todo fuera a ir bien, al fin, para los Luján, lejos de las amarguras de su padre, de sus borracheras y de aquellas viejas historias alemanas y argentinas, y lejos de la sombra callada de su madre, asustada todo el tiempo por los ataques de mal genio de su padre. Y entonces, de repente, vio que los dos se acercaban al precipicio. Y la sonrisa se le quedó congelada. Tuvo un momento de lucidez.

—¡No, Daniel, no! ¡No! —Julio echó a correr ladera arriba. Gritó, pero su grito fue como el de un cuadro, una vaharada de aliento entre la ventisca. Cuando alcanzó el precipicio solo estaba Daniel, mirándolo con aquellos ojos de porcelana oscura.

No podía olvidar esa mirada cada vez que hacía el amor con Dolores, cada vez que la consolaba, cuando ella le hablaba de su hija desaparecida. Ocho años callando, fingiendo, mintiendo a la mujer que amaba por culpa del demente de su hermano.

¿Por qué no dijo nada, entonces? Daniel era su hermano pequeño, debía protegerlo. Las habladurías, su padre, el reformatorio, lo que todos sospechaban y nadie se atrevía a reconocer: que no era un niño como los otros, que tenían que encerrarlo. No podía permitir eso. Daniel encerrado en una habitación con las alas cortadas. Se moriría. Pero había otra razón egoísta, absurda, terrible. No quería perder a Dolores. Solo era un juego. Los juegos de los niños son a veces crueles, pero nadie lo entendería.

Y un rato después ya era demasiado tarde. Con las manos manchadas de barro y la ropa empapada se había convertido en cómplice. Llevó el cuerpo de Martina hasta la vieja casa del farero. Nadie iba allí nunca. La envolvió con cuidado en una manta y la enterró tan hondo como pudo.

Ahora, mientras la botella rodaba entre sus pies, entumecido, se reprochaba el miedo que le impidió pensar con claridad. Él, que se jactaba de haber burlado con más sangre fría que nadie a las patrulleras de la Guardia Civil, que afrontaba los temporales con calma, que conocía cada recoveco de las cuevas de contrabandistas y trataba con ellos sin que se le acelerasen las pulsaciones, no fue capaz de llevarla en el *Nicosia* mar adentro y entregársela al mar y a los peces. No podía hacerlo. No podía negarle a Dolores la oportunidad de encontrarla alguna vez. No existe para la familia de un pescador nada más horrible que una tumba vacía esperando que el mar devuelva algún día el cuerpo del náufrago. Ocho años con aquel silencio. Ocho años con aquella niña llamándolo cada noche desde esa oscura roca helada, junto a la base del faro. Ocho años en que el cadáver de Martina había soportado sola los terribles temporales, las olas de seis metros que cubren la casa del farero en invierno. Sola, sin el amparo de una madre que la cree viva en alguna parte, con su vida y su familia.

Y de repente, un día, Julio se dio cuenta de que su hermano hablaba a solas en voz alta cuando creía que nadie lo veía. Hablaba con Martina, jugaba con ella, se enfadaba con ella. A veces, Daniel entraba en la habitación de Julio, se sentaba a su lado en la cama con aquel aire difuso, como si nunca estuviera del todo donde se encontraba, y le decía que Martina le había dicho tal o cual cosa, que Martina había hecho esto o lo otro. Como aquel día, hacía años, cuando Dolores le pidió que hablase con él. Daniel había estado a punto de matar a golpes con una piedra a un crío algo mayor que él que lideraba una pequeña jauría que se dedicaba a martirizarlo cada mañana en los váteres de la escuela. Daniel llevaba meses soportando aquel escarnio pero, por alguna razón, un día fue en busca de aquel muchacho y, sin mediar palabra, le destrozó los dientes con un salvajismo impropio de él.

—No he sido yo —se justificó ante Julio—. Ha sido Martina.

Julio lo miró sin comprender. Le mostró las manos con los nudillos sangrantes.

—Martina se fue hace mucho, Daniel. Mira tus manos. Has sido tú.

Daniel miró a su hermano sin comprender de qué le estaba hablando. Negó tercamente, y desde entonces no volvió a mencionarla. Pero Julio sabía que su hermano seguía «viéndola».

Tenía que acabar con aquello. No podía resistirlo más.

Julio fue a buscar a Daniel, que dormía en su habitación.

—¡Levántate! —Julio lo zarandeó sin contemplaciones. Daniel refunfuñó y abrió los ojos frotándose los párpados. Julio le arrojó la ropa—. Vístete.

Daniel miró la ropa sin entender. Julio tenía un aspecto lamentable.

—¿Estás borracho?

—No lo bastante. Vístete, maldita sea.

Daniel obedeció en silencio. La casa estaba a oscuras. Sus padres todavía no habían regresado del pueblo. Julio lo agarró por la hombrera de la chaqueta sin darle tiempo casi a abrocharse los zapatos.

—¿Adónde vamos?

Julio cogió las llaves de la pequeña fueraborda sin contestar. Bajaron hasta el embarcadero y Julio hizo que Daniel se sentase en la popa.

No hubiera sido la primera vez que su hermano lo llevaba por la noche con él a algún encuentro con los barcos que esperaban en aguas más profundas para recoger un cargamento ilegal de tabaco. Sin embargo, aquella noche no se dirigían mar adentro, sino que bordeaban la costa acercándose al ojo de cíclope del faro de Punta Caliente.

Daniel estaba cada vez más inquieto, pero no se atrevió a preguntar. El rostro de su hermano era una máscara marmórea. Atracaron en la playa de algas y Julio saltó al agua, que le cubría por debajo de la rodilla. Sacó una pala de la embarcación y una linterna. Sin decir palabra se encaminó hacia la casa abandonada del farero. A Daniel no le quedó más remedio que seguirlo.

La puerta estaba atrancada pero Julio la abrió de una patada. Hacía muchos años que aquel lugar estaba deshabitado. Las mareas altas y el fuerte oleaje habían golpeado con dureza la estructura, cuyo exterior estaba muy dañado. Parte del techo se había hundido. Las ratas habían construido sus nidos entre las grietas de las paredes de yeso podrido. Julio alumbró con la linterna buscando un rincón concreto y lanzó la pala al suelo batido de tierra.

—¡Cava!

Daniel no entendió. Con una violencia que no había usado jamás, Julio lo agarró por la nuca y lo arrojó hacia la pala.

—¡He dicho que caves, maldito majadero!

Aterrado por aquel gesto inesperado, Daniel obedeció. La tierra estaba dura, pero tras los primeros golpes de pala empezó a reblandecerse. Rezumaba agua y olía a sumidero. De vez en cuando, miraba de reojo a su hermano. Julio daba vueltas en círculo como si estuviera loco. Diez minutos después, el agujero empezaba a ser bastante hondo. Asustado y cansado, Daniel sudaba pese al frío. Tenía tierra húmeda en las mejillas y barro en el pelo. Le escocían las manos.

Julio se acercó y alumbró el fondo con la linterna.

—¿Por qué no saludas a Martina?

Daniel lanzó un grito de espanto y retrocedió de culo, pateando como si quisiera alejar aquello de él. Julio entrecerró los ojos y encendió un pitillo. Se acuclilló al borde del agujero.

—¿Por qué no le dices nada? —insistió.

—Quiero irme. Quiero salir de aquí —balbuceó Daniel. Intentó salir corriendo, pero Julio le cerró el paso de un salto.

—No, Daniel. Esta vez no mirarás para otro lado. Tienes que entenderlo. Está muerta. Tú la mataste y yo la enterré. Ella solo existe en tu cabeza.

Daniel apretó los ojos. Iban a estallarle, a salirse de las órbitas.

—No le hagas caso, Daniel. Esa no soy yo.

Martina estaba allí, junto a la puerta.

Daniel negó con la cabeza.

—Necesitas ayuda, Daniel. Y yo no puedo soportar más este silencio. Tenemos que ir a la Guardia Civil y contarles lo que pasó. Eras un niño. Diremos... diremos que fue un accidente. Te cuidarán, te pondrás bien.

Martina se había acercado y miraba el agujero. Sus ojos verdes estaban llenos de algas, de tiempo y de viajes lejanos. Entrelazó sus dedos de agua con los de Daniel y recostó su mejilla de luz oscura en su hombro.

—No soy eso, Daniel. Soy esto. Estoy contigo. —Su voz era profunda y cercana al mismo tiempo. Imperativa y dulce.

Daniel contempló a su hermano como si fuera un desconocido. Julio jamás lo había golpeado ni maltratado. Él era la única defensa que tenía contra el mundo, y ahora... ahora le hacía aquello... No lo entendía, no comprendía sus palabras. Cuando intentó acariciarle la mejilla, Daniel se apartó asqueado.

Julio sacudió la cabeza.

—Siento haber sido tan cabrón, Daniel. Pero necesitaba hacerte reaccionar.

Martina retrocedió a la par que Daniel, como

cuando eran niños y estaban solos en el mundo. Espalda con espalda, protegiéndose, cuidando el uno del otro.

Regresaron envueltos en un silencio mortuorio. Martina iba sentada junto a Daniel. Se protegían del frío y de las esquirlas de espuma abrazados. Daniel se concentraba en la espalda de su hermano con el cuello del abrigo alzado y el gorro de lana. Julio hacía virar la embarcación sin la prisa de antes, como si toda su furia se hubiese agotado y lo único que quedase de ella fuese la pala con restos de tierra en el suelo.

Sus padres habían regresado a casa. Julio se quitó los zapatos, como hacían siempre, y los dejó en la alfombra de la entrada. Daniel lo imitó. Su hermano fue directamente a su habitación sin dirigirse ni a su padre, sentado frente a la chimenea, ni a su madre, que arrastraba su humanidad de sombra en la cocina. Nadie se lo impidió. Daniel intentó hacer lo mismo, pero para él atravesar el salón era como aventurarse a campo abierto en una selva donde acechaban las fieras.

—¿Adónde crees que vas?

La voz gutural, pastosa, de su padre lo atrapó como un cepo. Daniel apenas se atrevió a mirarle.

—Iba a mi cuarto.

Su padre estaba borracho, como de costumbre. Bebía despacio y las llamas de la chimenea se reflejaban en la superficie de cristal del vaso. Le hizo una indicación para que se acercase. Remiso, Daniel obedeció seguido de cerca por la angustiosa mirada de su madre.

—Estás manchado de barro como si te hubieras revolcado en una porqueriza. ¿Se puede saber de dónde vienes?

Daniel sabía que, dijera lo que dijera, la reacción de su padre sería imprevisible y caprichosa. Si él decidía sacar el cinturón, esta vez Julio no se interpondría. Eso era lo que más le dolía, el abandono y la traición de su hermano idolatrado.

—Julio me ha llevado a dar una vuelta.

El padre soltó una risita ahogada en saliva.

—Ese cabrón quiere enseñarte el oficio de contrabandista, por lo que veo. Pero para eso hay que tener cojones. ¿Los tienes?

Daniel no respondió. Su padre le clavó la mirada mientras apuraba el trago.

—¿Qué piensas hacer con tu vida, Daniel?

Daniel alzó la cabeza. No debía mostrarse arrogante. Pero algo dentro de su cabeza seguía hirviendo. Miró de reojo a su madre, siempre asustada, siempre callada. Pensó en su hermano. Por la mañana llamaría a la Guardia Civil y se lo llevarían para siempre. Lo encerrarían.

—Lo único que quiero es ser un hombre.

Un hombre que no se emborrachase a todas horas, que no martirizase a sus hijos, que no viviera entre recuerdos de una madre que se inventaba, escondido en lo que habría sido de su vida si se hubiese quedado en Alemania y no se hubiera casado demasiado joven con una muchacha estúpida, si no se hubiera cargado con unos hijos estúpidos.

—Un hombre de verdad, señor.

Su padre lo contempló en silencio. Se levantó pesadamente, apoyándose en los antebrazos del sofá. Daniel no retrocedió. Era como si Martina estuviese detrás de él convertida en un muro. No más huidas, Daniel. No más miedo. Daniel apretó los puños, tensó el cuello y esperó el primer envite.

Pero, de repente, su padre se desmoronó. Sus ojos azules se deshicieron como el aguarrás sobre la pintura. Daniel nunca lo había visto llorar.

—Yo...

Tampoco lo había oído nunca balbucear. Y entonces sus manos se abrieron. No para golpearlo, sino para acercarse a él con timidez, sin saber cómo abrazarlo.

—Espero que algún día me perdones.

Aquel abrazo se quedó en una torpeza inconclusa. Su padre retrocedió, cabizbajo, y se derrumbó en el sofá.

Daniel se quedó un momento sin saber qué hacer, perplejo. Dio media vuelta, volvió a calzarse y salió de la casa. Sentía que el pecho iba a estallarle de pena.

Martina se sentó a su lado bajo las estrellas. Durante mucho rato no dijeron nada. Una mezcla de sentimientos le sacudía el corazón muy adentro a Daniel. Una fuerza incontenible y recién descubierta. Él sabía que esa fuerza se la daba Martina.

—¿Qué vamos a hacer ahora?

—Podemos escaparnos.

—¿Adónde? ¿Qué crees que pasará cuando Julio vaya a ver a Dolores? Nos harán más daño. Volverá todo a empezar, Daniel. Nadie puede entender lo que somos, lo que nos une.

Ella irguió el mentón, dirigiendo la mirada hacia el lindero del acantilado. Luego miró a la casa y al granero, alternativamente, donde el padre de Daniel guardaba el tractor. Se puso en pie, se sacudió los pantalones.

—¿Adónde vas?

Ella ladeó la cabeza y lo miró con una sonrisa arrebatadora, inmortal.

—Ya lo sabes.

Daniel negó con la cabeza. Martina se encaminó hacia el granero. Daniel se fijó en su hermoso pelo negro ondulado.

—Nadie va a volvernos a hacer daño, nunca más. —La oyó que decía. Al cabo de un minuto traía el bidón de gasolina en la mano.

O era Daniel quien lo llevaba.

Fueron los dos los que bajaron las escaleras del piso superior de madrugada, los que vertieron la gasolina sobre el sofá en el que dormía su padre, demasiado cerca de la chimenea. Juntos rociaron las cortinas, las sillas. Unieron esfuerzos para atrancar la puerta por fuera cuando empezaron las llamas. Y juntos vieron estallar los cristales de las ventanas, la cocina de butano. Juntos permanecieron muy quietos contemplando el cuerpo ardiendo de Julio cuando intentó sacar a su madre. Daniel quiso correr a ayudarlo. No podía soportar aquella mano abierta ardiendo como una tea pidiéndole auxilio.

Pero Martina lo retuvo.

Nadie los iba a separar. Jamás.

18

La Coruña, viernes, 20 de agosto de 2010
05.00 h

El chófer entra en el aparcamiento del hospital. El señor Malher le indica que apague los faros. Reposa la frente en la superficie fría del cristal y contempla las luces del edificio, las ambulancias aparcadas frente a la puerta giratoria y las ventanas.

—Así que aquí es donde está.

El señor Malher responde a la afirmación de Otto con un lento parpadeo. Su yerno ha viajado a su lado envuelto en un silencio taciturno y herido que apenas ha roto para hacer algún reproche sin sentido.

—Debería haberme dicho que usted sabía dónde estaba. Soy su esposo, tengo derecho a saber.

El señor Malher levanta dos dedos sin prestarle atención.

—Tú espera aquí.

Otto abre la boca a punto de iniciar una vehemente protesta. Seguramente reivindicará sus derechos maritales, quiere mostrarse en su esplendor de macho herido. Pero el señor Malher está cansado de esa clase de teatro.

—Entrarás cuando yo te avise. ¿Queda claro?

La mirada del señor Malher no admite discusiones. Si esos ojos azules se posan en alguien, su peso se hunde como una maza sobre el hombro. Otto entiende y guarda un silencio enfurruñado.

El señor Malher penetra en el sumidero de rostros agotados del hospital, sin prestar atención a los ojos que salen de su modorra al reconocerlo cuando pasa. Prescinde también de los bisbiseos de las auxiliares de enfermería, de las sonrisas que no vienen a cuento. En pocos minutos, cualquiera descolgará el teléfono y avisará a los redactores de guardia, a las televisiones y a las radios. Tiene que sacar a su hija del hospital, llevársela antes de que el espectáculo se convierta en un desfile de patéticas imágenes. Ya ha pasado otras veces. Demasiadas.

Eva está de lado en la cama. Mira hacia las sombras de la ventana. Es curioso, mira pero no piensa. Solo observa, y lo que ve le transmite una vaga sensación de calma. Como cuando fumaba un canuto a medias con Dolores y se bebían una botella de Valdepeñas seco, duro. Le gustaba ver a Dolores beber, sin prisa ni dramatismo. Sin urgencias que borrar. Aquella noche, cuando la descubrió en la habitación de Martina con todas las muñecas, mientras le contaba su historia —plagada de amarguras del matrimonio fallido y de la desaparición de su hija de diez años—, pensó que se derrumbaría. Pero no lo hizo. Lio uno de sus primorosos canutos, descorchó la botella y le sirvió una generosa copa. De vez en cuando, se levantaba, y se notaba el inseguro vaivén, la torpeza de la mente embotada. Ponía un disco con alguna romanza, se quedaba un segundo escuchando y la miraba, sonriendo de un modo un poco abandonado.

La puerta de la habitación se abre. La colonia de su padre, la misma desde hace cincuenta años, es inconfundible. Eva se da la vuelta en la cama muy despacio. Sus huesos y su cuerpo machacado crujen como los tablones de un barco que se va al fondo sin remedio. Tiene la visión exacta del pésimo estado en que se encuentra al verse en los ojos llenos de espanto de su padre.

—¡Mataré a quien te haya hecho esto!

—No puedes matar lo que ya está muerto, papá.

El señor Malher nota como le cuesta respirar y contener el temblor de ira, de dolor, en los labios ante el espectáculo que ofrece su hija. Su hija, su pequeña Eva, masacrada. Y durante una décima de segundo ve a su nieta en la sala de autopsias del forense, tres años atrás. El cuerpecito pálido, los ojos vacíos, la boca sellada. La retahíla de horrores acumulados que desgranó el forense.

—Si te hubiese llevado conmigo cuando fui a buscarte —barrunta, sin saber si acercarse o mantenerse donde está.

Eva intenta sonreír. Pero el labio partido y amoratado solo acierta a dibujar un gesto deforme.

—Ya no puedes venir detrás de mí como mi sombra, papá. Hace muchos años que dejé de ser tu niña.

El señor Malher niega vehemente.

—No digas eso.

«Pobre hombre», piensa Eva. Cansado, la barriga inflamada por las malas digestiones, los párpados hinchados por la falta de sueño. Su traje impoluto, tan distinto de Ibarra, tan seguro del lugar que ocupa en el mundo. Y, sin embargo, igual de frágil y de quebradizo.

—¿Ha venido Otto contigo?

El señor Malher asiente, aunque ahora el nombre de su yerno le parece una china en el zapato.

—Le he dicho que espere en el coche.

Eva mueve un poco el cuello y mira al techo.

—Y él te ha obedecido, por supuesto.

El señor Malher da un paso y le toma la mano. Está fría y pálida. Esas manos tan hermosas. Las mismas que Alda. Se acuerda de una fiesta de disfraces, cuando ella se empeñó en vestir a Eva de diosa forestal, con un traje tejido por ella misma con flores silvestres, cientos de ellas, y una corona de mirto en forma de diadema. Nunca estuvo más hermosa, en un caballo tordo que tiraba de una carreta.

Ya basta de destierros. Todavía es posible el amor entre un padre y su hija.

—Perdóname, Eva. Perdóname. No quise ver que te ibas como tu madre. Me asustaba tanto pensarlo. Después de la muerte de Amanda, en esos años terribles de tus orgías y tus excesos, tenía tanto miedo de que pasara otra vez... Te sacaré de aquí, iremos adonde quieras. Tienes que recuperarte. Volveremos a empezar. Tu marido, las empresas... nada de eso importa. Lo arreglaré.

Eva cierra los ojos. Sí, su padre siempre lo arregla todo. Incapaz de asumir el fracaso. «Seguir adelante, a toda costa», ese es su lema; aunque sea con un agujero en el corazón. Cómo decirle ahora, cuando jamás lo ha visto tan cerca de la derrota, que por mucho que se empeñe ya no podrá encontrar nada dentro de ella. Empezar de nuevo es una promesa de resurrección insensata e imposible. Y aun así, todavía respira.

¿Su padre la quiere realmente? Eva no se atreve a descartar del todo esa posibilidad. A su manera, de un modo insatisfactorio, en todo caso. No se desenvuelve con naturalidad en el terreno llano de los gestos cariñosos, de las palabras amables. Anclado en esa cultura luterana del esfuerzo, el sacrificio y el orgullo. Todo sucede de puertas adentro, tanto en los asuntos de familia como en los de los sentimientos. Siempre lo rodearon la frialdad y el método, la disciplina y la contención. Para una niña como ella eso equivalía a ser educada en un colegio de monjas. Su infancia podría haber sido la de cualquier aspirante a novicia enclaustrada entre los muros de un convento toledano. Pero allí estuvo, durante unos años, su madre para impedirlo. Alda, su pobre madre melancólica con sus instintos suicidas y sus baños calientes; con su sonrisa de musa muda y su aire de ausencia perenne.

Desde el día que Eva aceptó la evidencia de ser madre a su vez, se propuso que Amanda creciera en un ambiente muy distinto. No podía sustraerla al influjo de su apellido, pero trató de hacer de su vida un carrusel de colores, de ilusiones y de aire fresco. Nada de silencio, nada de claustros ni normas doctrinales. Sin envaramiento, sin losas sociales sobre sus pequeños hombros. Películas, viajes, paseos a caballo, baños en el mar, confidencias y el futuro como una promesa abierta a todas las posibilidades.

Amanda está ahora muerta. Duerme en el panteón familiar de los Malher, con sus adustos y grises antepasados teutones que cuchichean sobre su falta de modales, su lenguaraz vocabulario, su desfachatez sin complejos. Solo su abuela Alda la entiende, se sonríe por lo bajito y la lleva de la mano, escuchando con paciencia los dislates de su nieta, por los pasillos tenebrosos de los fantasmas y la muerte. A veces, Eva las ve asomarse a la ventana desde la que se ve la vida. La saludan desde lejos y la esperan. Sufren por ella, porque los muertos saben necesariamente cosas que los vivos ignoran. Lástima que los muertos sean mudos y los vivos sean sordos. Podrían haberle dicho tantas cosas, apartar de ella tantos disgustos. Pero, aunque la hubieran advertido, ¿les habría hecho Eva caso? Resulta poco probable.

Nunca volverá a ser la misma. Y no sabe si eso es mejor o peor, ni a cuál de todas las Evas que ha sido echará de menos.

La doctora entra en la habitación con el rostro desencajado.

—Ya están aquí. No han tardado mucho.

El señor Malher se acerca a la ventana. Delante del hospital se ha apostado un vehículo de televisión. No tardarán en llegar más. Va hasta la puerta de la habitación, habla por el teléfono móvil en voz baja, pero con evidente desazón. Da órdenes tajantes. Siempre es tajante, piensa Eva, quien desde la cama observa sus idas y venidas sin decidirse entre sentir por él cariño o dejar rienda suelta a tantos agravios del pasado. Ahora está aquí, se dice, y eso es lo que importa.

Le pide a la doctora que le acerque un espejo para mirarse, y, aunque la doctora se muestra reticente —nada de estresarse con detalles menores—, finalmente consiente y le consigue uno.

Eva ni siquiera se espanta al observar ese rostro inflamado y desfigurado como esos bustos que Daniel —Martina— deforma hundiendo con saña los dedos en la masa todavía pastosa y moldeable cuando no le satisface el resultado. Eso es lo que ha hecho Daniel con ella en el faro. Mirarla con un desagrado repentino, negar con la cabeza al darse cuenta de que Paola no es lo que su imaginación está creando; deshacerla partícula a partícula para volver a construirla a su manera.

—¡He sido tan ingenua!

19

Costa da Morte, jueves, 19 de agosto de 2010

La puerta de la casa del farero era pesada y al empujarla hacia adentro emitió un sonido de secretos. Daniel se adelantó para encender la luz. La bombilla en el techo latió como el corazón de un insecto sin llegar a la plenitud, pero fue suficiente para que Eva descubriera el pequeño taller donde amasaba, sobaba y alisaba los bloques de arcilla. La disposición de los elementos y del espacio no era fortuita sino una elección calculada que hablaba de un orden mental que desde fuera podría resultar caótico, pero en el que Daniel se movía como si se tratara de una prolongación de su propia habitación. Sabía dónde estaba todo: las espátulas, el punzón, los buriles, la argamasa, la sierra.

—Toda motivación artística debe estimular el pensamiento, los sentimientos y la percepción del artista. En eso estamos de acuerdo, ¿verdad?

Eva asintió, todavía tranquila, aunque su corazón empezaba a ir al trote. Daniel se sentía feliz de mostrarle al fin el lugar secreto de sus encuentros con Martina. Eva había tenido que insistir para que él accediera a introducirla en su templo. Pero ahora que lo había hecho se mostraba exultante.

—Para que sea exitosa, la experiencia artística debe ser mucho más que una simple actividad. Trabajar con el fango, como mi abuela hacía con el metal, le da una dimensión distinta a la materia. La transforma en emoción. Hace que cobre vida, y estimula al inconsciente para emerger a esta realidad.

Le mostró los moldes, los bustos a medio hacer —todos sin ojos—, le explicó cada proceso de forma didáctica, como si ella fuera la alumna y él el maestro. La guiaba de un lado a otro tomándola de la mano, estrechándole la cintura.

—Tócala. —Hizo que hundiera las manos en una plancha lisa de arcilla dispuesta en una cubeta con agua. Durante un segundo, Eva contempló la impresión de sus manos abiertas en el barro—. Esa eres tú —le dijo Daniel, besándola en un lado del cuello.

—¿Por qué todos los bustos aparecen sin ojos?

Daniel se quedó pensativo. Los examinó como si no hubiese reparado antes en el detalle.

—Tiresias, el vidente más famoso de la mitología griega, era ciego. Dicen que tuvo la desgracia de ver desnuda a la diosa Atenea. El precio por ver la belleza absoluta fue perder los ojos. Pero, a cambio, la diosa le concedió la clarividencia.

Daniel se volvió hacia aquella voz que acababa de hablar. Era Martina. Estaba recostada en el viejo colchón, con la espalda apoyada en la pared, fumaba con aire aburrido.

—Tiene un grifo tatuado en el empeine; se supone que debería conocer esas cosas.

—¿Qué ocurre? —le preguntó Eva a Daniel, al darse cuenta de que miraba fijamente hacia un rincón vacío, donde solo había un colchón mugriento. Se había puesto pálido. Movía los labios como si hablase solo. El joven se volvió despacio y la miró a los ojos, buscando algo, un punto de luz en las pupilas de Eva. ¿No la veía? ¿No veía a Martina?

Martina lanzó la colilla lejos y se incorporó.

El tebano Tiresias hacía sus predicciones observando el vuelo de las aves. A veces, cuando eso no bastaba, tenía que realizar sacrificios.

—¿Tampoco sabes eso, estúpida?

Eva retrocedió. La voz de Daniel era distinta ahora, como su mirada. La arañaba como un gruñido salido de una caverna. Como si ella hubiese despertado a una fiera que dormía al fondo de sus oscuros ojos.

—¿Qué te ocurre Daniel?

Martina descansó la mano derecha en el hombro de Daniel. Sujetaba entre los dedos una venda como la que solía utilizar para taparle los ojos cuando trabajaba con él.

—¿Se lo explicas tú o lo hago yo? —le susurró al oído—. La primera persona a la que Tiresias le auguró un negro futuro fue a Narciso. Le aseguró que viviría mucho tiempo, siempre y cuando no pusiera sus ojos sobre su propia imagen reflejada. No era algo complicado, excepto para Narciso. Él no podía vivir sin mirarse al espejo.

Martina sonrió.

—Juguetones los dioses, ¿no te parece? Cerrando los ojos se ve. Negándose la apariencia, esta se desvela tal cual es. Busca las metáforas que quieras.

Daniel asintió.

—Te lo mostraré. Te mostraré quién eres realmente.

El corazón de Eva ya no iba al trote. Empezaba a galopar. Miró de reojo el resquicio de luz exterior que se colaba por las rendijas de la puerta.

—No es necesario.

—Insiste —le dijo Martina—. Solo quiere huir.

—Esperaremos a Martina. Tú querías conocerla. No tardará en llegar.

Eva buscó a los lados. Gracias a la luz enferma de la bombilla, la incógnita que escondía la casa del farero salía de la clandestinidad y se mostraba tal cual. Ya no era un espacio abandonado que Daniel había acondicionado para trabajar y ocultarse. Los objetos y los muebles, recogidos de cualquier vertedero, eran reales, pero no en su forma aparente. Simbolizaban otra cosa, mostraban el interior de Daniel; y de alguien más, una presencia que latía y se manifestaba, alguien tan inacabado pero cierto como los bustos de arcilla sin ojos que retenían lo esencial, como una especie de sortilegio. Estaba allí, en la nervadura de esa casa que se venía abajo.

—No existe, ¿verdad? No hay ninguna Martina.

La proximidad del mar despedía un aliento salvaje. El batiente descolgado de una ventana golpeaba contra la pared. Eva deseó estar lejos.

—No existo —se burló Martina—. Entonces ¿qué soy?

Daniel la vio a su lado, y pudo advertir el contraste de la blancura de su rostro con la intensidad oscura del cabello y los ojos profundos y verdes. La escuchaba, la veía y al mismo tiempo le sorprendía verla y escucharla. Como si no le perteneciera, como si fuese otra persona. Y, sin embargo, estaba dentro de él, y al mismo tiempo fuera. Era la misma sensación de desdoblamiento que lo agotaba cuando acumulaba las noches de insomnio. No sabía qué era real y qué no.

Martina meció el trapo entre los dedos.

—Véndale los ojos. Quiero trabajar con ella.

Daniel escuchó su tono aburrido, como si leyera en voz alta algo obvio. Negó con la cabeza, pero íntimamente se alegraba de que Martina estuviera con él, del reencuentro con el olor de su piel, con su mirada que lo estrechaba y rodeaba.

—¿Por qué dices eso? ¡Claro que existe! Ella es quien hace estos bustos, vive aquí. Está aquí.

—Sí, estoy aquí, pequeña zorra burguesa. Pero tú no deberías estar. No deberías haber tratado de quitarme a Daniel. Te lo ha dado todo y, a cambio, ¿qué le has dado tú? Tu coño y tu boca para seducirlo con tus mentiras. Y ahora, que te asustas de lo que es, vas a largarte, a dejarlo tirado sin más. Como si fuese uno más.

Eva observó el trapo que Daniel anudaba entre los nudillos, apretando hasta hacerlos crujir.

—Estamos solos, Daniel. Tú y yo.

Quiso decir algo más, pero se interrumpió, asustada de sus palabras o por lo que estaba viendo. Los ojos de Daniel se habían reconcentrado; no miraban hacia afuera sino hacia adentro, como refugiándose en alguna especie de almena. Eva retrocedió aún más, sin perderle la cara, controlando el miedo y las ganas de salir corriendo. Pero, aunque hubiese querido huir, sus piernas se habrían revelado inútiles en aquel momento. El pecho le palpitaba desbocado, le temblaba el cuerpo entero, pero incluso ahora, cuando atisbaba una verdad horrible —la demencia de Daniel—, la enorme tristeza de sus ojos seguía despertando en ella un sentimiento que no sabía justificar. Quizá era una profunda compasión o, tal vez —y eso era lo terrible—, comprendía que estaba tan sola, tan apartada de todo como él. Todas las consideraciones, las palabras dichas y escuchadas, las acciones pasadas, las contemplaba ahora desde un prisma de tensión y de claridad alucinada: lo merecía. Merecía lo que le iba a pasar.

Daniel dio un paso adelante y la asió del brazo, obligándola a darse la vuelta. Le vendó los ojos y la llevó hasta el taburete. Con otro trapo le ató las muñecas. Eva no se resistió.

—Martina quiere trabajar con tu rostro.

Eva lanzó un hipido al sentir los dedos manchados de barro recorriendo el perfil de su rostro. Eran los dedos de Daniel, los conocía. Pero al mismo tiempo, aquellos dedos cautelosos eran diferentes, más suaves, más decididos y femeninos. Traían consigo una vida de otra criatura, como su voz, de repente aflautada, casi de niña.

—Te han mentido, Paola. Dolores, el viejo... Te han dicho que yo desaparecí, pero aquí estoy. Siempre he estado. Cuando follabais, cuando le contabas medias verdades y medias mentiras, cuando lo espiabas mientras dormía. ¿De verdad pensabas que lo dejaría a solas contigo?, ¿que permitiría que le hicieras daño?

Los dedos, que ya no eran de Daniel, amasaban pegotes de barro sobre los ojos vendados de Eva, le tapaban la boca y los oídos. Ella se revolvió, pero esos dedos la sujetaron con firmeza.

—Los ojos de las personas están llenos de gritos, de embustes disfrazados de misterio que se propagan de vida a vida desde el interior hueco de vuestros corazones. Vuestros ojos son como los de los cuervos, pájaros negros que se esconden en los bosques y que solo buscan víctimas a las que picotear las entrañas.

Eva podía verla. Ahora sabía que era ella la que estaba hablando, tocándola, moldeando sobre su piel una máscara de arcilla. Imaginaba sus ojos brillando a través de la mirada alucinada de Daniel, adivinaba una sonrisa de complicidad entre ambos, mientras tejían al unísono esa corteza helada. Los dedos como ramas que la iban asfixiando lentamente, estrangulándola con más y más fuerza, sin que ella reaccionara.

No quería creerlo, ni siquiera en aquel instante. Una y otra vez su memoria recuperaba al Daniel que ella creía conocer, el chico alto, delgado, de profunda mirada y profundos silencios. Pero ya no era ese muchacho amante y delicado. Ahora era Martina.

Y Martina la odiaba. Odiaba a cualquiera que fuese real. Eva era el enemigo; la nebulosa que desentrañaba esa frontera difusa entre el sueño y el despertar.

Eva respiraba con dificultad. Ahora el barro taponaba sus fosas nasales. Pronto sentiría la misma calma que cuando se hundía al fondo de la bañera y esperaba a que su madre viniese a rescatarla. Y en ese instante, pensó que Daniel ni siquiera había nacido cuando ella ya soñaba que se ahogaba, que apenas era un niño solitario y enfermizo cuando ella fotografiaba las impostoras manos del Che Guevara en una granja de la selva boliviana. Un niño que apenas sabía quién era cuando Eva gritaba de dolor pariendo a Amanda. Daniel no era ningún dios, no era especial, solo era un muchacho con la mente rota, atrapado en la misma melancolía inexplicable que Alda, la madre de Eva; atrapado en la contradictoria añoranza de vidas que jamás existieron. También Eva había caído en ese espejismo de esperar algo que iba a llegar a su vida para cambiarla y darle sentido.

Daniel era un loco, solo eso. E iba a matarla. Comprenderlo le hizo recordar el acuciante deseo de subir a la superficie cuando le faltaba el aire de los pulmones bajo la bañera, esperando inútilmente a su madre. Necesitaba recuperar la cordura, que estaba a punto de desaparecer. Lo entendió todo. Y sintió una recóndita lástima y, al mismo tiempo, una profunda repulsión por aquel joven y por ella misma.

Abrió la boca y los labios se despegaron del grito que lanzó como una larva desprendiéndose de su capuchón gelatinoso.

—¡No!

Escupió, mordió, cabeceó con todas sus fuerzas.

—¡No es real, Daniel! ¡Martina solo existe en tu cabeza enferma! —gritó desgañitándose.

Los dedos se detuvieron. Eva notó como la presencia retrocedía, volvía y se alejaba de nuevo. Los dedos le arrancaron con brusquedad la venda de los ojos. Eva temblaba de pavor, de rabia, al mirar los ojos negros y brillantes de Daniel. De este otro Daniel transfigurado, ajeno. En la mano derecha sostenía un busto a medio acabar, lo contempló atentamente.

Eva abrió los ojos, los párpados le pesaban a causa del fango. Abrió la boca pero no emitió sonido alguno. Lo que Daniel —o quien fuera en ese momento— sostenía, no era un molde de barro sino una calavera. Le había llenado las cuencas de arcilla.

—Tú no lo entiendes —dijo compungido—. Martina y yo solo nos tenemos el uno al otro.

De pronto le asaltó a Eva la convicción de que Daniel no sabía lo que era querer a alguien. No había amado nunca. No comprendía ese sentimiento.

—Suéltame, Daniel. Tienes que dejarme marchar.

Daniel sacudió la cabeza. Alzó aquel cráneo como una venganza contra sí mismo.

Y lo estrelló contra la sien de Eva.

20

La Coruña, viernes, 20 de agosto de 2010
05.30 h

—Te sacaremos por una puerta auxiliar. Nadie podrá tomar una foto ni captar una imagen —dice el señor Malher mientras cuelga el teléfono, que inmediatamente vuelve a sonar.

La doctora ha dicho que pueden trasladarla con una unidad medicalizada. El señor Malher pertenece a la vieja guardia de los dueños del mundo, esa especie de aristocracia que tiene fe ciega en el dinero y en los hospitales privados.

Eva le deja hacer. Se ha desentendido de su propia suerte desde hace horas. Después de que Daniel —aunque, en realidad, debería hablar de Martina— le asestara el primer golpe con la calavera de barro solidificado, en la vieja casa del farero, tirándola al suelo, Eva ha dado muchas cosas por concluidas.

El señor Malher continúa ahora haciendo planes. Habla sin parar, sin darse cuenta de que Eva apenas le presta atención. Siempre son las mismas palabras, aunque suenen de otra manera. Seguridad, protección, deber, discreción.

No sabe lo que pasó después de ese golpe. Vinieron otros, furiosos, con puños y pies. Perdió la noción de ser una persona. Lo oía gritar, balbucear. Daniel lloraba, reía, descansaba y volvía a pegarle en un arrebato de furia renovado. En algún momento notó que la arrastraba del cabello hasta un agujero cavado en alguna parte. Vio huesos humanos, pero fue como si lo soñase. A su alrededor solo había un zumbido sordo, como un desmoronamiento a cámara lenta, como si los soportales de la casa del farero se viniesen abajo. Oyó otras voces. Creyó reconocer la de Mauricio y la de Dolores. Hubo gritos, pelea.

Y entonces sintió un último golpe con el filo de algo metálico, una pala tal vez, que le cortaba la cara. Ni siquiera le dolió.

Luego todo quedó oscuro, hasta que abrió un ojo y vio el techo del cielo pasando veloz. El ruido de un motor, era el coche de Otto. La espalda ancha de Mauricio conduciendo a toda velocidad, la mirada de reojo. Se había afeitado la barba, parecía otra persona, pero seguía siendo él. Eso la tranquilizó, como el sombrero borsalino en el asiento del copiloto. Le hablaba, pero ella no podía escuchar lo que decía. Solo veía sus cicatrices moviéndose como dedos que querían cerrarle la boca.

Le vino a la mente su hija, su pequeña Amanda, en el frío panteón. Y entonces se acordó de que había visto a Ibarra por el paseo marítimo de La Coruña con su hijo y su esposa. La familia. Disponer de alguien que te protege del frío, alguien que entra de madrugada en tu cuarto y te arropa, alguien que te canta para que te quedes dormida. Eso le pareció importante en aquel instante.

Todo ha sucedido esta noche. Apenas hace unas horas. Pero ella siente que ha regresado de un viaje infinito, como alguien que ha estado mucho tiempo fuera y al entrar en casa descubre el gran vacío que la habita.

—Ya está todo dispuesto —le dice su padre.

—Voy a divorciarme de Otto, papá. Debí hacerlo hace mucho tiempo.

El señor Malher la mira sin comprender.

—Ya hablaremos de eso. Ahora, no estás bien...

Eva menea despacio la cabeza. A pesar de todo, su padre sigue pensando en términos burocráticos. Problemas legales, herencias, acciones, valores. No será fácil sacarlo de ese cascarón de seguridades.

—Soy tu hija. Y tú eres mi padre. Eso debería bastar para que comprendieras.

El señor Malher la mira de frente, a los ojos, con insistencia. Eva le sostiene la mirada con calma. Ya no es una niña, hace muchos años que dejó de serlo. Él calla, compungido por el golpe de esa evidencia. Su hija ha crecido sin él, ha sufrido y se ha transformado sin él. Y ahora lo mira como a un extraño.

—Nunca entendí esa obsesión tuya por fotografiar las manos de los demás. Y ahora, me doy cuenta de que casi no recuerdo cómo era el tacto de tu madre, ni el de mi nieta, ni el tuyo. —Cierra el puño lentamente—. Quiero retenerlos, pero se me escapan.

Eva acaricia ese puño de sarmiento. Sus dedos penetran en él hasta que logran abrirlo.

La doctora entra en la habitación. Detrás de ella hay dos enfermeros.

—Estamos listos. La bajaremos por el ascensor de personal. La ambulancia espera en la parte de atrás. La prensa se está acumulando en la entrada. Y hay unos policías que quieren hablar con usted. También está aquí el esposo de Eva. De momento es el que está centrando la atención de los reporteros.

El señor Malher asiente. Le da una palmadita cariñosa en la mano a Eva.

—Yo me ocuparé de la prensa y de los policías. Ustedes sáquenla de aquí.

Eva se remueve inquieta.

—Papá, Germinal...

El señor Malher la tranquiliza.

—No te preocupes por él. Ya me he ocupado de ese asunto.

21

Costa da Morte, viernes, 20 de agosto de 2010
06.00 h

Daniel, sentado en la base del *cruceiro* que marca el punto más alto del acantilado, mira en línea recta hacia el este. Desde aquí puede ver el dedo del faro con su ojo de cíclope girando rítmicamente. Los destellos azules de una patrullera de la Guardia Civil se acercan.

—Vienen por nosotros —le advierte Martina.

—En realidad, solo vienen por mí.

Martina entorna los párpados y frunce el ceño. Daniel se encoge de hombros. No tiene sentido seguir fingiendo.

—Tú lo has dicho muchas veces. Existes solo porque yo te llamo. Si quisiera, ahora desaparecerías. Pero no quiero.

Martina le tiende la mano. Él la toma, y su mano es el aire. Caminan hacia el precipicio, como en el sueño.

—Solo falta la nieve —suspira Daniel.

—No la necesitamos —dice ella dentro de él.

—¡Alto! No te muevas, Daniel.

Apenas le sobresalta esa voz que viene de más abajo. Se vuelve con el pelo alborotado, con una mirada entre despectiva y enojada. Un hombre le apunta con una pistola, a su derecha avanza el abuelo Mauricio. Unos metros por detrás viene gente uniformada. Los guardias civiles que jugaban al gato y al ratón con su hermano.

—Ya se acabó, Daniel.

El muchacho observa a su abuelo. Si hubiera llegado un poco más tarde a la casa del farero con Dolores, seguramente Martina habría matado a golpes a Paola. Quizá lo ha hecho, piensa de repente, dolido y confuso.

—Está bien, hijo... Ella está bien —le dice el abuelo, con su sombrero borsalino. Es extraño verlo sin la barba, las patillas como hilachas de esparto revueltas y esas sierpes que le recorren la parte inferior del rostro.

—Daniel, no dejes que se acerquen más. Quieren separarnos.

El mundo se achica a cada minuto que pasa. Ya solo les queda el infinito. Daniel lanza una mirada especulativa al hombre que le apunta. No cree que le dispare. No tiene esa mirada. Los otros han llegado casi a su altura formando un semicírculo que se va cerrando.

Martina les desafía, tan orgullosa y valiente como siempre. Tan fuera del tiempo con sus ojos verdes furiosos y su cabellera negra rompiendo el aire. Pateará, morderá, luchará para defenderlo. Es lo que ha hecho desde que eran unos niños y Daniel le regaló aquella canica japonesa: interponerse entre él y el mundo. No importa que él se deje atrapar ahora y lo encierren en un manicomio o en una cárcel. Aparecerá otra Paola, y allá estará Martina, celosa, feroz, para impedir que se le acerque nadie, para que puedan mantenerse siempre juntos.

Tiene que acabar con esto. Cerrar el círculo que quedó inconcluso hace diez años.

Vuelve la cabeza hacia su espalda, hacia el precipicio.

Martina lo mira con una luz brillante. Daniel asiente; observa el océano a sus pies, muy abajo. Las olas se rompen en mil cristales transparentes contra las rocas. El viento lo zarandea.

—Míralas a ellas —le dice con suavidad Martina, señalando al cielo. Las aves sobrevuelan con ligereza el acantilado, atravesadas por los primeros rayos del sol. Se deslizan con agilidad, ingrávidas.

—Daniel, mírame a mí. No la mires a ella —le implora el abuelo Mauricio.

Martina sonríe. Ya no es ella, ahora es aquella niña alegre de diez años con ojos vivaces. Es la niña que le dio aquel primer beso. Y Daniel ya no es Daniel. Es aquel niño que corría tras sus huellas en la nieve. El que no se atrevió a volar con ella.

—Lo haremos juntos.

Él asiente.

Martina entrelaza sus dedos. Puede notarlos. Por fin puede sentir que son reales, que calientan su mano fría, que lo estrechan con fuerza.

Cierra los ojos para ver, como el viejo Tiresias.

—¡Daniel!

Apenas nota el roce de la mano de su abuelo en una de las alas. Cae, cae con los ojos abiertos hacia adentro. Escucha la risa de Martina, la ve delante de él, bordeando los salientes, acariciando en un vuelo raso las olas con la punta de su vestido azul. De pronto, gira en un tirabuzón alegre sobre sí misma y remonta el vuelo. Y él la sigue. Ligero y libre. Y todo tiene sentido por primera vez en su vida.

La patrullera de la Guardia Civil tarda casi una hora en poder recuperar el cadáver de entre los salientes y llevarlo a tierra firme.

Mauricio se acerca y se inclina ante aquel cuerpo descoyuntado. Tiene los hombros dislocados y el cuello partido, una profunda hendidura en la frente y un ojo perdido. Es un espectro, que sin vida es un despojo que podría haber devuelto la marea; un joven desgarbado con el pelo revuelto y una barba poco recia, sin ningún encanto especial. Su nieto. Daniel. Qué remoto parece ese nombre de repente. El anciano lo contempla inmerso en un asombro sin límites, con insistencia, como si esperase que el muchacho tosiera un poco para escupir el agua salada de sus tristes pulmones y volver a la vida.

Ibarra se ha situado tras él. Lo toma del brazo y lo ayuda a levantarse. El inspector prefiere no mirar el cuerpo tendido en la playa. Ese muchacho tiene prácticamente la edad de Samuel.

Mauricio nota algo metálico en las muñecas. El inspector lo está esposando.

—Queda usted detenido por el asesinato de Oliverio Pellegrini. —Trata de decirlo con la mayor suavidad posible, pero suena como suenan los grilletes al cerrarse sobre las manos desamparadas del anciano.

Mauricio cierra los ojos mientras el inspector le comunica sus derechos. No se resiste y se deja llevar hacia el todoterreno de la Guardia Civil.

Desde la ventanilla del vehículo observa a las personas que rodean el cuerpo de su nieto como un grupo de conspiradores. Ibarra se sienta a su lado, con el cuello de la camisa manchado de sangre seca.

—Su cabeza —dice un guardia.

—No es nada —dice, examinando las cicatrices de Mauricio y su mirada, oculta bajo esas cejas blancas y espesas. Cree ver en ella un despecho contra la vida misma.

—¿Qué sucederá con Dolores? —pregunta el anciano, que se ha quitado el borsalino y lo sostiene entre las rodillas.

—Los forenses están recogiendo los restos de su hija. En cuanto a Dolores, no se preocupe; estará atendida por un equipo médico. Ahora debería preocuparse por usted y por el asesinato de ese hombre en Barcelona.

Mauricio hace una mueca. Las nubes filtran el resplandor de la luna que todavía no se ha ido y del sol que aún no ha aparecido. Las estrellas se van apagando con un sutil destello. Todo parece inconsistente.

—Está amaneciendo. A punto de nacer un nuevo día —dice.

22

Barcelona, miércoles, 18 de agosto de 2010

Allí estaban, dos viejos con todo a cuestas, masticando silencios cargados de palabras que no encontraban el modo de hacerse carne. Sabían que el tiempo ya tocaba a su fin. En realidad, el reloj se paró hacía ya mucho.

Para Oliverio, el minutero se quedó varado en las playas barrosas e inhóspitas de un archipiélago miserable, en el fin del mundo; luego, en exilios culpables y silenciosos, en miradas a contrapelo, en temores interiores y en exordios que no lo pudieron consolar nunca más.

Para Mauricio, el tiempo se había detenido tras los barrotes de una cárcel injusta, en la búsqueda de los olores de los suyos —la Pecosa, su hijo, sus nietos—, en los apartamentos vacíos en los que vivió y que ellos jamás habitaron.

Ya no quedaba mucho por decir, ambos lo sabían. Y, sin embargo, allí estaban, apurando el último whisky, el penúltimo pitillo, macerando en la boca las últimas y definitivas palabras. No habría más encuentros después de aquel. Ambos lo sabían, lo intuían, lo deseaban.

El camarero les trajo un cuenco de almendras y se quedó extrañado de aquel silencio litúrgico, impropio en su bar, casi indecente. La gravedad en esos lugares espantaba a los clientes. Aun así, nada dijo. Se apartó a su rincón de la barra y esperó atento a lo que dos viejos argentinos tenían que decirse. Oliverio se llevó una almendra a la boca, jugueteó con ella entre los dientes y la escupió.

—Está amarga.

Mauricio miró sin desagrado la masa descompuesta, a medio morder y ensalivada sobre la servilleta. Lo que amargaba, lo que siempre fue de color verde, era el aliento de Oliverio. Se le escapaba por ese agujero con dientes postizos lo que se le pudría en las entrañas.

Oliverio, su antiguo amigo, lo había llamado para decirle lo que ya sospechaba en su piel cada vez más pálida. Un cáncer naciente, pero vigoroso, se había agarrado a su páncreas. Mauricio, que no podía sentir lástima ni ofrecerle consuelo, acudió sin embargo a la cita, aun sin esperar conversiones de última hora. Oliverio no era de esos. Ahora veía al hombre acabándose, empezando a morirse más deprisa que antes, como si saber que se moría hubiese terminado con todo el disimulo. Se iba a caer en pedazos en unos meses, como mucho, y no habría nadie —salvo su hija— que lo recogiera para amontonarlo en una tumba sin brillo del sol. Eso no le alegraba; no era justicia. Solo era morirse.

—¿Por qué me has dicho que te mueres?

Oliverio le dio una calada al pitillo con sus dedos supervivientes y se encogió de hombros como huesos consumidos.

—Pensé que te alegrarías.

—Pensaste que te me escapabas.

Cuando alguien se empeña en defendernos de una debilidad, esa debilidad se muestra más real. Y el débil se enoja con el defensor. Eso era lo que le pasaba a Oliverio cuando, recién regresados de Alemania con la Pecosa y su hijo, Mauricio se encontraba con él en aquel bar de la Recoleta —ya no recordaba el nombre, puede que El Proceso, algo kafkiano debía ser, en todo caso—. Oliverio solía emborracharse temprano y, cuando el dueño le echaba sin miramiento a la calle, Mauricio se encaraba con aquel tipo grandote con más pinta de carnicero que de barman.

Oliverio, tirado en la acera rechazaba la mano de su amigo para levantarse.

—¿Desde cuándo te hiciste misionero? —Soltaba ácido y, con la misma mala intención que miraba al barman, le apuntaba con una pistola imaginaria. Todavía no era el Comandante, pero ya merodeaba por las oficinas del Ejército. Conocía gente, se jactaba; era verdad.

¿En qué momento sus ojos se convirtieron en espejos de piedra?

Mauricio no lo sabía. Tal vez cuando Oliverio empezó a mirar a la gente directamente a la cara y a usar aquellas ridículas gafas de sol, incluso de noche, que se acabarían convirtiendo en un triste cliché para describir a los personajes como él. ¡Había tanto de ridículo, de siniestra parodia, en lo que encarnaban esas gafas oscuras! La culpa de esa bufonada no era solo de esos payasos, por supuesto. Los literatos, el cine, la imaginación de los que no vivieron aquello, los habían estereotipado hasta convertirlos en bufones reconocibles, con los abrigos oscuros, los sombreros, las gafas de sol, el bigotito y, claro, un sello de oro en el meñique (¿a qué judío debió de robarle el suyo Oliverio?). Hasta en las películas los caricaturizaban con sus diálogos, siempre parcos en palabras, enigmáticos, enmarcados por silencios amenazantes. Los dotaban de una inteligencia perversa, de una malignidad sin escrúpulos; los dibujaban como portentosos monstruos, seres malignos, soldados del gran ángel caído. De no resultar todo tan patético, tan repugnante, Mauricio sonreiría.

Oliverio, como la mayor parte de sus compadres, no se distinguía por una perversión determinada, ni era especialmente brillante. La ironía, ese humor de la inteligencia, lo descolocaba, no sabía ni qué cara poner cuando la Pecosa le lanzaba una de sus puyas. La Pecosa se reía de su altivez sin motivo, de su pistolita en la cadera, de ese aire de matón que luego lo haría famoso tirando gente por las ventanas, arrojando cuerpos vivos al mar, quemando los huevos a muchachos con corrientes. Eso sería un par de años más tarde, pero entonces, cuando Mauricio lo defendía de las burlas de aquel barman, Oliverio —todos los Oliverios— solo era un fantoche que no podía ser tomado en serio. Al Comandante —que nunca pasó el grado de teniente de corbeta— jamás le interesó la política, ni leyó tres libros seguidos, ni tenía estómago para discusiones prolongadas. Su parloteo era cualquier cosa menos sutil. Lugares comunes y aburridos: *La Nación* en el bolsillo, banderías, Perón, los judíos, el contubernio de siempre.

—Ya no te acuerdas, y no querías acordarte entonces, aunque todavía no eras más que un recién llegado a la tortura, de las veces que tuve que sacarte de los burdeles donde te daban de lo lindo, de las risas de las mucamas cuando hablaban de tu «pequeño amigo», de tu complejo, que te obligaba a esconder la mano mutilada en un guante negro. Casi no sabías señalar en un mapa otra cosa que no fuera Buenos Aires. Incluso cuando querías ser cortés, eras desagradable, porque no tenías ni la paciencia ni la sabiduría del cortejo.

—Eso no es cierto. Se me daban bien las mujeres.

—¿Y cuando eras un adolescente acomplejado y me suplicabas?: «Mauricio, escríbele unas notas a una chavalita que he conocido en Belgrano. Ponle algo de sus ojos, que sea bonito, como tú sabes». Y yo lo hacía, y luego tú la cagabas. Por eso las putas; ellas no esperan mermelada, pero tampoco aquellas palizas que les dabas cuando tu polla borracha no estaba a la altura de tu lujuria.

—No se me daba bien recitar a Pushkin, que era lo que entonces se llevaba. De todas maneras, nunca conseguí a la chavalita de Belgrano. Como poeta, eras una mierda, Mauricio.

Pobre Oliverio, construido de la nada. Y, sin embargo, llegó a ser el peor de todos ellos. Se ha escrito tantas veces la historia de gente como él que casi no merece la pena el esfuerzo de describirlo.

—La historia te barrerá, Oliverio. Como a todos los fantoches que pisotean el mundo. Pero cuánto daño has hecho. Mientras otros, miles, están muertos, tú sigues en tu papel. ¿Te sonríes?

Oliverio se reía. Sin embargo, ¿qué quedaba ahora de su vieja arrogancia sin el puño americano, sin las correas con las que ataba a los pobres desgraciados para freírles los testículos? ¿Dónde estaba ese cuchillo con el que les rajaba la cara, y esa toalla húmeda con la pastilla de jabón enrollada? ¿Adónde se fueron los guardias que le sujetaban a las víctimas, los que tanto lo veneraban por su arte infligiendo dolor?

—Me besabas los pies, Mauricio. Lamías mis botas para inspirar un poco de compasión.

—Todavía te acuerdas y yo todavía me acuerdo. ¿A eso se reduce tu triunfo? ¿A la humillación del amigo?

Ni siquiera era un enfermo, ni un fanático de la causa que defendía. Todo le era lo mismo ¿Cómo si no podría haber sobrevivido a la caída? Nadie lo tocó, iban a por los peces gordos y Oliverio se cobijó en la obediencia debida: salió sin un rasguño. Pero era el peor de todos aquellos miserables que urdieron aquellos terribles años. Ellos querían tenerlo todo. Oliverio, simplemente, aspiraba a despojar a los demás.

—En la cárcel había una pequeña biblioteca con un fondo de libros cedidos por instituciones o particulares. No había demasiado donde elegir, apenas una cincuentena de novelitas, algunos poemarios y libros de educación básica. Pero di con un pequeño tesoro, un libro de tapas blandas sucias y maltratadas. El libro en cuestión era una antología del Pibe Taquito. Desconozco cómo alguien logró meter ese libro de Juan Gelman, subversivo y prohibidísimo, en la cárcel. Probablemente, el censor ni siquiera debió de darse cuenta de que estaba en el lote. Y acaso, de haberlo descubierto, lo más seguro es que no lo hubiera leído.

Oliverio asintió.

—Los carceleros no llevan tatuada la poesía en los huesos.

Pura e inservible fachada a estas alturas. Oliverio no reconoció, ni iba a admitir, que en los últimos meses se había enzarzado en un feroz diálogo con el poeta Juan Gelman. Mauricio no tenía ni idea de que el Comandante había utilizado el libro que le regaló de aquel modo tan obsesivo. Cada poema lo había cubierto con acotaciones, que a veces estaban de acuerdo con el poeta y otras lo atacaban sin miramientos. Era una letrita meticulosa, muy apretada, con muchos interrogantes y signos de exclamación. Existía un discurso completo, que circulaba en paralelo a los versos, a través del cual cualquiera deduciría que fue escrito por alguien atormentado, y sentiría pesar por aquella mente desesperanzada, que pese a todo seguía buscando sentido donde solo existía el caos. Aquel libro acogía un diálogo de sordos donde el poeta esperaba poder perdonar y el torturador —refractario a esa mutación continua que los versos iban provocando muy a su pesar— se negaba a pedir perdón.

Oliverio sentía una mezcla de admiración y repulsión por ese solitario moralista, le hacía sonreír su inocente invocación de la justicia y esa indignación que persiste incluso cuando no tiene razón. El poeta se negaba a aceptar que el mundo es cruel, que los inocentes sufren, que la naturaleza de las cosas es injusta. «¿Por qué no te pegas un tiro si tan insufrible te resulta la realidad?», le preguntaba a veces, exasperado. Era perceptible su indignación y su asco al escribirlo al borde de la página. Unos párrafos más abajo, el propio Oliverio se respondía: «La vida carece de sentido pero queda la obra de vivirla. Y ese es tu acto de rebeldía contra la irracionalidad: vivir a pesar de todo».

A veces se sentía desconcertado ante las cosas que él mismo escribía y, al releerlas, le preguntaba al poeta, con verdadera necesidad de saber, qué sentido tiene una existencia sin objeto, qué clase de rebeldía es esa. «¿Para qué sirve esa máquina de la palabra, para transformar las heridas en versos?» Y el poeta le respondía desde la voz grave y profunda de lo escrito, con un punto de ironía elegante que exasperaba a Oliverio: «La memoria es una cajita que revuelvo sin solución».

—La memoria no tiene remedio —resolvió Oliverio en voz alta, siguiendo con aquel diálogo de sordos.

Mauricio se asomó a la cornisa de ese diálogo susurrante, entendiendo de dónde provenía.

—Te equivocas, Oliverio. Lo que no tiene remedio es el pasado. Pero la memoria es una forma de inventar el presente.

Oliverio cabeceó, sin entender la música de aquellas palabras. En el ahora hay sufrimiento, desde luego. Pero se equivocaban el poeta y Mauricio, y todos los que dividían a los hombres entre culpables e inocentes. En la realidad no existía tal cosa. Cada uno se entrelazaba con el otro y creaba un equilibrio permanente. No era posible escoger entre el bien y el mal; no tenía sentido. La función de la existencia —con los muros, las puertas y las rejas— no era crear categorías sino la unificación de todos. La labor de la vida era conquistarlos a todos por igual. Había que vivir y, para lograrlo, todo estaba permitido. Esa era la ciencia amarga que se debía aprender al salir del útero. En ello se reafirmaba mientras desmenuzaba lo leído en aquel libro.

—Llámalo como quieras. Los muertos se fueron y no van a volver. Como aquel cine de Villa Crespo, ¿te acuerdas? Lo cerraron, y por más que seguíamos acudiendo cada domingo con nuestros centavos en el bolsillo, nunca volvieron a abrirlo.

Y, sin embargo, algo en su propia afirmación le sonaba a falso. Algo que se negaba a reconocer. Los versos de Gelman cantando la pérdida de su familia, junto a los otros treinta mil desaparecidos, tenían más fuerza que el olvido y eran mucho más poderosos que la necesidad de darle forma al caos. La verdadera fuerza de la palabra era que podía traer a los desaparecidos de nuevo a la vida y que esos muertos renacidos lo miraban a él y esperaban que dijese algo. Una sola palabra que Oliverio anegaba en whisky.

—...Yo no te odiaba, Mauricio —dijo quedamente.

Mauricio dio un trago al whisky y paladeó la dureza en la lengua.

—El odio nunca es lo peor, Oliverio. Ni siquiera lo es la tortura. Es otra cosa lo que no puedo perdonarte. —Mauricio se quedó abstraído, con los ojos repletos de pasado, y comenzó su relato como si las palabras sirvieran para devolver al presente los recuerdos.

—Sientes la piedad fría en la mirada del carcelero cuando de madrugada te devuelven al «agujero» tras haberte golpeado durante horas con el vergajo. Y agradeces esa mirada. Al principio gritas, exiges, peleas, pero luego comprendes que para recibir esa piedad que tanto anhelas de tu verdugo, debes volverte un prisionero silencioso y desmentir el pasado que traías contigo. Por supuesto, el verdugo insiste en que hables de tu vida fuera de allí, te pregunta por tu hijo, por tu esposa, por tu trabajo. Te habla del fútbol, de la política, de mujeres y películas, te adula, te amenaza. Tiende su mano hacia ti y nunca sabes si lo hace con intención de golpearte o acariciarte. Así es como caes en la trampa. Poco a poco, comienzas a disociar la tortura del torturador, y solo esperas, como un perro, la caricia del amo, del viejo amigo. Y la agradeces cuando llega. En algún momento empiezas a pensar que cuando en lugar del consuelo regresa la tortura no es culpa del torturador, sino tuya. Y te sientes mezquino y compadeces a quien te atormenta. Te afliges cuando, compungido, él te señala en el suelo y te dice: «Mira lo que me obligas a ser». Y tú lo crees. Porque quieres creerlo. Porque necesitas creerlo. Y le pides perdón, besas las botas con las que te ha pateado la cabeza, le limpias con la manga de la camisa el rastro de tus dientes en la puntera. Le imploras con lágrimas en los ojos. Y tu corazón se expande de felicidad cuando se pone en cuclillas delante de ti y te acaricia la mejilla rota.

»Tu torturador dice: "¿Comprendes por qué hago todo esto?". Y tú asientes, anegado de agradecimiento cuando te da un papel y un lápiz y te pide que le escribas a tu esposa, que le cuentes una sarta de mentiras para tranquilizarla: "Estoy bien, Pecosa, me dan de comer, Oliverio se encarga de que no me maltraten. Pronto saldré de aquí y volveremos a estar juntos". Hojitas escritas con primor —que no te tiemble el pulso, que no note la desesperación en el trazo— que entregas dobladas en cuatro partes a tu torturador, furtivamente porque la correspondencia está prohibida. Él promete que se las hará llegar, y a los pocos días te trae la respuesta, también en un papelito arrugado, páginas impresas de un ejemplar prohibido de Juan Gelman, con unas frases cortas que él te pasa a hurtadillas entre los barrotes de la celda, convirtiéndose en tu cómplice. Y tu torturador dice: "Seguimos siendo amigos, Mauricio, aunque ahora estemos a cada lado de esta reja". ¿Recuerdas, Oliverio?

Pero el antiguo amigo escucha, sentado frente a él, sin poder decirle absolutamente nada. Mauricio prosigue regresando a los papelitos arrugados.

—En esas frases, tu esposa te cuenta que la vida sigue en Buenos Aires, que tu hijo mayor se ha marchado a España con su mujer gallega y su hijo pequeño porque aquí no hay trabajo ni futuro para el hijo de un montonero que ha matado a dos policías. «¡Pero yo no soy montonero! —protestas—, no entiendo de política, matar a aquellos policías solo fue un acto instintivo.»

»Pero cuando uno dice esas cosas, el verdugo se enfada y se ofende porque traicionas su confianza. Y el flujo de papelitos se corta, desapareciendo ese frágil cordón de esperanza que te une al mundo exterior. Y de nuevo empieza la rutina expiatoria, los golpes, las recriminaciones, las acechanzas por la noche, el vergajo recorriendo los barrotes como una amenaza. Y otra vez pides perdón, y sí, reconoces que eres lo que no eres, porque llegas a creerte que podrías haberlo sido. Todo con tal de que el verdugo te perdone y te devuelva el hilo que te conecta con el exterior: aquellas páginas dobladas con los versos de Gelman y las palabras de la Pecosa escritas en los bordes. Los más duros de los duros caen en eso, pero nunca lo reconocerán.

»Hasta que un día, el verdugo que fue amigo de infancia viene a verte una última vez a la celda. Se sienta a tu lado en el camastro y te ofrece un pitillo con la mano de dedos cercenados. Está tan compungido cuando te dice que lo trasladan a las Malvinas que casi lloras por él. Y cuando le imploras que te dé noticias de la Pecosa, se pone de pie. Te lanza una última mirada, de compasión quizá, de cinismo posiblemente. "Olvídala. Nunca volverás a verla."

»Pasan tantos años. Tantas horas muertas, tantos días gastados sin finalidad. Llega el día en que sales a la calle, libre. O eso dice el auto judicial que te entregan. Un papel repleto de sellos y firmas y artículos de leyes que dicen que has cumplido con la sociedad. Pero tú ya no sabes quién eres, ni cuál fue esa deuda que contrajiste, ni a qué sociedad debes darle las gracias por permitir que te reincorpores a ella. Solo tienes una bolsa de lona, tus cuadernos, que has logrado conservar milagrosamente. Han pasado casi veinte años y te enfrentas a la soledad absoluta de un mundo que no te ha esperado y ya te ha dejado atrás. Te sientas en la plaza de la Constitución y ves pasar los colectivos, preguntándote qué fue de aquellos LO 1114 de Costera Criolla, dónde para ahora la línea 148 de color verde y amarillo, por qué los chóferes ya no van con corbata y camisa celeste. Ya no hay uniformes en la Casa Rosada ni en la Quinta de Olivos, solo policías de modales amables que parecen maniquíes.

»Tomas un café en el edificio Kavanagh, tan viejo como tú con sus ciento veinte metros de hormigón. Hay funciones en el teatro Colón pero no conoces a los actores, la zona norte se ha convertido en un *down town* de ejecutivos y ejecutivas que comen en bandejitas de plástico sin detenerse. Ya no hay artistas callejeros en las galerías Pacífico. En el quiosco hojeas una revista y la mente se embota: en aquellos días nos despertamos con las niñas Brito, desaparecidas en 1977, que fueron encontradas en una familia de adopción y cuya restitución a los padres naturales hizo el mismo juez que las había entregado en adopción. Ahora ves en las portadas mujeres desnudas, presentadores de televisión con ropas estridentes. Ya nadie se cambia de acera al pasar ante el edificio del departamento central de la Policía Federal, donde en 1977 yo vi pasar detenido a Esquivel. Nadie menciona la palabra montonero, ni saben quiénes fueron Estela Alberti y Ricardo Soria. Maradona iba a dejar Argentina Juniors para ir a River o a Boca, y ahora es un tipo sumido en problemas con las drogas. Lo único que sigue igual es la devaluación del peso y la inflación por las nubes. Eso nunca cambia.

»Te sientas en un banco, asombrado de vivir al salir de la cárcel y estar fuera del giro del mundo. Los valores han transmutado solo en apariencia, sin embargo. El viejo discurso populista suena nuevo en nuevas caras, pero sigue siendo el mismo. Y te ves obligado a aceptarlo todo de golpe: la suprema contradicción de repudiar el pasado —como te han enseñado en la cárcel— y no entender el presente. Y por un momento te sientes imbuido de una especie de aristocracia del corazón que te eleva por encima de esos "infrahombres" que nada saben de ti. Los contemplas con un orgullo loco, consintiendo que no pueden evitar ser como son.

»Y entonces empieza lo peor. La añoranza de la sordidez cotidiana de la celda, de la voz del verdugo y su mano levantándote después de arrojarte al suelo.

»Hasta que un día, pasados los meses —incluso los años—, mientras caminas entre la multitud mecanizada, te detienes titubeante, miras a tu alrededor y llega de golpe la verdad de lo que te hicieron allá, en La Plata. Te arrancaron el alma, te convirtieron en perro doméstico. Hicieron de ti una caricatura de hombre. Y lloras, lloras de dolor y de rabia, de pena por ti, de odio por el verdugo, que fue tu amigo.

»Tantos años perdidos, toda la vida que se fue en nada.

»Y lloras cuando la gente te ve parado ahí en medio y esquiva tus lágrimas con aprensión, como si fueras un loco contagioso o un bufón borracho al que unos adolescentes lanzan monedas para divertirse. Es otra lucidez muy distinta la que entonces te embarga, que tu conciencia y la de tus congéneres ya no son la misma.

—Ningún ser humano puede vivir sin un objetivo, y yo elegí recuperar a la Pecosa. ¿Entiendes, Oliverio, por qué no puedo perdonar?

—¿Por qué no me denuncias de una maldita vez?

—Porque no serviría para nada. A ellos no les importamos. Y ellos tampoco nos importan. Esto es entre tú y yo y lo que queda de nosotros. Eres desde la distancia un fantasma, alguien que tengo que esforzarme en reconocer.

Como le costó reconocerlo aquella mañana, en 2003 o 2004, en octubre o noviembre, en la calle Avellaneda o cerca. ¿Qué probabilidades había de encontrarse con alguien al cabo de veintitantos años en una ciudad infinita como Buenos Aires? Sin embargo, allí estaba Oliverio, contemplando aquel escaparate de ropa, observando con una atención innecesaria el maniquí trajeado como si le resultase conocido, como si mantuviera con él una mundanal charla.

Traía bajo el brazo un periódico doblado y sujetaba los guantes con gesto mortecino en una mano. Oliverio se había vuelto distinguido, traje de sastrería italiana color gris, cabello plateado y gafitas de montura fina y óptica redonda. Por eso, aunque algo familiar le hizo girar la cabeza, Mauricio no lo reconoció al principio. Siguió su camino pero se detuvo a los pocos pasos. Era él. Mauricio lo siguió. Lo vio buscar una esquina donde todavía quedaban, como un vestigio del pasado, un grupito de muchachos limpiabotas. No le enterneció ver el taburete que le ofreció el muchachito, ni recordar que así empezó el propio Oliverio, escupiendo en un trapo sucio para frotar el betún de los demás y dejarles el calzado lustroso.

—Siempre me pareció una ocupación indigna, inclinarse para sacudir la inmundicia de los demás.

—¿Por qué indigna? —protestó Oliverio—. ¿No lavó los pies Jesucristo a sus discípulos?

—Eran los tiempos de la niñez, cuando te daban aquellos ramalazos de santidad.

Oliverio continuaba teniendo los zapatos impolutos. Mauricio se preguntaba cómo lo hacía para inclinarse sobre su barriga, si ni siquiera parecía capaz de abrocharse solo los cordones.

—Ella, Laura Ojo de Agua, te plancha la ropa, te lleva de compras, te limpia los zapatos, te mira la tensión, va a buscarte las recetas a la farmacia... Es lo que hace una hija amorosa por su anciano padre.

Oliverio no respondió. Se quedó pensativo, mirando por la ventana.

—Si tanto me odiabas, ¿por qué no me abordaste entonces?

—Quién sabe. La confusión que me causó encontrarte y no reconocerte de primeras, las reglas del presidio de las que uno nunca se libra del todo, ya sabes: la reverencia que el preso le debe al guardia, los ojos bajos, los hombros relajados, la cerviz siempre expuesta en señal de sumisión. Tuve cinco minutos para saltar todos esos obstáculos, pero para cuando me decidí, ya era tarde. Entonces, vi a una muchacha joven, con aire de estudiante universitaria de visita por vacaciones, que se te acercó y te besó la mejilla. Deberías haberte visto la cara. Parecías un hombre de verdad. Y esa revelación me resultó monstruosa y horrible. Que alguien como aquella muchacha ensuciara su cariño con tus mejillas. Me pregunté cómo era posible que ella no notara el gusto de la ceniza, de los muertos y de los torturados... Allí estabas, alejándote entre el tránsito de la mañana, elegante, distinguido, reverenciado y con aquella muchacha colgada de tu brazo. ¿Y yo? ¿Yo qué era? Una sombra que se desdibujaba bajo la marquesina del hotel en el que entraste. La escoria que caga el paso del tiempo.

Oliverio desvió la mirada hacia la entrada de la coctelería. Por un momento, recordó las noches bajo el cielo helado y nocturno de las Malvinas. ¿No fue allí donde se le empezaron a abrir las carnes, al escuchar los gritos de agonía inútil de aquel soldado inglés que Horacio asfixió por orden suya? Toda una vida en un lado hace difícil transitar hacia el otro. Demasiados años persiguiendo fantasmas: las FARC, los montoneros, los comunistas... fantasmas... Y, sin embargo, los hijos de Gelman se llamaban Nora Eva y Marcelo Ariel, tenían nombres y rostro y sentimientos en las palabras de su padre. También aquella nieta sustraída a la muerte y a la ignorancia era real y abrazable, y se llamaba Macarena. La imagen de su reencuentro con el poeta había dado la vuelta al mundo. Y contra esa evidencia de vida poco podía la verdad de los que habían masacrado a toda una generación; una verdad construida con otras palabras más inciertas y genéricas, grandilocuencias bajo el ruido de los morteros que nada significaban entre el barro de una trinchera cavada precipitadamente en la tierra dura.

Todo volvía, como en ese poema de Gelman, *Gotán*, que significaba —tal vez Mauricio lo supiera—, leídas las sílabas al revés, «tango». Desprenderse ahora de esa piel curtida era como despellejarse con dolor y gritos silenciosos o arrancarse lo que fue para quedarse, a las puertas de la muerte, desnudo, sin saber lo que era: un viejo acabado, una vanidad estéril, una justificación mentirosa. ¿Se arrepentía de los males causados, de las torturas infligidas, de las denuncias y los secuestros? Una parte de él —la del monstruo— se negaba a ello. La otra parte, la del hombre, suplicaba que lo entendieran: nos engañaron. Y eso, siendo cierto, nunca sería toda la verdad. El perdón era una placidez demasiado difusa que nunca sería total mientras quedara algo en él de duda y de orgullo. Y contra eso nada podía hacer, sino mandar a la mierda a Dios.

—Yo quería hacer un viaje con Laura, a las islas griegas. Le encantan esos fondos de aguas cristalinas y el sol sobre las casitas encaladas. Pensaba contarle allí lo que yo sé de mí mismo. Quizá con la estúpida esperanza de que lejos de donde fui brotaran palabras limpias, sencillas, escuetas. Sin memorias, y sin rostros. Que mi hija me perdone es lo único que me importa, Mauricio. Que traiga narcisos a mi tumba y solo piense que la quise.

Oliverio sacó un sobre del bolsillo interior de la americana y lo deslizó hacia Mauricio.

—Esto es lo que yo sé. De lo que sabes tú, de lo que tuviste de culpa, nada puedo decirte.

El Comandante se enderezó y dejó un billete sobre la mesa. Esperó a que Mauricio dijese algo, pero este no apartaba la mirada del sobre de color hueso. No se atrevía a abrirlo.

Toda una vida esperando esto: lo que ya sabía.

—Ya sabes dónde vivo, Mauricio. No tengo miedo a lo que puedas hacerme. Ni siquiera me preguntaré si merezco más que tú un tiro en la cabeza. Pero a mi hija, Laura... a ella déjala en paz. No tiene culpa de que nosotros seamos como somos.

Mauricio asintió lentamente.

—Tienes mi palabra.

Antes de marcharse, Oliverio sonrió.

—Demasiado daño nos han hecho ya las palabras.

Mauricio se decidió al fin a abrir el sobre. Había una fotografía de la Pecosa y una ficha del Grupo de Tareas.

> Elena Alberta del Río. Sin profesión conocida, maestra sustituta a horas en la academia de Bellas

Artes, escultora. Relacionada con grupos propagandísticos en Alemania próximos a la extrema izquierda. Se sospecha que colabora en la organización e infraestructura de una célula clandestina de estudiantes destinada a tareas subversivas, principalmente propagandística. Hace campaña contra la celebración del Mundial en suelo patrio y denuncia actividad de la Junta. Esposa de Mauricio Luján, detenido en campo 3 por el asesinato de dos agentes de la autoridad. El detenido ha confesado por escrito la participación de Elena Alberta en dichas actividades, declarando que ella lo reclutó para la lucha armada. Admite que el móvil del tiroteo contra los policías fue político e instigado por su esposa. Madre de Luis Luján, veinte años, casado con una ciudadana española que está embarazada. Se tiene noticia de que el hijo ha pedido asilo en la embajada española. Se propone su expulsión de suelo argentino.

Dos párrafos más abajo, una palabra escrita a máquina en letras mayúsculas:

DESAPARECIDA

Fue en 1977. Apenas cuatro días después de que Mauricio Luján firmara la confesión que la acusaba.

Mientras caminaba hacia la boca del metro, Oliverio recordó aquel amanecer en que vio por última vez los ojos devoradores de la Pecosa desde una profundidad desnutrida. Oliverio entró una vez más en aquel cuartucho cerrado, cuyo olor era insoportable.

Tuvo que soportar la súplica subterránea de ella cuando le dijo que iban a matarla. Aún recuerda su sorpresa al pensar que aquella anatomía carcomida, semidesnuda y cubierta de mugre y moratones era la de aquella muchacha que él conoció a los veinte años. La vida es un soplo. Veinte años no es nada. No podía olvidar aquella hacienda aislada, las estrellas puntiagudas que se extinguían ni los gritos de la Pecosa suplicándole que la ayudase. Qué distintos eran los gritos que traen vida de los que traen muerte; qué diferente era el dolor, aunque el desgarro de la carne fuera el mismo. Los soldados que la custodiaban cavaron una zanja y Oliverio la llevó hasta el borde.

—Aquí te quedas, para siempre.

Y la Pecosa miró hacia la línea del horizonte, por donde venía la mañana sin prisa.

Los dos disparos, muy juntos, espantaron a los cuervos.

23

Barcelona, jueves, 19 de agosto de 2010

El piso de los Amigos de la Memoria estaba igual que la última vez que Mauricio lo visitó, pero esa mañana no se escuchaba a Serrat y la luz, aunque intensa, no tenía la misma limpieza. En el interior flotaba un raro vacío, como si algo se hubiera perdido para siempre. La dama del cabello blanco —ella lo había llamado para pedirle que fuera con urgencia— estaba llorando detrás de la mesa. A su espalda, el gran ventanal abierto traía el rumor de niños jugando en un parque interior.

—Ha pasado lo que tenía que pasar —murmuró la dama, y se tapó los labios pintados con un pañuelito arrugado. Incluso la convulsión del llanto era suave y armoniosa. Aquella mujer, cuya historia nunca conocería Mauricio, desterraba la vulgaridad incluso en la tristeza—. Desde que vino usted preguntando por Oliverio, supe que ya nada podría impedirlo. Pero hubiese preferido, lo siento, que fuese usted quien lo hiciera —dijo en voz muy baja. No reprochaba nada, solo constataba con resignación lo inaplazable.

Mauricio se quitó el sombrero. No se atrevió a consolarla.

—¿Dónde está él?

Encontró a Horacio en la habitación contigua, sentado en una silla y vuelto hacia la luz de una ventana. Estaba muy serio, con la mirada ausente. Apenas quedaba rastro del viejo irascible con quien Mauricio se las había tenido tiesas la primera vez. Aquella mañana cubría la válvula de la garganta con un pañuelo de color malva colocado con un nudo sumamente elegante. Ladeó la cabeza en señal de reconocimiento y miró a Mauricio con bondad. Brotaba de él algo parecido a la complicidad.

—Hace una mañana agradable. Demos un paseo.

Su voz, metálica, resultó casi humana.

Caminaron sin prisa hacia el antiguo barrio de pescadores de la Barceloneta y se mezclaron entre los turistas que empezaban a extenderse con sus sombrillas y toallas por las playas urbanas. En aquel trecho, ninguno dijo una palabra. No eran necesarias y, sin embargo, en un momento u otro había que pronunciarlas.

—¿Sabe una cosa? Usted no me cae bien, pero a mí también me gusta el tango. ¿Cuál es su preferido? El mío, *Cuesta abajo* —confesó Horacio, como un niño admitiendo un pecado que debe ser perdonado. Se habían sentado en la terraza de un chiringuito frente al mar. En la mesa había un vaso de vidrio rayado con un resto de vino blanco y un cenicero lleno de colillas. El suelo estaba lleno de huesos de aceitunas, esparcidos entre las palomas y los gorriones que asediaban el chiringuito.

Horacio tarareó la tonadilla. Sonaba como una gramola oxidada. Luego se calló. Cogió un cigarrillo y lo encendió. Daba la sensación de que cada gesto recogía una última voluntad.

—Ya está hecho. Solo quería que lo supiera. Aunque no lo he hecho por usted.

Mauricio asintió. La dama del cabello blanco se lo había contado.

—¿Por qué, Horacio? Era su amigo; su camarada de armas.

Horacio juntó en una mirada muchas cosas: lágrimas locas, nombres susurrados que para Mauricio no tenían una historia; gente arrojada desde aviones; pescadores recuperando cadáveres con los ojos comidos por peces verdes; sollozos que se ahogan... Congojas latiendo en esa garganta sin cuerdas vocales con un orificio sucio de mucosidades que mal disimula el pañuelo malva. Arrugó la nariz, mostrando unos pelillos que amarilleaban. Otros ojos, debajo de la mirada, lanzaron un pensamiento a lo lejos, donde los niños jugaban saltando olas felices, con la piel brillante; limpios.

—Me di cuenta de que usted no iba a tener las agallas.

Oliverio no fue jamás su amigo, ni su camarada. Fue el hombre que le hizo sentir para siempre el peso de la vergüenza, que le inoculó la humillación de las manos estrangulando a un hombre. Poca piedad hay en ese gesto cobarde. Iba a morirse de todas maneras aquel oficial inglés, pero se hubiera muerto por las manos de Oliverio y los que eran como él. No en las suyas, manchadas con la cobardía de no haber querido ayudarle.

—No se vive sin más con eso.

Años después de la guerra, Horacio viajó a un pequeño pueblo de Gales entre montañas de piedra, un lugar de gente hosca de nariz roja y pelo rojo. Tenía ese pueblo de nombre impronunciable una plaza con un monolito a sus caídos. Al pie del monumento había unas flores y un cirio que ya nadie encendía. Una placa recordaba los nombres de aquellos héroes locales. «Teniente McHannan, Thomas, veintiún años. Caído para la gloria de la Union Jack en las Falkland.»

—Su familia no vivía lejos, en una casa modesta de ladrillo oscuro y techos de pizarra en una calle empedrada y pendiente. Eran granjeros: un padre grasiento con pelos en las orejas, un hermano con un peto que olía a mierda de cabra, una madre con los antebrazos de un boxeador... ya sabe. Trabajaban una maltrecha parcela de pasto con un tractor viejo, y poseían varios perros ovejeros de largas orejas. La novia de Thomas había levantado el vuelo con un veterano que sí regresó con un trofeo: un banderín argentino arrancado de una bayoneta de reemplazo.

Horacio pensó que lo odiarían. Y fue dispuesto, con el martillo y los clavos, en busca de un Gólgota que le librara de las noches sin dormir. Pero lo que hizo aquella familia fue sentarlo en el salón donde la fotografía del oficial Thomas presidía un altar de recuerdos; le mostraron fotos de niño.

—Asómbrese, amigo: los niños galeses son como los argentinos, solo que tienen las rodillas más huesudas y las pantorrillas más fuertes.

Thomas quería ser soldado. Siempre lo quiso. Y Horacio no tuvo coraje para explicarles cómo mueren en la vida real los soldados. Les contó lo que ellos podían soportar.

—Supe, mientras volaba de regreso a Buenos Aires con una fotografía de Thomas en el bolsillo, que nunca podría olvidar aquellos días ni sus noches. Que odiaría para siempre a los hombres que hacen de la carnicería y la masacre su razón de ser. Y, por encima de todo, que odiaba a aquel oficial de la Marina que me ordenó ser un asesino y luego me libró de ser fusilado en un consejo de guerra. Jamás podría olvidar la cara del teniente de corbeta, Oliverio Pellegrini.

Dedicó el resto de sus días a los desaparecidos, pero también a los veteranos olvidados por la democracia y sus nuevos políticos, a sus esposas, a sus hijos. Y el agujero no se cerró, pero se fue llenando, como el otoño, de hojas muertas.

—Hasta que apareció aquel día en el hospital con su hija. No sé cómo supo de mí, ni de mi enfermedad.

Fue como si aquel viejo Oliverio trajese en los bolsillos los gritos del oficial británico, los estallidos de la artillería, la miseria y el miedo de aquellos días tremendos. La guerra se abrió de par en par lanzándole otra vez su aliento de animal putrefacto. Pero Oliverio parecía estar por encima de todo eso, un hombre en paz consigo mismo, con las gafas de miope, el sombrero y un periódico enrollado bajo el brazo. Apenas habló, pero lo hizo sereno, de la guerra, la patria, el heroísmo. No dijo una palabra sobre lo que le ordenó hacer a Horacio. Incluso tuvo la serenidad para sonreírle y darle unas palmaditas en el hombro.

—«Nunca abandonamos a los nuestros», me dijo. Y eso fue horrible, porque me consideraba uno de los suyos. Yo me había convertido en uno de ellos. Le dije que se marchase, que era un monstruo y que me arrancó lo poco que me quedaba de humanidad. Le juré que si volvía a verlo, lo mataría. Me escuchó en un silencio pétreo. Noté la incomprensión en su mirada. «Después de todo, yo impedí que te fusilaran», me recriminaba.

—Y entonces aparecí yo —entendió Mauricio.

Horacio asintió. Su cigarrillo se agotaba.

Para vivir con algunas cosas hay que aprender a silenciarlas, actuar como si no se interpusieran entre los sentimientos. A fuerza de negación, Horacio había logrado ese difícil equilibrio. La dama del cabello blanco, le explicó, era su hermana. Ella estuvo en manos del Grupo de Tareas, muy joven. Estaba embarazada. Jamás había visto a su hijo, o su hija. No sabía qué nombre tenía, ni qué aspecto. Hombres como Oliverio se lo arrancaron sin dejar que lo tuviese un minuto en los brazos. A veces, en casa, sentados a la mesa con la cena, les invaden los siniestros ruidos de aquellos años y se miran en silencio, como dos viejos a los que les robaron la vida.

—Me dediqué a espiarles a ustedes dos. Sus encuentros en la coctelería, sus excursiones a la floristería. Esa joven no sabe cuántas veces la he seguido. Qué cerca ha tenido mi odio de su nuca. Esperé, pensé que usted odiaba tanto como yo, que no necesitaría apretar el gatillo. Me bastaba con estar cerca cuando usted lo hiciera por mí. Mi hermana intentó disuadirme. Ella no odia, ella solo quiere recuperar. Pero yo sé que no puede volver lo que se ha ido para siempre.

Horacio guardó silencio. Tal vez esperaba que Mauricio dijese algo, pero Mauricio no tenía nada que decir.

—Y esta mañana, de repente, Oliverio, el Comandante, ha aparecido en la puerta del piso. Resultaba desconcertante verlo avanzar y retroceder. El tartamudeo, sin atreverse a traspasar el umbral de la puerta, la mirada huidiza... Hablaba atropelladamente, y repetía palabras como «perdón», «familia», «futuro», «cáncer».

Se callaba y esperaba, como si Horacio y su hermana pudieran leerle el pensamiento. Pero ellos no podían salir del desconcierto y, en el caso de Horacio, de la ira. Sentía por primera vez que era más fuerte que Oliverio, y esa sensación no le causaba alegría sino un frío ardor en el estómago.

—Ha dicho que hablar con usted le había hecho ver muchas cosas. Nos ha mostrado un librito mugriento que llevaba en el bolsillo. Ha asegurado haber hablado durante horas con Juan Gelman, entender lo que es recuperar la familia cuando todo se perdió. Hablaba y hablaba, y yo solo quería que se callase.

Oliverio no se había sentado. No se lo permitieron. Tenía la penosa certeza de que sus palabras eran inútiles, como querer abrir una grieta en un grueso muro que rodeaba a Horacio y a su hermana. Esperó algún comentario, un simple reproche, un insulto. Cualquier cosa menos aquel silencio espeso.

Horacio le recordó que años atrás, en el hospital, juró que lo mataría si volvía a verlo. Oliverio rememoró aquellas palabras, lo cierto de la advertencia, y un escalofrío le recorrió la espalda. No le importaba demasiado morirse, ya lo estaba haciendo muy deprisa. Pero el odio de Horacio era insoportable. Sintió que, como él mismo, era un viejo árbol podrido por dentro. Aún tuvo tiempo para decir que quería ayudar. Todavía conocía gente. Gente que podía dar alguna pista sobre los desaparecidos, sobre ese niño o esa niña que le arrancaron a la dama del cabello blanco. Ella lo miró con los ojos muy brillantes. Los labios de Oliverio se movieron dispuestos a hablar, pero el gesto desafiante de Horacio volvió a cerrarlos. El viejo Comandante abandonó el piso de los Amigos de la Memoria.

Oliverio salió a la calle. La mañana estaba tranquila, como si Barcelona entera se viese sumida en una profunda reflexión sobre su propia naturaleza. Caminó despacio, dejándose llevar por el mundo que lo contemplaba como si, tras los cristales de las ventanas, conociera sus secretos. Se detuvo justo en la linde de la Gran Vía. Inesperadamente, sintió que todo se hacía más transparente. Notó la presencia de Horacio a dos pasos de él. Cerró los ojos para proteger el corazón. Estaba muy cansado. Inspiró con fuerza, dio un paso más y sintió que la cabeza le estallaba.

Durante unos segundos, Horacio contempló el cadáver tirado entre dos vehículos estacionados. No parecía gran cosa, la rama gruesa y hueca de un árbol desprendida del tronco. No sintió nada salvo, acaso, la sensación de haber cumplido con algo que estaba escrito desde hacía mucho tiempo.

—Todavía no han venido a detenerme. Son lentos, estos policías.

Mauricio asintió. Tal vez, pero eran seguros. En cualquier caso, no sería él quien corriera a delatar a Horacio, a pesar de saber que en aquel momento era su cara, y no la del viejo con el pañuelo, la que andaba circulando por los faxes de todas las comisarías.

—Podría marcharse con su hermana. Váyanse a cualquier parte. Tiene unas horas de ventaja.

Horacio se encogió de hombros.

—Hágame caso, Mauricio. Vuélvase a casa. No a esta tierra de aquí. A la nuestra. A donde nacimos. Ningún hombre tendría que morir lejos de sus montañas, de sus ríos, de sus recuerdos. Morirse en tierra extraña es morirse para nada.

Su voz no mostraba ninguna clase de emoción. Sonaba robótica y sin vida.

Laura Ojo de Agua aún no lo sabía. No había visto la televisión. No sospechaba que a su padre le habían disparado por la mañana dos tiros en la nuca en pleno centro de Barcelona. Ya era mediodía. Hasta aquel momento nada se había alterado; un jueves cualquiera de agosto. Esa normalidad sorprendía a Mauricio, que espiaba a Laura, sentado en un banco, desde la acera de enfrente de la floristería Ceibo. Un día pacífico bajo un cielo mediterráneo y el sol de latón pegado a las fachadas y a los vehículos estacionados. No pasaba mucha gente por la calle. La chica se desenvolvía como siempre tras el mostrador, segura en su mundo habitable.

Pero Laura estaba a punto de perder su vida inventada. En realidad, la había perdido ya, aunque aún se mantuvieran las rutinas cotidianas. Ya no tendría que visitar a su padre un día por semana, hacerle la compra, organizar sus medicinas, recortarle el pelo, ni ocuparse de la limpieza del apartamento del viejo Oliverio. No necesitaba preocuparse más de las pruebas médicas, de los síntomas alarmantes de desmemoria y sordera. Quizá nunca llegaría a saber que, de todas maneras, el cáncer de páncreas lo estaba devorando con un hambre voraz. Pronto solo debería ocuparse de firmar papeles y declaraciones, del reconocimiento del cuerpo. Luego, sin tiempo para asimilarlo, se encargaría del entierro, de elegir el ataúd, de poner en regla los papeles del seguro. Más tarde, dentro de un tiempo, su única obligación para con su padre sería la de llevarle flores al cementerio un domingo al mes. Limpiaría la tumba de hojas muertas en otoño y aprendería lo que significaba echarle de menos.

En las próximas horas iba a escuchar cosas terribles, cosas que acaso ella siempre había sospechado, intuido al menos, pero que habían permanecido a buen recaudo. Ahora saldría a la luz el pasado como torturador del Grupo de Tareas 3 y relatos no tan extrañamente heroicos sobre las Malvinas. Su padre, tan inventado que no existió otro más real. Durante un tiempo lo odiaría. Luego lo aprendería otra vez, paso a paso. Hollaría en la memoria para recuperar minutos, palabras veladas, descubriendo detrás de esos gestos nuevas intenciones, otras interpretaciones. Al final, con suerte, quedaría el padre que siempre la quiso, que la mimaba y sobreprotegía. Y tal vez eso podría vencer a todo lo demás, o miraría el resto de su vida el retrato de aquel hombre como el de un extraño. Nada puede ser igual cuando todo un mundo muere.

Bajo el ala del sombrero borsalino, Mauricio la observaba sin decidirse a entrar una vez más en la tienda. Podría mirarla a los ojos una última vez y decirle la verdad. También se había acabado todo para él, pensó. Sin su viejo amigo —enemigo—, se quedaba sin coartadas el asco que le causaban su debilidad y saber que, después de todo, él traicionó a la Pecosa.

Alzó la cabeza y vio dos figuras que se acercaban al paso por la acera de enfrente hacia la floristería. Los carteros disfrazados de policías. Los augures que traen noticias nefastas. Entraron en la tienda. Mauricio no podía escuchar lo que se decían pero no era necesario. Podía imaginarlo. Ellos la informaron con gravedad y Laura Ojo de Agua se quedó muy quieta. Como si, en el fondo, al verlos ya lo hubiera sabido. Se secó las lágrimas con un gesto seco. Balanceaba su hermoso cuello, muy seria, como buscando un asidero. Los policías le mostraron algo, una fotografía. Ella asintió. Probablemente era el retrato de Mauricio.

El anciano no se movió. Estaba allí, plantado al otro lado. Habría bastado que se diesen la vuelta para reconocerlo. No trataría de huir ni se resistiría. Incluso pensó en cruzar la calle y entrar en la floristería para entregarse. Pero entonces, vio a la Pecosa detrás de Laura. Lo miraba a él con su presencia de fantasma transparente, atravesada por los rayos del sol que dejaban flotando partículas de polvo. Sus múltiples miradas, las que siempre tuvo le hablaban al anciano.

—Ya es suficiente, Mauricio —parecía decirle—, los inocentes no le deben nada a la agonía de los viejos.

Y, en ese momento, algo cesó definitivamente. Mauricio sintió físicamente una lasitud y un cansancio infinitos, seguidos de una calma abrumadora. Callaron los gritos del pasado, las visiones de celdas y calabozos, los horrores de los mutilados. Pero lo que cesó básicamente, barrida por la mirada penetrante de la Pecosa, fue la culpa.

—Yo te quiero, Pecosa. Siempre te amé. Sin ti la tierra no es nada, los limones no tienen olor, la lluvia no moja. Tú eres el lugar del que yo vengo...

Ella sonrió. La Pecosa sonrió, un poco con aquella ironía con la que se solía despegar de los arranques melodramáticos de Mauricio, aunque, en el fondo, le gustara ese amor suyo de tango antiguo.

Y ese silencio cálido reconfortó a Mauricio. En la mano derecha sujetaba la maleta de viaje. Miró la hora. El avión de regreso a La Coruña saldría pronto. También iba a tener que recuperar paso a paso el tiempo perdido, aprender a nacer una última vez sin la excusa de odiar a Oliverio. Tenía un nieto del que cuidarse. Todavía quedaba en el mundo una persona que dependía de él, y esta vez no podía fallarle. No devolvería a Daniel a la clínica. Lo que haría es llevarlo consigo a Buenos Aires, darle una nueva vida, unas raíces distintas que pudieran crecer fuertes lejos de esta tierra envenenada.

Miró una última vez a la Pecosa. Se había quedado tan guapa y eterna, sin esas arrugas que son las venas por las que circula el tiempo. Mauricio se tocó el ala del sombrero. «Nos vemos, vieja. Muy pronto.»

Al alejarse calle abajo, le dio la sensación de que unos ojos lo seguían. Clavados en su espalda con insistencia. No quiso volverse, porque sabía que eran los ojos de Laura Ojo de Agua y que, a su lado, sin que ella lo supiera, le acariciaba el pelo un fantasma.

Cogió un taxi frente a la fachada modernista del hospital de Sant Pau.

—Al aeropuerto, sin prisa. Es la última vez que visito esta ciudad.

El taxista era un muchacho joven y fuerte.

—¿Se ha enterado? —le preguntó el taxista, observándolo remotamente a través del espejo retrovisor del interior—. Han matado a un hombre esta mañana. Le han pegado dos tiros en la calle. No paran de hablar de eso en la radio.

Mauricio apartó la mirada. Sí, se había enterado.

24

La Coruña, viernes, 20 de agosto de 2010
07.00 h

—No puedo decir que me entristezca la muerte de Oliverio.

Lo terrible para Mauricio es que tampoco puede decir que le alegre.

Ibarra asiente. Observa la claridad nueva a través de la ventana de su despacho, las manos a la espalda. Ha descolgado los teléfonos porque no paraban de sonar. Al aparcamiento de la comisaría empiezan a llegar los coches de los compañeros del turno de la mañana. Suspira. Todavía le queda mucho papeleo antes de poder marcharse a casa.

—¿Por qué no me ha contado todo esto antes? Usted sabía que el asesino era Horacio. Podría haberse ahorrado las esposas y el calabozo.

Mauricio observa los recortes de periódicos enmarcados en la pared.

—Casi le parto la cabeza —dice señalando la brecha que han cerrado con grapas los enfermeros de urgencias—. Es lo menos que debía aceptar.

Ibarra se vuelve y examina al anciano. No hay atisbo de ironía. Su voz suena tranquila, sin agitación.

—No ha sido tan grave.

Hace una hora el hospital era como una colmena irritada. Por todas partes había corrillos y conversaciones medio veladas y todavía quedaban algunos periodistas, micrófono o grabadora en mano, recabando información entre pacientes y personal sanitario. Algunos se despachaban prolijamente, contentos con su minuto de gloria. Inmediatamente, Ibarra tuvo la necesidad de salir de allí y a duras penas lo convencieron para dejarse curar la herida en la cabeza. La doctora vino a verle, vestida ya de calle. Era obvio que ella deseaba tanto como él dejar atrás esta noche y regresar cuanto antes a sus quehaceres cotidianos. Sonrió cansada y le echó una ojeada al cuero cabelludo. Nada grave, resumió, sin revelar sus auténticos pensamientos. Eva Malher ya no estaba en el hospital, le informó. Su padre se las había apañado para sacarla discretamente. No sabía adónde se la habían llevado y tampoco quién había autorizado el traslado. Se habían presentado unos policías de paisano, gente importante, más parecidos a políticos que a funcionarios.

Ibarra protestó inútilmente. Hay personas que mueven el mundo descolgando el teléfono, y el señor Malher era una de ellas. Aquella madrugada debía de haber hecho varias llamadas, suficientes para que los superiores del inspector decidieran saltarse todos los protocolos. El señor Malher decidiría cómo y cuándo su hija daría las explicaciones pertinentes.

No era improbable que el juez terminase desplazándose a la finca Malher, donde Eva prestaría declaración escoltada por una cohorte pretoriana de abogados. Todo eso le importaba poco a la doctora. Le entregó a Ibarra un papel doblado. «Es de ella», dijo escuetamente.

Ibarra lo tiene todavía en el bolsillo. Una sola palabra escrita en la nota: «Llámame». Y añade un número de teléfono.

—Tal vez le den otra medalla, inspector —dice Mauricio.

Ibarra mueve la cabeza. Con la camisa todavía manchada de sangre ha tenido que escuchar los ladridos y las amenazas de su jefe. El muy gilipollas le ha recriminado haber actuado solo, sin dar parte a la central en cuanto descubrió la identidad de Eva Malher. No le acusa de haber sido negligente sino de —y estas han sido sus palabras— «querer llevarse todo el mérito». Entre dientes, ha añadido algo más, una sospecha que va a ser investigada a conciencia. El muy cretino cree que Ibarra solo persigue cobrar la recompensa que ofrece la familia. Algo que, además de ilegal, resulta, según el parecer de su superior, éticamente repugnante. Ética. Esa palabra ha provocado la hilaridad del inspector. Puede matarse a un hombre a golpes, pueden ocultarse pruebas y simular otras, se puede hacer la vista gorda con sus problemas depresivos y de abuso del alcohol, y no pasa nada. Pero pretender acaparar los titulares que otro cree merecer... eso es inaceptable.

—No habrá medallas esta vez.

Mauricio observa a Ibarra con sus ojos viejos. El

inspector se siente incómodo bajo ese taladro punzante. Se pregunta qué sabe, qué le ha confesado Eva cuando era Paola. Tal vez todo; puede que nada. No se siente juzgado por este anciano que acaba de ver morir a su nieto y por el que, a pesar de ello, no logra sentir piedad. Solo ve a un viejo de piel amarillenta y manchas oscuras, con la cara cubierta de viejas cicatrices que se mezclan con las arrugas. Un viejo con una historia detrás de la que nunca logrará saberlo todo. Y este viejo lo mira como si pudiera leer en su interior, como si lo supiera todo, incluso lo que el inspector parece ignorar de sí mismo. Lo observa como aquel otro viejo, su padre, y como aquel loco que lo sodomizó. La diferencia es que Mauricio parece haber traspasado esa puerta de locura y haber escapado de la oscuridad con restos de alquitrán en los ojos.

—¿Me puedo marchar, inspector?

Ibarra no puede impedírselo. Horacio ya ha sido detenido y ha confesado. En cuanto al golpe que Ibarra tiene en la cabeza... mejor olvidarlo.

Lo acompaña hasta la puerta del despacho.

—Es probable que tenga que volver a declarar como testigo en el juzgado. Quedan muchas cosas por aclarar. Hay tres fallecidos: Oliverio, Daniel y el cadáver de Martina, y con todos tiene usted algo que ver.

Mauricio se coloca bien el sombrero.

—Los vivos siempre tenemos algo que ver con nuestros muertos, inspector.

Se estrechan la mano, con firmeza, sin calidez. Inmediatamente, los dedos del anciano se escapan hacia el pomo de la puerta y se marcha. Ambos saben que todo está ya dicho.

Mientras conduce hacia casa, Ibarra ve a la derecha el letrero apagado del club de carretera. Piensa que podría compartir con Ave del Paraíso una última copa sin preguntas, despojados los dos de los disfraces de la noche. Tomarían, a la luz del día, una última copa silenciosa y un pitillo a medias mientras la señora de la limpieza recoge los destrozos, los vasos manchados de carmín, los preservativos del baño y las colillas sobre la moqueta a la par que el barman repone el alcohol en las estanterías y seca la vajilla en ese escenario patético desprovisto de magia.

Enseguida descarta la idea. Las putas como Ave del Paraíso dejan de ser princesas con los primeros rayos de sol; es un espectáculo deprimente prohibido a los ojos extraños.

Baja la rampa del aparcamiento en el edificio donde vive y durante unos minutos permanece en el coche. En el boletín informativo hablan de lo ocurrido esta noche, luego dan las noticias de deportes. Ibarra abre la guantera. La Beretta sigue ahí, con una bala que lleva su nombre. Quizá logre vencer, limpiar la culata del recuerdo de la sangre del hombrecillo y hacer desaparecer los restos de piel y carne.

Debajo de la pistola está el cuaderno manuscrito del hombrecillo. Siempre lo tiene cerca, como un recordatorio. Las palabras atrapadas bisbisean como una serpiente entre las piedras, buscándole el corazón. Cierra la guantera y sale del coche.

Entra en casa. Observa con desconcierto los muebles y los objetos cotidianos bajo la penumbra de las persianas echadas. Esto es lo que ha estado a punto de perder: su «hogar», como si la sola mención de la palabra pudiera mantener alejado lo que sucede fuera de sus paredes, ahora silenciosas. En esta quietud, todo lo ocurrido durante la noche, durante cada noche, resulta incomprensible. Esa es la sensación que siente cada mañana al regresar.

Carmela duerme con la mano derecha tendida sobre la almohada que él ocupa normalmente. Como si protegiera su ausencia mientras espera su regreso. Entra en el dormitorio de Samuel. Un mundo diferente al resto de la casa, lleno de sonidos que solo captan los oídos sensibles de su hijo: el tictac del reloj en la mesita, el goteo de la pequeña pecera, el polvo deslizándose en invisibles avalanchas sobre la superficie de sus discos de vinilo, la vibración inaudible de las cuerdas de una pequeña guitarra infantil. Ibarra se sienta a su lado en la cama. Lo besa en la frente, apartándole un mechón revuelto, lo tapa con la sábana y se desliza hacia la puerta.

—Papá. —Oye que lo llama su hijo, con la voz estropajosa de la duermevela. Ibarra se vuelve.

—¿Qué ocurre, Samuel?

—¿Puedes bajar la persiana? Me molesta la luz.

Un rayo atraviesa el ramaje de las cortinas. Ibarra cierra la persiana y todo vuelve a la segura oscuridad.

—¿Mejor?

Samuel asiente. Aún le pregunta si esta noche irán a ver las lágrimas de San Lorenzo. Ibarra se lo promete.

Cuando regresa a su dormitorio, Carmela está despierta.

—¿Qué hora es? —pregunta, somnolienta.

Ibarra ve su propio reflejo en el espejo del armario. La corbata floja, el cuello de la camisa manchado, los pantalones sucios de tierra. Tiene demasiados años para esta mirada que le reprocha su conducta: el aliento a alcohol, el alterne con aves de papel. Apenas puede soportar esa mirada de niño que quería ser artista.

Se desnuda y se cobija en el calor conocido de Carmela.

Y siente ganas de llorar.

—Está amaneciendo —miente, para retenerla todavía un poco más a su lado—. Vuelve a dormirte.

25

Argentina, unos meses después

Muy lejos, al otro lado del océano, no hay hombres en muchos kilómetros a la redonda. Pero una vez los hubo, amasando un puñado de tierra rojiza y oliéndola como si fueran exploradores indios. Tal vez antes de las últimas lluvias, piensa Mauricio, aunque él nunca entendió esta tierra llamada patria. Cerca de una acequia seca hay marcas de ruedas petrificadas. Hasta donde alcanza la mirada no hay nada más que horizonte. Las roderas se pierden sin encontrar ningún camino o pueblo.

Es aquí. En algún punto de esta vastedad acongojante está enterrada la Pecosa y tal vez cientos más. Las coordenadas que le dio Oliverio son orientativas, imposible saber dónde estaba exactamente ese caserío en el que la tuvieron encerrada hace treinta y tres años. Ha preguntado en el pueblo que queda más cerca y le han mirado como lo que es: un extranjero en casa; alguien que no sabe nada. Él ha inclinado la cabeza, ocultando la mirada bajo el sombrero y ha apurado su cerveza caliente. Todo está caliente aquí. Dicen que a unos diez kilómetros está el Colorado.

—Ya le dije que aquí no iba a encontrar nada —dice el muchacho que le ha traído hasta aquí en una vieja camioneta descapotada que huele a bosta seca. Es un chico animoso, con la cara llena de pecas y una nariz muy cortita, casi pegada a la cara. En cierto modo le recuerda a Dolores.

Pobre Dolores, postrada en sí misma, encerrada en esa casa vacía de Punta Caliente, sin querer saber nada de nadie. Una mujer sola, con las muñecas de Martina, bebiendo y fumando, gastando libros y discos y esperando que llegue la muerte.

El chico escupe un gargajo de tabaco masticado desde la cabina de la camioneta y se limpia la saliva con el antebrazo.

—Oiga, se está haciendo de noche y a la camioneta le falta un faro.

Sopla un viento fuerte, frío y húmedo del sureste. Lo llaman el pampero. Mauricio intenta proteger con las manos el ramillete de narcisos. Quería... no sabe. Buscar su tumba; al menos Dolores tiene dónde llorar, como Eva Malher, como Laura Ojo de Agua. Pero él solo tiene esta vastedad inmensa y triste.

—¿Dónde estás, Pecosa? —susurra.

Una ráfaga más violenta de viento le arranca las flores de las manos.

«En el aire», parecen decirle los narcisos, que buscan cada uno un lugar imposible en el que arraigar.

—Yo la traicioné —musita.

—¿Cómo dice? —le pregunta desde la camioneta el muchacho, que observa con impaciencia cómo las nubes y la noche se van acercando.

Mauricio se vuelve.

—Yo la conduje aquí.

«No es verdad —parece susurrar el aire—. No existe ese consuelo, Mauricio. Fue la vida, viejo.» Se quita el sombrero borsalino. El pampero arremolina el cabello blanco sobre esa cabeza hundida, «de viejo chocho», piensa el muchacho. Y suelta una risa cuando el viento le arranca al viejo el sombrero y se lo lleva, caracoleando, como un cachorro juguetón. Y la risa se hace carcajada cuando el viejo intenta alcanzarlo, corre, se tropieza y cae al suelo.

Pero la risa del muchacho cesa cuando ve al anciano arrodillarse con las manos en la tierra seca, llorando como un niño, a pesar de que el sombrero se ha quedado a escasos metros de sus dedos.

Epílogo

Tres años después, 2013

El sendero termina frente a una verja de barrotes y filigranas forjadas. Un escudo heráldico con dos cabezas de sierpe y el estandarte de la familia sella las dos lamas de la entrada y deja a las claras que los Malher no renuncian ni a su abolengo ni a su origen inventado.

Ibarra se quita las gafas de sol y, secándose el sudor de las cejas con un pañuelo, examina la villa. Elevada sobre un promontorio, parece nacer de la misma montaña y derramarse hacia el mar con amplias terrazas de piedra natural. Todo contenido, exquisito. Baja del coche y camina hasta el intercomunicador. En pocos segundos escucha el ladrido de una voz metálica.

—¿Qué desea?

Ofrece su rostro al escrutinio de una cámara de seguridad. Tiene la sensación de que alguien lo observaba oculto tras las ventanas con mirada indolente e inexpresiva, envuelto por las cortinas que la brisa empuja hacia adentro.

Espera unos cuantos minutos hasta que un chirrido metálico activa la apertura de las puertas.

La entrada principal rebosa de buganvillas y enredaderas que trepan hacia los balcones. Esa mansión jactanciosa, bajo el disimulo de la falsa modestia, encarna la riqueza que para ciertos ricos de moral luterana resulta el símbolo de un poder tan ilimitado que necesariamente solo puede verse la vida desde una perspectiva de absoluto vacío. Un cosquilleo diminutivo se adueña de Ibarra cuando cruza la gravilla hacia un camarero que lo espera con aire circunspecto, ajeno al titubeo ostensible de sus manos al acomodarse la americana de corte decente pero económico. Las pupilas oscuras del camarero lo examinan con una solemnidad despreciativa, como si la desconfianza hacia los intrusos fuese la misma virtud en un criado que en un perro guardián.

—La señora Malher le espera en la terraza.

El camarero lo conduce a través de rosales aromáticos y grandes macizos de terracota con lavanda, menta y romero, caminos olfativos que llevan directamente a la parte más oriental de la casa, desde donde se divisa el mar Mediterráneo. El rumor sordo del oleaje asciende como un órgano de iglesia hasta una piscina de azulejos turquesa.

Eva Malher está sentada, vuelta hacia el mar con las piernas cruzadas en un sillón de mimbre. Las vértebras de su espalda se ramifican formando el arco de sus costillas. Parece distraída, pero la firmeza con la que aprieta una pierna sobre la otra sugiere que es consciente de sí misma y de la llegada de Ibarra. Su frivolidad está dedicada a un ojo invisible que quizá la vigile desde los balcones de la casa. Se vuelve parcialmente con los párpados entornados, aún llenos de sol y mar, cuando el camarero anuncia con gravedad de ujier la presencia del antiguo inspector. Despide al camarero con un levísimo ademán y su mirada remota se conmueve al centrarse en Ibarra.

—Sabía que vendrías, tarde o temprano.

Ibarra sonríe cansinamente.

—Pues ya sabías más que yo.

Le cuesta reconocer que sigue encontrándola asombrosamente bella. La Eva Malher de carne y hueso que encontró apaleada en el hospital ya no existe. Pero quizá esta sea más cercana a la imagen patética, frívola e inconsecuente que ofrecen las revistas. Esta mujer mundana de cuerpo esbelto y talle firme que se le ofrece con el sol de lado tiene ese decaimiento cínico de las fotografías, los pómulos altos e impersonales. Quizá la verdadera Eva no necesite los agasajos de las joyas o las imposturas para colmar con su presencia cuanto la rodea. Basta ese modo de mover los párpados, aprestándose a escapar al menor indicio de peligro, y esos ojos minerales contra los que se estrella todo afán sin hacer mella. Un capricho ventajoso de la naturaleza.

—¿Quieres una copa?

—Es temprano.

—Nunca es temprano para empezar ni demasiado tarde para parar. ¿No era eso lo que decías?

—Tarde para cambiar el paso, pero gracias, no quiero nada.

Ella parece sentirse decepcionada, pero se recompone con rapidez.

—Al menos, te quedarás a almorzar. Tenemos mucho que contarnos. —Su mirada dibuja un horizonte melancólico—. Aquí no hay con quién hablar del pasado.

Ibarra no tiene ninguna intención de permanecer allí más de lo imprescindible. Lanza una vaga mirada alrededor y se pregunta por qué está allí en lugar de volver con su familia. Apenas unos días antes lo único que anhelaba era borrar de la memoria lo sucedido.

—Leí en alguna parte que abandonaste la Policía.

Es cierto. Todo silencio tiene un precio. Después de Punta Caliente las cosas se complicaron para él. Sus superiores empezaron a verlo como una amenaza. Se volvió demasiado popular. Y, por otro lado, la presión del caso de Amanda y la muerte del hombrecillo se volvió más insistente. De modo que llegaron a un acuerdo: Ibarra se retiraría sin hacer ruido ni organizar ningún escándalo. A cambio, el caso de Amanda no se reabriría. El señor Malher era el primer interesado en que así se hiciera; le hizo llegar discretamente la recompensa, añadiendo una gratificación, a cambio de que su boca quedase sellada en todo lo que tuviese que ver con su hija o con los hechos de Punta Caliente. Otra de las condiciones impuestas por los abogados de la familia era que no intentara ponerse en contacto con Eva bajo ningún concepto. Al presentarse allí esta mañana, corre un riesgo importante.

Pero, por supuesto, Eva Malher ya sabe todo eso. Como debe de saber que Mauricio Luján murió el invierno pasado de un infarto paseando por una calle de Buenos Aires. La única persona que acudió al entierro fue Laura Ojo de Agua. Dolores ha regresado a Lisboa, donde ha abierto una pequeña librería. Se ha vuelto a casar, con un hombre quince años más joven, un músico polaco. Ibarra desconoce si es feliz. En cuanto a él, es un jubilado anónimo. Durante un tiempo siguieron las amenazas y los comentarios en internet, pero también estos han acabado por desintegrarse en el marasmo cotidiano de la red. Ahora se dedica al pasar de los días entre gente sencilla en un pueblo de Extremadura que nada sabe de él, rodeado de hombres modestos en sus aspiraciones y contenidos en sus tragedias. Gente que se emociona con una canción en la radio, que espera el partido del domingo con la liturgia de una misa y que de política habla solo entre dientes. Tiene una casita con un pequeño taller de carpintería —ha descubierto, después de todo, que tiene algún don para el arte— y se dedica a restaurar pequeños muebles. Samuel le ayuda y eso le hace bien. Su hijo ha mejorado, pero siempre será una mejoría frágil y sospechosa. Le gusta hacer sonar la campanilla al abrirse la puerta y sentarse en la acera en medio del polvo que en verano levantan los chiquillos jugando a la pelota en el descampado. Carmela... bueno, ella tiene suficiente con sus melancolías y con las reuniones de un grupo de yoga que ella misma ha organizado.

Las cosas continuan su curso. Nada retiene a Ibarra ya en el pasado, ni los compromisos de la sangre ni el orgullo, y mucho menos las vanidades vencidas. Nadie espera nada de él, salvo que desaparezca sin hacer mucho ruido.

Pero unos días atrás, mientras descolgaba las camisas de las perchas y vaciaba parsimoniosamente el armario, Carmela encontró el cuaderno del hombrecillo.

—¿Qué es esto? —le preguntó a Ibarra, apenas leídas unas páginas. En el interior estaba el papel con la nota de Eva Malher y su teléfono.

No puede hacer daño lo que no se conoce; podría haberlo dejado donde estaba, escondido, olvidado, pero Ibarra se sentó en el filo de la cama y empezó a leerlo de nuevo. Para cuando terminó era noche cerrada. Y supo que no podría marcharse sin más del pasado. Las alegrías son cortas en la vida, y aún conservaba energías para disfrutar en sus últimos años. Pero para lograrlo necesitaba ver a Eva, tenerla frente a frente una vez más y entregarle aquel cuaderno. Después podría irse, como si el camino tras él no hubiese existido.

Ibarra saca el cuaderno del bolsillo y lo deja en una mesita bajera, junto a un cuenco de barro donde flotan hojas secas de laurel y unas florecillas blancas sobre una esencia aceitosa.

—Es el cuaderno del hombre que mató a Amanda. Una especie de diario.

Eva no se atreve a tocarlo. Contempla a Ibarra con un doloroso reproche.

—¿Lo has leído?

Ibarra asiente. Examina a aquella mujer, que ha cambiado su vida en un sentido que tardará el resto de su vida en averiguar.

Se dispone a marcharse, pero la voz de Eva lo retiene un instante.

—Estabas allí cuando Daniel saltó al vacío.

Ibarra asintió sin volverse.

—Nadie quiere hablarme de aquel momento —dice Eva, con la voz ensoñada, añorando quizá ciertos pasajes secretos de su vida—. Era especial; a pesar de todo, Daniel era un espíritu libre.

Ibarra la mira con amargura.

—Lo que yo sé es que aquel chico no sabía volar.

Esta noche he vuelto al páramo. Amanda sigue bajo las estrellas. Todavía no se la han comido las alimañas nocturnas. Aún es perfecta bajo la luna. Hay espacios infinitos en la noche donde las palabras se estrellan frente al silencio. Me habla. El universo entero sobre mi cabeza está ebrio de locuras y de desesperaciones. Brillan las constelaciones, zumba el engranaje que hace girar todo con su mecánica ajena y perfecta.

Oigo una lechuza. Ojalá fuera un buen augurio. Pero no lo es.

Me siento a su lado y le hablo yo también, fumando un cigarrillo. Yo creo que Amanda está dormida y que a través de sus sueños me escucha. Los muertos, cuando duermen, sueñan que están vivos. Mis ojos recorren despacio su inmovilidad. Tengo ganas de decirle que mi vida y la de su madre son tan frágiles ahora que casi la envidio en su rigidez, ajena a cualquiera de nosotros. Ya no le quedan dudas arrancadas a la noche. Durante horas acumulo sus instantes vivos, recuerdo sus respiraciones en la oscuridad del cine. Me mira con un lejano reproche y le cierro los ojos a tantas incertezas. No me odies, niña.

Tenía la esperanza de que ya hubieras encontrado su cuerpo, inspector. Con los nervios tensos, deseé que estuvieras esperándome. Solo tú puedes detenerme. Yo sé lo que tú no sabes. Te he observado desde hace tiempo. Y comprendo que hay algo en ti que se partió hace mucho tiempo. Tus ojos, Germinal, son como los míos. Buscan lejos, muy lejos. Y al borde de ellos hay un abismo que apunta a tu corazón. ¿Qué te hizo la vida para ser tan parecido a mí?

Decepcionado, furioso, camino solitario de regreso a casa, mis pasos se paran allí donde la tierra se agota, donde las almas desaparecen, donde los hombres vacilan, donde las madres gritan, donde el infinito se hace nada.

Todavía te espero, Germinal. Porque sé que tú me comprenderás y me darás lo que estoy suplicando. El monstruo mira con recelo la luz del día, se esconde en lo cotidiano, sonríe a sus hijos y acaricia la mejilla de su esposa. Finge ser feliz. Pero a través de las cortinas espía y busca una nueva presa.

Una chica nueva, sus padres acaban de trasladarse al piso de al lado. Y el corazón del monstruo late otra vez con su frío de óxido esperando la noche.

Corre, Germinal. Corre hasta mí, y calla para siempre este murmullo insaciable.

—¿Qué sucede, hija?

Eva no puede apartar la mirada del cuaderno. El señor Malher posa su mano en un hombro preocupado.

—Eva...

Ella reniega con la cabeza y aprieta fuerte los párpados.

—Estoy bien. Por favor, necesito estar sola —dice con la voz rota.

Se aleja hacia los peldaños tallados en la roca que bajan hasta la cala.

Todo empieza donde otra cosa acaba. No sabe por qué le parece que esa es la canción tranquila que trae el remanso de las olas. Deja que la espuma le moje los pies. El sol brilla poderoso e invencible sobre la superficie transparente del mar.

Quizá es eso lo que quiere decirle Germinal. La noche acaba y empieza el día, pero algunas personas quedan atrapadas en esa hora de frontera que es el momento del reproche. Cierra los ojos y deja que el calor la rodee. No le importa llorar, sin miedo, hasta que las lágrimas se deshagan de tanta tristeza, de tanta ausencia.

Y después, cuando sus ojos se secan, solo queda mirar de nuevo y lanzar aquellas palabras al mar. Arrancar una hoja tras otra y dejar que el viento y las olas las hagan desaparecer. Dejar que las horas sigan buscando su destino.

¡Encuentra aquí tu próxima lectura!

Escanea el código con tu teléfono móvil o tableta.
Te invitamos a leer los primeros capítulos
de la mejor selección de obras.